경자야

고재동 수필집

경자야

인쇄 | 2021년 9월 10일
발행 | 2021년 9월 17일

글쓴이 | 고재동
펴낸이 | 장호병
펴낸곳 | **북랜드**
　　　　06252 서울 강남구 강남대로 320, 황화빌딩 1108호
　　　　41965 대구시 중구 명륜로12길 64(남산동)
　　　　대표전화 (02)732-4574, (053)252-9114
　　　　팩시밀리 (02)734-4574, (053)252-9334
　　　　등록일 | 1999년 11월 11일
　　　　등록번호 | 제13-615호
　　　　홈페이지 | www.bookland.co.kr
　　　　이-메일 | bookland@hanmail.net

책임편집 | 김인옥
교　　　열 | 전은경 배성숙

ISBN 978-89-7787-055-0　03810
ISBN 978-89-7787-056-7　05810 (E-book)

값 15,000원

경자야

고재동 수필집

북랜드

독야청청, 동산을 활보하는 소나무이듯이

부르기라도 한 듯 우리 동산에 소나무가 와서 자리를 잡았다.
제집인 양 독야청청, 활보하며 의기양양하다. 굴러온 돌이 박힌 돌
을 뽑을 기세다. 하지만 아내가 내쫓을 맘이 아닌 듯하여 나도 꾸짖
지 않고 있다.

24절기를 2년 꼬박 쉬지 않고 따라다니며 그렸다. '농가월령가'
도 아닌 것이, 사랑월령가도 아닌 것이 내 뜰에 들어와서 가을비에
젖으며 수채화를 쓴다. 가을장마가 아무리 정체전선을 두텁게 형성
하여도 계절에 떠밀려 물러나고야 만다.

수필집 제목을 놓고 한 치의 망설임도 없이 '경자야'를 썼다.
제1 수필집 '낮달에 들킨 마음'이 그랬듯이.

글을 쓸 때 대부분 제목을 먼저 붙인다. 제목이 선뜻 떠오르지 않을 때에는 가 제목을 적어놓고 글을 쓰다 보면 그곳으로 글이 흘러들곤 한다. 마음이 가는 글이 있는가 하면 마음이 가는 제목이 있다.

본문 끝자락에 은근슬쩍 스며든 '소나무'를 데려와 적으면서 머리글을 맺는다. 벽 하나 사이 두고/허한 밤 가슴 앓던/촌뜨기 소나무는/한마디 말 못 하고/뒷모습/애잔하게 보낸/옆집 누나 경자야//반세기 건너와서/다시금 가슴앓이/젖은 맘 달래려다/타는 놀 뚫린 저녁/내 고향/산마루터기에/긴 목 빼고 서 있다

중추가절에
우초재에서 우초 적다

| 추천사 |

'와야'천의 생활동화

장 호 병
(사)한국수필가협회 명예이사장

우초愚草 고재동 수필가의 산문집 『경자야』는 수필집 『낮달에 들킨 마음』(2019)과 산문집 『강아지와 아기염소가 쓰는 서사시』 (2021)에 이은 수필집으로 기해년과 경자년 이태 동안의 귀촌 이야기이다.

액자형으로 자작시를 배치하는 등 형식은 앞서의 수필집들과 별 반 다르지 않다. 차이점이라면 24절기에 따라 48꼭지의 작품을 수록하고 있다. 경자는 청소년기 문학의 영감을 불어넣어 준 첫사랑 이자 한 살 위 누나의 친구인 이웃 처녀다. 심장이 왜 그렇게 콩닥콩 닥 뛰었는지 그때는 알 수 없었거니와 한마디 말도 건네지 못했다. 이제 생의 두 번째 경자년을 맞으면서 인생에 대해 알 만한 연륜에 이르렀으나 지나간 세월은 어떤 물레방아로도 돌이킬 수가 없다. 무시로 건너다녀야 하는 와야천에서 독자는 이미 오지 않을 그 세월을 읽고 있을 것이다.

목련꽃과 접시꽃은 해마다 제때 찾아와 피고 지지만 작가는 '강물도 아닌 것이/ 강물인 척/ 거슬러 흐르지 아니 하'(「경자야」 중에서)는 세월에 맞서 해마다 반복되는 24절기를 앞세워 글을 썼을 것이다.

융합과 통섭의 시대, 작가는 시와 수필, 서사의 경계를 넘나든다. 작가에게는 강아지와 염소, 고라니와 멧돼지, 버들치, 참새도 심지어 달맞이꽃, 뚱딴지꽃도 친구이다.

그는 귀를 쫑긋 세우고 그들의 말을 받아 적었다. 와야천을 따라 흘러가고야 마는 어제의 오늘은 아름다운 추억을 남긴 채 결코 돌아오지 않을 것이다. 작품 한 편 한 편이 생활동화이다.

나이가 들수록 동심에 젖어가면서 보다 원숙한 필치로 그려나가는 문학세계에 박수를 보낸다.

차례

2부 돋을볕 찬란한 아침

3부 **경자야**

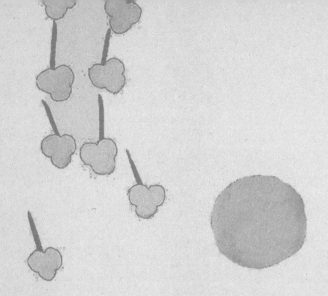

1부

강아지와 아기 염소

두께

　하루 일과를 끝내고 집으로 향하는 포도 위엔 두께가 가늠되지 않는 은막이 덮여 있었다. 2시간 전부터 날린 눈은 겨우 아스팔트를 가릴 뿐 자로 두께를 잴 수 없는 깊이였다. 사랑의 깊이가 저처럼 얕다면 신뢰가 가지 않을 것은 뻔하다. 그렇다고 눈이 많이 내려 도로와 산천을 깊게 덮으면 진득하니 사랑이야 깊겠지만 녹을 때까지 불편함도 이만저만이 아닐 것이다.

　시내에서 우리 집으로 가는 신새벽 길은 누구의 발길도 닿지 않았다. 오직 내 발자국만 뒤따라온다. 미끄러질까 싶어 속도는 평상시에 비해 반으로 줄였다. 6년여 공사 끝에 오늘 임시 개통한 서지 새 다리 위도 뽀얗게 눈으로 덮여 있었다. 눈길 위 새 다리는 내 차가 테이프를 끊었다. 교량 난간이 부정만 하지 않으면 그 기록은 영원히 깨어지지 않을 것이다.

두 시간가량 차량 통행이 없었다는 게 신기할 따름이다. 이 길이 그만큼 한적하고, 이 시간이 만물도 함께 잠든 쉼의 시간대란 증거 아닐까. 시내로 향하는 반대 차선은 자국을 남긴 흔적이 보였다. 눈 내린 신성한 이 길을 맨 먼저 간 사람은 분명 시대를 앞서가고, 부지런히 헤쳐 나가지 않으면 안 될 부득이한 사연이 있었을 것이다. 시내에서 돌아오는 길을 가고 있는 나와는 정반대로 희망과 다부진 꿈을 안고 달리는 젊은이가 아니었을까 미루어 짐작해 본다. 황혼을 바라보는 늙은이가 첫새벽을 밀며 대평원을 향해 달릴 리 만무하지 않은가?

탄력을 붙여 대문을 통과했다. 경사가 제법 있어 속도를 낼 수밖에 없었다. 언제부터 나와 있었는지 오억이가 반긴다. 나를 맞으러 나왔는지 눈을 맞으러 나와 있었는지 알 길은 없다. 기온이 내려가면 자는 척하고 내 차가 와도 아는 체 안 할 때도 종종 있던 녀석이다. 기온이 영하 3도였지만 추위가 느껴지지 않았다. 억이도 그래서 나왔는지 개집 주위가 반질반질하다. 동구 밖에 내가 들어설 때 감지하고 나와서는 발바닥이 차가워 동동거리며 뛰어다녔거나, 눈 내리는 걸 알아채고 진작부터 나와 있었는지 모르겠다.

후각과 청각이 유독 발달한 강아지는 멀리서도 주인의 냄새를 맡고, 주인 차 소리를 감지한다. 최소한 100미터 밖에서 주인이 오고 있다는 사실을 알아채고 마중을 나오거나 적이 아님을 감지하고 짖지 않는다. 주인 차 소리도 용케 가려 낸다.

당연히 나보다 저를 더 좋아하는 아내가 집 안에 없다는 걸 알고 있는 억이가 요즘 좀 우울하다. 차를 마당에 밀어놓고 안에 들어와 온수와 치즈를 꺼내 가져다 억이에게 주었다. 저 엄마가 있었으면 매일 챙겨주던 간식인데 모처럼 맛보는 치즈를 게 눈 감추듯 먹어 치운다. 그러고는 꼬리를 살래할래 흔들며 더 없냐는 듯 나를 빤히 본다. 나는 모르쇠로 돌아섰다. 나에 비해 인심이 후한 저 엄마를 좋아하는 이유가 거기에 있다.

눈이
신새벽을 칼로 자르듯이
모진 세월을 밀어낸다
만물을 깨우는 것은
가장 부지런한 참새이다
참새의 가슴 깊이는
자로 잴 수가 없지만
눈의 두께는 가늠할 수가 있다

참새 부부는 기와집 추녀 끝
보금자리에서 잠을 자는 한
사랑을 담보하지 않고
눈은
허황한 하늘을 전세 내어
불법 체류하기 때문에
가슴이 없다

질퍽하니 세월을
짓뭉개기도 하고
진득하니 황혼의 연륜을
두께로 짓누르기도 한다
참새는 심술보가 없지만
눈은 무한대이다

그래서
늙은이는 첫새벽에
맨 먼저 눈을 밟으며
집으로 돌아가고
청년은 대평원을 향해
가슴 열고 길을 닦는다
–「습자지 한 장 차이」

막내 하늬네가 지난 주말 내려와서 하룻밤 묵고 저 엄마를 데리고
갔다. 닷새째이다. 지난번 열흘간은 순전히 둘째 쌍둥이 보살피러 갔
지만 이번은 성격이 좀 다르다. 지난 월요일 병원 예약 때문에 겸사겸
사 올라갔다. 재작년 위 종양 시술한 곳에 이상 소견이 있어 내시경을
다시 하는 문제이니 경우가 많이 다르다면 다르다. 일주일 후 결과를
보고 내려올 때까지 아이를 봐 주는 것뿐이다.

아무래도 시술 다음 날에야 내가 전화했던 게 잘못이었던 모양이
다. 지난번에는 열흘 서울에 머무는 동안 하루가 멀다 하고 전화를 하

여 챙기던 아내가 안부를 물어오지 않는다. 그날 통화도 되지 않았는데 말이다. 안 받았는지 못 받았는지 확인도 안 되었지만 잔뜩 화가 난 게 틀림없다. 그 후 나도 아내도 전화를 걸지 않고 버티고 있다.

습자지와 A4 용지의 두께 차이는 분명 있다. A4 용지와 마분지의 차이는 제법 크다. 습자지와 마분지의 차이는 더욱 벌어진다. 깻잎 한 장 당구장을 몇 지역에서 보았다. 당구공과 공 사이가 깻잎 한 장 차이를 놓고 비켜 간다는 비유일 것이다.

사랑의 두께는 마분지처럼 두꺼운 게 좋지만 알량한 자존심은 습자지와 깻잎처럼 얇을수록 좋다. 아이들이 올려놓은 카톡 문자를 통해 담당 의사의 소견은 일절 없었고, 결과는 일주일 후 월요일에 나온다는 걸 알고 있는 나는 긴장됐지만 무심했던 것도 맞다.

나는 치즈를 별로 좋아하지 않는다. 스스로 비닐을 벗기고 먹어 본 기억은 한 번 정도이다. 아무런 자극도 없고 밋밋한 맛에 길들여 있지 않아서였을까? 그 이후 아내가 까서 입에 넣어주지 않으면 치즈를 먹지 않는다. 비닐 한 꺼풀을 벗기는 게 귀찮은 것도 있지만 별로 구미가 당기지 않아서일 게다. 둘째 반디가 이번에는 유기농 고급 치즈라면서 오억이는 적게 주고 엄마, 아빠가 많이 드시라고 보내온 치즈이다.

투명한 비닐 한 장의 간격은 있는 걸까, 없는 걸까? 분명 있다. 단 그 두께가 얇을 뿐이다. 억이에게 주기 위해 알량한 비닐을 벗기면서 서툰 내 솜씨가 치즈를 찢어놓은 걸 보면 겉과 안의 차이는 있는 게 사실이다. 비닐의 두께를, 자존심을 누가 먼저 벗기면 어떤가. 습자지가

18

마분지의 두께로 두꺼워지기 전에 벗겨 낼 일이다.

참새는 아직 잠자리에 있다. 초가지붕 추녀 끝에 집을 짓고 살던 참새도 아침을 깨웠다. 지푸라기를 물어와서 기왓장 밑에 보금자리 튼 우리 집 참새도 새벽과 아침의 경계를 무너뜨린다. 참새도 자존심이 없는 것은 아니지만 사람처럼 자존심 한 겹 때문에 낭패를 보지 않는다.

탁구가 없는 요즘 새벽 TV 방송에 빠져 있다. 하루 방송이 끝나는 6시까지 채널을 옮겨 가며 시청하는 편이다. 주로 재방송이지만 알찬 편성도 있어 유익한 시간이다. 오늘은 마침 휴무이기도 하니 경계를 넘어 아침뉴스까지 시청해야겠다.

억이가 뒷모습을 흘기건 말건 황급히 안으로 들어왔다. 꼬리도 함께 따라왔다.

강아지와 아기 염소·1

새해 들어 탁구를 하는 둥 마는 둥 하다가 어제부터 탁구장을 세내어 단체로 운동에 돌입했다. 우리가 구장으로 사용 중인 체육관 보조 경기장은 언제 문을 열지 기약이 없다. 코로나19가 하루빨리 조용해지고 정상화되어야 마음 놓고 운동을 즐길 수 있을 텐데 걱정이 태산이다. 백신 접종 장소로 체육관 보조 경기장을 사용한다니 올해는 쾌적한 곳에서 운동하기가 틀려 버린 것 같아 회원들의 원성이 자자하다.

어제는 오억이와 정담을 나누며 사료를 나눠 먹더니 오늘은 아예 집 안에 들어와 점령해 버렸다. 우수雨水. 아직은 차가운 햇살이 내려와 놀고 있는 안채 앞 마른 잔디 위에 포근히 누워 오수를 즐기고 있다. 마침 제집인 양 내 차가 들어와도 경계심을 늦추지 않는다. 꿈결에서 엄마 염소를 만나기라도 했는지, 그런 것 같지도 않은 것이 표정은 태평스럽다. 기껏 해 봤자 5개월 정도밖에 안 된 것 같은데 너무나 여유로운 표정에서 능청스러운 그들의 할아버지 기품이 읽힌다. 내가 차에서 내리자 일어나 기지개를 켜며 능글맞게 한 걸음 한 걸음 발자국을 뗀다. 억이한테로 가나 싶었더니 제집 쪽을 향하는 서규 씨 아기 염소한테서 영감 냄새가 난다. 하룻강아지 범 무서운 줄 모르듯이 천진난만해서일지도 모른다. 오늘도 억이와 한바탕 놀다가 사료로 배를 채운 듯 바쁠 것도 걱정거리도 없어 유유자적 세상을 걷는 신통방통, 능글맞기까지 한 아기 염소를 읽는다.

개와 염소는 등급이 다른 동물 세계의 구조를 타고났다. 분명 개가 고등 동물이고 염소가 하등 동물이다. 소와 닭처럼 격차가 크면 서로 싸우지도 않지만 단계가 크지 않기 때문에 친구가 될 수 없다. 서열을 분명히 하는 동물 세계이다. 다섯 살 된 오억이가 5개월 된 염소를 제집에 불러들여 사료를 나눠 주고 꼬리까지 흔들며 반기는 연유가 궁금하다. 불가사의하다. 염소는 개집에 있는 사료를 먹다가 꼬리치는 개에게 다가가 얼굴로 비비기까지 한다. 내가 다가가 스마트폰으로 사진과 동영상을 찍건 말건 상관하지도 않으면서 여유가 있다. 둘 간의 무슨 언약이라도 있었거나 밀담을 나눈 모양이다.

아기 염소가 우리 집을 맴돌기 시작한 것은 한 달여 전. 서규 씨가 염소를 집에서 키우다가 다른 곳으로 옮겨 간 후 새끼 한 마리만 데려다 놨다. 밤엔 저희 집으로 돌아가서 자고, 낮엔 주로 우리 밭이며 우리 집에 와서 산다. 나중에 서규 씨한테 몫을 달라고 해야 할까 보다.

설 다다음 날 집에 왔다가 간 큰아이네 손주들이 염소가 오억이와 친구냐고 하길래 그럴 리 없다고 했는데 정말 그들은 친구 먹기로 한 것 같다. 비록 그 사이 염소 덩치는 개보다 커 버렸지만 동물 세계만의 규칙이 있는 건지, 부성애로 염소를 보살피는 건지 알 수는 없는 노릇이다.

귀촌 한 첫해인가 세 다리밖에 없는 너구리가 우리 진돗개에게 놀러 와 함께 있는 걸 목격하고 불가사의하다고 한 적 있다. 이번에 개와 염소가 친구가 될 수 있다는 사실에 또 한 번 놀랐다. TV 동물농장에 나올 만한 경우를 두 번이나 본다. 미스터리이다.

형아, 왜 이렇게 추워?
꽃샘추위가 지나가면 잎샘추위가 오는 법이지.
우수는 먹는 거야?
경칩은 와야천을 거슬러 꼬물꼬물 버들치 지느러미 타고 스며 오는 거야.
봄은 남자야, 여자야?
세상은 불가사의의 연속이란다. 너와 나, 염소와 개가 친구가 될 수 있듯이….
와야천에 개구리와 버들치가 다시 돌아올까?
봄은 얼음장 밑에서 조곤조곤 속삭이며 오지만 강은 바다로 가기 위한 예행연습을 매일 하기로 했다네.
염소와 강아지의 나이는 바다가 셈할까?

지구가 아프니까 코로나도 몸살을 앓는단다.

사계절 동안 형아는 사료만 먹는 거야?

치즈는 사람도 좋아하지만 계란프라이는 나도 잘 먹어. 주인 엄마는 치
즈를 좋아하는 만큼 나를 챙겨 주고 주인 아빤 치즈와 나에게 무덤덤해.

형아 주인 집 밭의 초록 겨울 냉이도 맛나. 그런데 형아 밥이 더 먹음
직해.

목이 마르면 얼음을 혀로 핥으며 갈증을 해소하지만 족발 뼈다귀의 오
묘한 맛에 비해 사료는 싱거운 요즘 사람마냥 싱거워.

겨울 해는 싱거운 사람을 닮아 짧다고 하네. 태평양은 얼마나 넓을까?

겨울이 지나면 봄은 건너뛰고 여름이 바로 올지도 몰라? 지구가 점점 더
워진다고 해.

형아는 꼬리로 내 얼굴을 쓰담쓰담 하지만 사람들은 주먹으로 악수를
하는 희한한 세상이야.

사람과 강아지는 한 방에서 잠을 잔다고 하네. 염소는 코로나를 뿔로 떠
받을 수 있으려나?

－「강아지와 아기 염소가 쓰는 서사시 · 하루, 이틀」

우리 억이가 열흘간 우울증에 빠져 있는 동안 아내는 집을 비우고
서울에 있었다. 그 당시 무기력증에 빠진 상태에서 아기 염소에게 곁
을 내준 것 같다. 근처에만 와도 짖어대며 얼씬도 못 하게 하던 억이
가 염소에게 곁을 주고 사료까지 먹게 허락한 분명한 계기가 되었을
것이다.

아내도 재검사 통보를 받고 우울한 상태로 쌍둥이를 보는 둥 마는

둥 두 아이 집을 오가며 결과를 기다렸다. 아내뿐인가. 1월 4일 정기 검사 후 결과 통보를 받고 우리 가족은 한 달간 동시에 우울증을 앓았다. 억이까지 동참한 상태에서.

주치의 교수의 첫마디는 '깨끗하다'였다. 내시경이 확인한 위벽의 상태도, 조직 검사 상태도 모두 깨끗하다며 미스터리라고 했단다. 한 달 전 검사와 암 병동 교수의 결과가 달라도 너무 다르다. 정말 미스터리이다. 우리나라에서 제일 크다는 병원의 다른 의사의 검사 결과가 이렇게 상이할 수가 있는가? 3개월 후에 다시 한번 검사해 보자는 교수님의 결론을 듣고 막내 하늬와 아내가 병원 문을 나섰다.

노랗던 하늘이 바람색으로 돌아와 있었다. 그간 한 달여. 겨울은 혹독했다. 유례없는 추위도 추위였지만 마음도 가슴도 냉했다. 교수님의 결과를 듣고 돌아설 때의 겨울은 포근했다. 서울의 겨울도, 대구의 겨울도, 이곳 안동의 겨울도 냉기가 가신 안온한 봄날이었다. 그러나 긴장을 놓고 살 수만은 없는 상황이다. 3개월 후의 결과가 또 어떻게 나올까도 걱정되고 항상 음식 섭취에도 주의를 기울이는 등 매사에 신경 써야 함은 주지의 사실이다. 나의 역할도 분명히 있을 것이다.

시끌벅적하게 왔던 꽃샘추위는 와야천 타고 낙동강으로 흘러들었다가 바다로 떠내려갔다. 억이가 동구 밖을 향해 멍하니 있다. 아직 기침을 하지 않은 아기 염소를 기다리는 게 분명하다.

강아지와 아기 염소·2

이발하자는 아내 성화에 잠 보충을 택했다. 매일 자는 잠이지만 조금만 모자라도 피로도가 급상승한다. 나이 탓일 것이다. 72시간 동안 잠 없이 버틴 시절을 돌이키면 격세지감에 잠긴다.

2시간 전 텃밭에서 데려온 냉이 향이 잠을 깨웠다. 한 달 통틀어 하루 정도 마실이 없는 날. 그날이 오늘이다. 아내는 냉이를 다듬고 있었다.

화목 보일러 점검을 위해 바깥에 나섰다. 저녁나절, 경칩을 하루 지난 날씨가 아직은 차다. 멍멍 멍멍. 억이가 염소를 배웅하고 있었다. '잘 가거라. 내일 또 오렴. 주인 엄마가 사료를 가져다 놓을 거야.' 이렇게 말하는 듯. 손 흔드는 대신에 그를 향해 그들만의 대화로 작별 인사한다. 역시나 사료통은 비어있었다. 그동안 저보다 훨씬 덩치가 커버린 아기 염소에 많은 걸 양보하는 착한 심성의 억이가 대견하다. 그렇다고 집을 지키는 데는 소홀하지 않는다. 낯선 사람이 오면 어김없이 우리에게 알리고, 고라니가 나타나거나 고양이 한 마리 지나가도 경계를 늦추지 않는다. 유독 서규 씨 염소에만은 관대하다. 처음 그를 만났을 때가 금방 젖 뗀 아기 염소여서 부성애 같은 게 발동했을 듯싶다. 어떨 때는 염소를 나무라기도 한다. 제집인 양 안에 들어가서 단번에 사료를 먹어 치울 땐 '멍멍, 조금 남겨 둬. 나도 아침 먹지 않았어.'라며. 그러나 염소는 식욕이 왕성하여 양보를 모른다.

　사료통을 채워 주고 보일러실에 들러 꺼져가는 아궁이에 나무를 보충하고 들어왔다. 그제야 진정한 봄이 집 안에 가득하다. 냉이를 익히는 향이 요란하다. 초고추장 무침으로 봄이 밥상에 올랐다. 언제 먹어도 질리지 않은 봄이지만 세 시간도 전에 뒤꼍에서 캔 냉이는 입안 가득 행복을 만끽하기에 충분했다. 유난히 추웠던 겨울 탓에 뿌리를 깊게 내리고 몸을 튼실하게 보존한 냉이는 제 몸 불살라 아낌 없이 60대 우리 부부에게 행복을 선사한다. 종족 번식하기 위해 악착같이 겨울을 났지만, 밭 한가운데 냉이는 어차피 자리를 비워줘야겠기에 아낌 없이 우리에게 봄을 지폈다. 밭 가장자리나 밭둑에 우뚝 서서 자랄 동료에게 훗일을 부탁하고.

　초고추장 무침 냉이 맛이 유별난 줄 처음 알았다. 내일 아침에는 무채 썰어 넣고 콩가루 버무려 냉잇국으로 봄 밥상이 차려진다니 기대해도 될 듯싶다. 금방 저녁상을 물렸음에도 내일 아침 밥상이 기다려

진다.

사람이 뿔나면 무서워?

풀은 가마니처럼 바보인 척하고 있지만 성나면 맛이 다를 거야. 개풀 뜯어 먹는 소리가 아냐. 새싹이 돋으면 비교해 봐.

강아지는 왜 뿔이 안 나?

호랑이는 뿔이 없어도 동물 세계 서열 1위에 올라 있어.

봤는데, 우리 엄마 아빠는 부부 싸움을 뿔로 하더라. 그래도 다치진 않아. 사랑싸움인가 봐.

강아지가 뿔나면 관아에 돌진해 받아버릴지도 몰라. 나 스스로 목줄을 채워 놓고 먼발치에서 코로나 다니는 길을 관찰하는 거야.

형아는 앙칼지게 짖을 때도 있지만 내겐 무던히도 착한 강아지야.

주인 아빠 뿔을 안 내는 것뿐이야. 누구나 무서운 뿔을 마음속에 숨기고 있어. 그러나 어지간해서는 그 뿔을 노출하지 않는단다.

형아, 날씨가 왜 이렇게 더워?

사람들은 왜 화성에 가지 못해 안달할까? 차량 속도로 꼬박 달려도 60년이 걸리고, 총알의 세 배 속도로 달려 6개월이 걸리는 먼 곳을 다투어 가려 하네. 화성엔 기후란 게 존재할까?

달엔 토끼가 살까?

겨울과 여름을 왔다 갔다 하네. 주인 아빠가 퇴근할 땐 추워서 내다보지도 않는데 낮엔 23도라니. 새벽엔 영하 3도였으니 도대체 몇 도 차이야? 하루 기온이 천당에서 지옥의 계단을 오르내리네. 날씨가 미쳤나 봐.

산불은 어디에서 왔을까? 산토끼가 몇 마리나 살지?

산불과 산토끼의 촌수를 나도 몰라.

코로나가 산에서 내려왔을까, 화성에서 달려왔을까? 테스 형은 화성인이야?

봄과 가을이 사라지면 너무너무 슬퍼. 꽃이 필 겨를조차 없고, 볼 빨간 사과를 곁에 둘 수가 없잖아. 꽃이 없고 결실이 없으면 시인이 시를 쓸 수도 없을 거야, 아마. 시가 열리지 않는 나무는 나무가 아니야. 아기 염소는 무얼 먹지?

－「강아지와 아기 염소가 쓰는 서사시, 사흘·나흘」

봄이 바깥으로 빠져나가는 것이 달갑지 않았지만, 환기를 위해 잠시 창 하나를 열었다. 억이가 아직 봄 향을 맡아보지 못했을지도 모르지 않는가? 어둠을 등에 업은 찬바람이 기세등등하다. 문을 닫았다.

보름 전 우수 무렵에 낮 기온이 23도까지 올라갔다. 그날 아침 기온은 영하 3도였다. 하루 기온 26도 차이. 그 이전엔 한 번도 본 적 없다. 우리나라 기온이 하루 26도 차이면 변고이다. 언론 어디서도 정치인 누구 하나 이 문제를 거론하는 걸 보지 못했다. 오직 제 밥그릇 챙기기에만 혈안이 되어있는 세상. 무섭다. 지구 온도 2도 상승. 심각하다. 지금은 밥숟가락 챙기는 것보다 기후 문제에 관심과 해결 방안을 찾는 게 가장 우선하다.

갈팡질팡하는 날씨, 더워지는 지구가 하 수상하다. 하루 기온 차이 26도, 불가사의한 일이지만 우리가 엎어 놓은 지구인데 누구한테 한탄하랴?

지난주 설에 함께 못 모인 첫째와 셋째가 아이들을 데리고 다녀갔다. 설 쇠고 나서 직계 가족 사적 모임 5명 이상 금지가 풀렸기에 가능했다. 그러나 직계만 풀렸지 나머지는 옭아맨 매듭을 풀지 못하고 있다. 설에는 당연히 못 모였지만 어머니를 제외한 우리 8남매는 아직 새해 인사조차 할 수가 없다.

코로나도 생전 처음 경험해 보지만 희한한 세상을 경험한다. 군에 있을 때의 당연한 통제보다 더 억압된 삶을 산다. 코로나를 원망해야 하나, 더워진 지구를 나무라야 하나? 근본부터 치료에 들어가야 한다. 심각하다. 지금 당장 중병 앓고 있는 지구부터 치료해야 한다. 그럼 코로나도 지구에 발붙이지 못할 것이다.

하루빨리 지구인 모두가 심각한 현실을 받아들이고 발 벗고 함께 나서지 않으면 멸망하거나 개나 염소에 지구를 빼앗길지도 모른다.

준 만큼 준다. 오억이는 주인으로부터 사랑받은 만큼 염소에 사랑을 나눠 준다. 지구도 사람으로부터 대접받은 만큼만 준다. 몸살 앓게 했을 땐 일깨워 주고 이젠 중병을 앓게 했으니 경종을 울린다. 우리 밭 냉이는 지난여름 비 때문에 일찍 밭을 비우고 농약 세례를 퍼붓지 않았기에 굵고 튼실한, 민들레 뿌리만 한 결실을 돌려주는 것이다.

아는지 모르는지 억이도 집 안에 든 모양이다. 바깥이 잠잠하다. 일단 오늘은 지구를 베고 누워 잠자리에 들어야 할까 보다. 밤이 깊으니.

늦다니까!

강아지와 아기 염소·3

이젠 아기 염소라 하기에는 덩치가 너무 커버렸다. 그러나 개구진 것도 그렇고 행동은 영락없는 아기이다. 우리 억이한테 다가와 뿔로 장난을 걸기도 하는가 하면 집을 통째로 빼앗아 영역 표시까지 한다. 머릿속에 영감 한 분 들인 듯. 그래도 잠은 저희 집에 가서 자고는 기상과 동시에 우리 집으로 나들이 온다. 오자마자 관심은 밥그릇이다. 내가 요즘은 넉넉하게 사료를 담아 두기는 하지만 처음엔 억이와 실랑이를 했다. 밥그릇 싸움도 싸움이지만 집을 차지하려는 다툼이 잦다.

억이가 덩치에 밀렸다. 염소가 집을 선점했다. 안에 들어가 편안하게 사료를 냠냠, 뾰작뾰작 음미한다. 억이가 다가가 고함치지도 않는 만큼 경계의 시선도 필요치 않다. 가끔 나를 응시하는 눈망울은 영롱한 물방울에 무지갯빛 찬연하게 머금었다. 거기다가 천진난만하기까지 하다.

쉽게 배를 채운 그는 집 안 바닥에 배를 붙이고 앉았다. 내 집이 아니란 것도 잊고 세상에서 가장 편안한 자세로 자리를 잡았다. 두 앞발은 앞으로 쭉 뻗었다. 졸음이 몰려올 듯도 하지만 순간 내 집이었으면 하는 욕망이 타올랐다. 두 앞발로 바닥을 긁었다. 흔적을 남기고 싶었다. 집 입구에 목덜미를 문질러 영역 표시에 들어갔다. 찔끔 쉬도 했다. 이 정도면 완벽한 영역 표시를 한 셈이다. 언제든 오면 내가 편히 쉴 곳이란 결론을 내린 후에도 한참을 그렇게 있다가 억이에게 미안했는지 슬그머니 밖으로 나왔다.

세상에 남이 기거하는 집에 들어와서 제집이라고 영역 표시하는 동물을 본 적 없고 들은 적도 없다. 제집 빼앗길지도 모르는데 태평인 억이도 희한한 강아지이다. 마음이 좋은 건지 바보스러운 건지 짐작이 안 된다. 힘에 밀려 포기했거나 나를 믿고 한발 물러서 있는지도 모르겠다. 설마 저를 바깥에 나앉게 그냥 두지 않을 거란 믿음일까?

많이 내린다는 일기예보는 아니었지만 자고 나니 봄비가 땅을 적신다. 아직 잠에서 덜 깬 씨앗이나 땅 밖 신세계를 경험 못 한 움을 흔들어 깨운다. 작년과 비교해 봄비가 잦다. 올핸 코로나를 깨끗이 씻고 싱그러운 계절을 만끽하라는 신호탄이었으면 좋겠다.

비 오는 날의 수채화 누가 쓰나?

옛 그림 지운
선성현 잠긴 호수
하늘과 대치하다
먹구름에 덮였다.

구름 뒤 그믐달
새벽 품은 줄 누가 알까?
물속 초저녁 별
늪에 빠진 줄 하늘이 알까?

달도 별도
비 오는 날의 수채화
그릇에 담은 호수
하늘이 비좁다.

선성현 호수 위에
붓 한 자루 놓았다.
그림자 속
그 밤이 그랬듯이.

여의도 이상한 사람들, 저들이 윗물인 줄 착각하는 것 같아.

텃밭 낮은 둑
매실 나뭇가지에
대롱대롱 물방울

준이 반 아이들처럼
나란히 한 줄로 섰다

아이들 한 입으로
잠꾸러기 매화 아가씨
꿈속에 들어가
봉오리 열고 나오라고
귀엣말 들려준다

비 그친 오후
열린 하늘에서 내려온
흰나비 한 마리
응원의 날갯짓 나풀나풀
빠르게 느리게 봄바람인다
나무 그늘 아래 고개 든 냉이
속삭속삭
그들 대화 경청하다가

산수유 아래 꽃다지
노란 꿈속 함께 가자
노랑나비 곁을 준다
하양 노랑
새내기 손주 반 아이들
맑은 꿈 담을
하늘 그릇 비좁다

검찰총장은 얼마나 높은 사람이야?

사람들은 구름 속에 그믐달이 떴는지 호수 깊은 물속에 별이 몇 빠졌는지 도통 관심이 없어. 호수라는 그릇에, 지구라는 그릇에, 하늘이란 그릇에 탁류로, 탐욕으로, 거짓으로 꽉 채워져 비집고 들어갈 틈이 없어. 그릇이 비좁다는 사실을 아는지 모르는지?

비 오는 날의 수채화 누가 썼나?

그래도 아이들의 하양 노랑 마음속엔 맑은 꿈이 있어. 하늘 담을 그릇이 비좁을 만큼.

－「강아지와 아기 염소가 쓰는 서사시, 스무하루 · 하늘 그릇」

물에 물감을 풀었다. 천천히, 꼼꼼하게 색칠해 나갔다. 덧칠까지 했다. 그러나 아직 그림은 완성되지 않았다. 두고두고 한 폭의 그림을 완성해 나갈 참이다. 오늘도 수채화의 일부를 그리려 한다.

염소가 비를 피해 황토방 부엌 쪽 처마에 올라 종이를 뜯어 먹는다. 허기진 것 같지는 않은데 사람들의 세끼 개념보다는 입을 쉬지 않는 염소의 습성으로 뭔가를 탐한다. 툇마루에 실례까지 해 놓았다.

표고버섯 몇 점 겨울을 뚫고 환희를 외친다. 늦잠 자던 매화 한 송이 피었다. 나머지는 이제 막 눈 뜰 기세다. 파릇파릇 풀포기가 키를 재며 어깨동무한다. 비를 반기는 식물과 피하는 동물이 한 폭의 수채화에 오롯이 담긴다.

억이는 웬걸 비에 흠뻑 젖어 제집에 오도카니 앉았다. 아기 염소에 집을 내주고 비를 맞은 게 틀림없는 듯. 염소가 나를 뒤따라왔다.

멍멍 멍멍.

음매애애애.

'주인 아빠는, 엄마가 쌍둥이 돌보러 서울 간 지 열흘째인데 그사이 한 번도 치즈나 계란프라이를 주지 않았어. 아마 주인 아빠는 계란프라이를 만들 줄 모르나 봐? 딱딱해서 도저히 먹기도 힘든 소 뼈다귀와 말라비틀어진 돼지 껍질만 던져주고….'

'형아는 주인 엄마가 보고 싶은가 봐? 난, 우리 엄마가 보고 싶어.'

'사람들은 우리 말을 못 알아듣잖아? 그러니까 흉을 봐도 괜찮아.'

'형아, 잠깐만.'

'너, 눈 깜짝할 사이 내 집에 들어갔네. 나, 언제까지 비 맞고 서 있어야 하니?'

억이와 염소가 나를 의식하지 않고 그들만의 대화로 친근감을 표시한다.

양보와 배려심이 많은 개띠 아내는 유독 따르는 우리 집 억이와 닮았다. 나는 그 반대에 가까운 아랫집 염소를 닮았고. 내가 염소띠이기 때문일까?

봄이 되니 우리 집의 닭 네 마리가 통틀어 하루에 한 개 알을 낳는다. 그게 어딘가? 내일은 계란프라이를 해서 억이와 나눠 먹어야겠다.

아랫집 서규 씨 염소가 집에 들어앉아 여유롭게 사료를 먹고 있고, 우리 억이는 비를 맞고 집 앞에 멍 때리고 있다. 그들 머리 위로 뻗은 자두나무 가지에서 실눈 뜬 봉오리가 신세계를 담고 있었다.

목련꽃의 반란

　　이사도 오기 전 가장 먼저 사다 심은 나무는 목련 두 그루였다. 남의 집 단독 주택에 목련이 피는 모습이 그렇게 아름다울 수가 없었다.

　시골집에선 유실수 아닌 나무를 심어 꽃 감상할 여유가 없었던 터라 아파트 아닌 집에 살면 다 제쳐 두고서라도 목련꽃 피울 생각을 하던 차였다. 땅을 구입한 후 집도 짓기 전에 나무 시장에서 3년생 목련 두 그루를 비싼 줄도 모르고 데려와 밭둑에 심었다.

　벌써 9년이 흘렀다. 그런데 백목련 두 그루가 아픈 손가락이 될 줄 미처 몰랐다. 꽃나무 아주머니 말씀대로 그해부터 꽃을 피우긴 했는데 꽃의 사명을 다하지 못하는 것이다. 인고의 겨울을 견디고 두 겹,

세 겹 표피 뚫고 웅장하게 팡파르를 울릴 때까지는 좋았다. 반드시 찾아오는 꽃샘추위 앞에 무릎 꿇는 모습이 안쓰럽다. 순백의 연약한 꽃잎이 해마다 꽃샘추위 앞에 무너져 내리는 모습 보는 내 가슴이 까맣게 타곤 했다.

8년 동안 쭉 지켜봤지만 한 해도 제대로 꽃잎 지는 걸 못 봤다. 손뼉칠 때 떠나 흙으로 돌아가는 게 순리거늘. 추위에 약한 품종이기 때문도 있겠지만 봉화 춘양 기온과 맞먹는 이곳 추위 탓이 더 클 듯싶다. 시내와 비교해 3, 4도 기온이 낮다 보니 어찌 그 보드랍고 여린 살결을 지닌 그녀가 견딜 수 있었을까?

밤새도록 봄비가 쉬지 않고 내렸다. 장맛비를 연상케 하는 소나기도 곁들였다. 번개 천둥까지 쳐대니 봄밤에 이런 날벼락이 없었다.

일을 끝내고 새벽 4시, 빗속을 뚫고 지나 집에 드니 억이와 아랫집 염소, 복실이까지 나와 반긴다. 볼 수 없는 광경이다. 염소에 이어 그 집 복실이까지 우리 집에 드나들기 시작하더니 어젯밤엔 아예 우리 집에서 잠 신세까지 진 모양이다. 열 살이 넘은 할머니 개에게 복실이란 이름 붙여준 건 아내이다. 어제 치즈까지 챙겨 줬다더니 아내에게 감기듯 살갑고 내게도 호의적이다. 얼마 전까지만 해도 짖고 도망가고 했는데. 며칠 사이 급격히 우리 집과 가까워졌다. 억이와 친해졌는지 우리랑 친해졌는지… 어쨌든 염소가 다리를 놓은 건 맞다.

지인이 불가사의한 일이라면서 '세상에 이런 일이'란 프로에 나가야 하지 않겠느냐고 한다. 그렇지 않아도 'TV 동물농장' 작가가 전화 와서 30여 분 통화를 했었다. 비슷한 내용이 가끔 방송을 탄 적 있는 듯 다시 연락이 오진 않았다.

비 그친 뒤 목련나무 밑으로 먼저 달려갔다. 꽃잎 몇 지긴 했지만, 순백의 꽃은 돌아서 오는 내게 작별 인사에 곁들여 내일도 모레도 오라며 여유를 부린다. 비는 지나갔지만 꽃샘추위는 기력을 잃었다. 이젠 와도 맥을 못 추고 꽃잎 앞에 무릎을 꿇을 듯. 다행이다. 우리 집 밭둑에 온 9년 만에 가장 화려하게 꽃을 피웠고 목련의 위용을 뽐내고 있다. 들며 날며 며칠 더 목련과 눈인사를 건넬 수 있어 참 좋다.

박찬호, 추신수, 이승엽, 류현진. 이 삼촌들 뭐 하는 사람들이야?

매화 지고 벚꽃 피고
벚꽃 가고 목련 오네
오는 건
꽃의 맘이지만
가고 싶지 않아도
떠나야 하는 꽃, 지구가 밉다

코로나 초미세 먼지
황사 비가 주룩주룩
가슴이 먹먹하다
눈을 닦고
귀를 씻고 씻어도
꽃잎 마구 떨구고 마네

서울 부산 사람들
시기하고 싸우고
거리 두기 하지 않는
난리법석인 지구
뭘 볼 게 있다고…
허상만 좇다가 그리다가

난 비가 싫어. 황사 비도 싫지만 신사 체면에 홀딱 비에 젖은 모습 싫어. 혹시 여자 친구가 어디서 보고 있을 수도 있잖아.

우리나라 프로야구가 40년을 맞는다고 하네. 오늘이 개막일인데 하필 전국적으로 비가 내려 취소가 됐다니… 별들의 잔치를 볼 수 없어 아쉽네. 돔구장 한 곳에서만 대회가 열렸다고 하지, 아마.

일본 고등학교 1학년 사회 교과서에 독도가 일본 땅이라고 기술되어 있다나 봐. 망령이 들어도 단단히 들었지. 넘볼 걸 넘봐야지.

밤새도록 비가 그칠 줄을 몰라. 꼬박 하루를 채우려나 보네. 염소 너, 집에 안 가길 잘했다. 억수같이 쏟아지는 비를 맞고 집에 갔으면 신사 체면 다 구겼을 테니까. 너희 집 복실이 누나는 경로 우대 차원에서 나랑 우리 집에서 자면 그만이다만 너는 지붕 덮인 원두막이든 비 피해 아무 데서나 자려무나. 아까 장맛비가 쏟아질 때 천둥 번개도 쳤잖아. 너와 복실이 누나가 없었으면 엄청 무서웠을 거야. 셋이 우리 집에서 함께 자는 게 처음이잖아? 조상님들이 잠은 집에서 자야 한다고 했지만, 오늘같이 비 오는 밤에 벗 삼아 함께 자는 것도 괜찮긴 하네. 아까 번개 칠 때 벼락 떨어진 곳도 있었을까? 혹시 일본에도 우리나라처럼 천둥 번개에 소낙비가 내렸다면…

    -〈강아지와 아기 염소가 쓰는 서사시, 마흔둘 · 갑질하는 지구〉

아내가 억이 목줄을 풀어주었다. 그동안 염소와 복실이보다 행동반경이 제한되어 있다가 해방되니 천방지축 뛴다. 보폭이 짧은 복실이가 따르지 못한다. 점심 먹고 아내와 동네 아주머니들을 이웃 마을까지 태워주고 돌아서 오는데 그곳에 억이가 따라왔다. 큰 도로를 지나서 오는 길이라 위험천만하다. 차를 피해 곡예하듯 달린다. 어련히 피해 다니겠지만 안심이 안 된다.

신세계 경험한 억이가 마실에서 돌아오는 아내 맞아 쫄래쫄래 따라온다. 복실이도 뿜뿜 애교를 발산한다. 질투의 화신이 발동한 억이가 복실이 누나를 흘긴다. 앞서거니 뒤서거니 그렇게 그들은 봄을 딛고 사뿐사뿐 걷는다. 냉이꽃과 꽃다지가 하얗게 노랗게 미소 띠며 걸음걸이에 하나 둘 셋 넷, 구호를 붙인다. 멀리서 목련도 그 모습 보며 흐뭇하게 웃는다.

곡우

꽃사과 시대

볕이 좋다. 이렇게 볕이 좋은 날은 아무나 붙들고 인생 살아
가는 복잡한 이야기 말고 꽃다지 이야기, 냉이 흰 꽃 이야기며 그냥
시시콜콜한 대화하고 싶다. 그 상대가 누구여도 좋다. 반세기 전 외사
랑 경자 누나이면 더 좋고 트랙터로 밭갈이하는 촌로와 박카스 한 병
과 사과즙 나눠 마시며, 고추며 고구마 모종 심을 시기에 관해 정보
교환해도 좋다. 고스톱 하러 간 마누라 흉을 본들 누가 흉볼까?

돌아가신 할머니 집을 사서 이사 오려는 듯 터를 닦고 있는 젊은 부
부의 아이를 붙들고 '엄마가 좋아, 아빠가 좋아?'라고 물어보고 싶다.
꼬리 살래살래 흔들며 애교 뿡뿡 뿜는 억이에게 다가가 발로 툭 건드
리고 '네 엄마 보고 싶니? 고스톱 하러 갔는데 저녁 시간 돼야 돌아올

거야. 나랑은 재미없지?'라며 약 올리고 싶다.

하늘엔 구름 조각 거의 없다. 북쪽에 몇 떠 있긴 해도 해가 지나가는 길을 방해하긴 어려울 듯싶다.

궁금한 곳이 있어 닭집을 지나 자두밭을 가로질렀다. 밭 관리를 안 한 탓에 마른 덤불이 걸리적거렸다. 떠나지 못한 도깨비바늘이 찰싹 내 옷에 달라붙는다. 어디든 따라가서 2세 탄생을 완성하겠다는 의지가 강하다. 고라니가 다녀갔을지는 알 수 없으나 사람의 발길은 닿지 않은 밭 끝쪽을 향했다. 도깨비바늘 말고도 나를 따르는 이 또 있다. 닭들이다. 저희끼리는 한 번도 와 보지 않은 곳인데 주인이 나서니 안심하고 따라온다.

닭은 겁이 많다. 주위에 그를 노리는 적이 많다는 사실을 감지하고 있는 닭들이라 평상시에 그들의 발길 닿는 영역이 한정돼 있다. 오늘 나를 따라 신세계를 경험하고 있는 셈이다. 거침없이 덤불을 뚫고 네 마리가 다투어 달려온다. 주인이 가니 위험 부담은 없겠다고 판단했을 듯싶다. 사람 나이로 보면 할머니에 속하니까 속에는 능구렁이가 들어있을 게 뻔하다. 또 하나 닭들이 험한 길을 헤치고 나를 따라나선 이유는 '모이 주는 착한 아저씨'가 가는 길이기 때문일 것이다.

닭들과 나의 발길이 멈춰 선 곳은 꽃사과나무 앞이었다. 자두나무가 고사한 곳에 사과나무와 배나무, 꽃사과나무도 몇 그루 심었다. 작년부터 몇 알 열린 꽃사과나무꽃을 보기 위해서 이곳까지 왔다. 그냥 꽃사과나무꽃이 오늘따라 궁금했다. 닭들은 영문 모르고 따라왔다가 사진 찍는 내 앞 나무 밑에서 흙을 헤쳐가며 땅을 쫀다. 무슨 모이가 많을까? 풀씨 한두 개씩 건져 올렸는지 궁금하다. 나는 소기의 목적을 달성했다. 갓 피었거나 꽃잎 여는 모습을 스마트폰 카메라에 담았다. 꽃들도 최대한 예쁘게 포즈를 취해 줬다. 고마웠다. 바람의 방해쯤 피하는 건 어렵지 않았다.

'쑥은 백 가지 병을 구한다'라고 기록될 만큼 쑥이 약효가 뛰어나다면서… 혈액 순환을 촉진해 냉증 치료에도 특효라고 하는데 무슨 쑥이 저렇게 남아돌아? 만병통치에 가깝다면 남아날 리 없잖아. 지천으로 널린 게 쑥인데… 나는 오늘 종일 쑥만 먹어야 할까 보다. 염소는 오래 살고 싶어.

닭들이 졸졸 뒤를 따른다
주인이 가는 길은
낭떠러지도 무섭지 않다
경험 않은 길
나는 꽃을 담고
닭들은 나무 밑에서
해를 쫀다
나무 위에서도
나무 아래에서도
신세계가 펼쳐졌다
닭이 먹다 남은 해가
서산에 기울었는데도
꽃사과나무는 먼 산 보며

여민 꽃잎 왜 접지 못하는가

백신이 우리에게 돌아오는 날을 손꼽는 것보다 들에서 쑥이랑 두릅
이랑 민들레 잎 뜯어 먹으며 사람들과 거리 두기 하는 게 낫지 않을까?

백두대간에 소나무와 풍란만 자라는 게 아니었어. 숱한 동식물이 띠
를 이루기도 하고 공생 공존하며 살아가고 있단다. 한반도 역사, 기원
전 기원후 그런 것 따지지 말고 근세만 둘러보아도 우리 민족의 애환과
변천사가 고스란히 녹아 있어. 백두산에서 지리산까지 훑어보면 숨은
이야기, 고난과 역경을 이기고 번영하는 과정의 우리 역사가 살아 숨
쉬고 있지. 그 방대하고 긴 역사를 제대로 남길 필요가 있는데 우리, 사
람과 동물들은 과연 깨어있는가?

닭들은 온종일 모이를 쪼는 것 같은데 그래도 배가 고픈가 봐. 해도
쪼아 먹으려고 덤벼. 간도 크다니까.

세상에 얼굴만 한 사과만 있는 게 아니야. 똘배가 있듯이 꽃사과도
있어. 사과가 수정할 때 역할을 하기도 하고 저들끼리 사랑도 한단다.
배우자 만나 자식도 낳고.

－「강아지와 아기 염소가 쓰는 서사시, 예순하나 · 꽃사과 시대」

사람은 필 때 핀다. 꽃도 그렇다. 사람도 꽃도 전성기가 있다. 대부
분 전성기를 포착하고 호시절을 누린다. 그렇지 못한 사람과 나무는
항상 기죽어 있는 현상을 본다. 전성기를 넘기고 나서는 좀처럼 기회
포착이 어렵다. 그러나 기회가 세 번 오듯이 노력과 진정성이 있으면
다음 전성기를 잡는다. 오히려 처음에 놓쳤던 것보다 큰 전성기를 누
릴 수도 있다. 마음먹기에 달렸다. 처한 현실에 순응하고 기다리면 떠

44

나려던 행운도 되돌아온다.

나무도 식물도 마찬가지다. 가뭄이 와서 좀 시들어도 끈기를 가지고 기다리다 보면 비와 영양분은 온다. 더 큰 열매를 달 수도 있다.

꽃사과나무는 내게 약속을 지켰다. 내가 꽃 보러 올 것을 알기라도 한 것처럼 제때 꽃을 피워 주었다. 나무와 풀들은 하루 이틀 시차가 있을지는 몰라도 어김없이 우리 곁에 온다. 구태여 손가락 걸고 약속할 필요도 없다.

나는 누구에게 그러했던가? 누구에게 필요한 사람이었던가, 그 사람이 기다릴 때 '짠' 하고 나타났던가, 꽃이기는 했던가?

볕 좋은 날, 나는 어떤 사람으로 어디쯤 가고 있는지 스스로에게 자문해 본다.

꽃 피는 고목나무

가족 주간을 맞아 밀물처럼 왔던 아이들이 썰물 되어 떠나간 선돌 언덕은 바람이 와서 논다. 아내마저 썰물에 쓸려 가고 난 뜰은 오늘따라 왜 이리 넓어 보이는지. 자두나무에선가 소나무 숲에선가 참새 몇 마리 흥얼흥얼 텅 빈 곳을 메우고 있다. 바람을 일으킨 건 참새떼인가, 썰물 되어 떠난 아이들의 선물인가? 어제부터 지독했던 미세 먼지쯤은 쓸어 가고도 남음이 있다. 코로나까지 쓸어 갔으면 더 좋으련만. 너무 큰 기대인가? 그 또한 불가능은 아닐 것이다. 언젠가는 바람이 쓸어 가든지 저 스스로 못 견디고 떠나가지 않겠는가?

바람이 좀 잦아들었다. 그래도 동산의 해당화나무는 탄생의 기쁨을 바람에 기대 내게 알린다. 살랑살랑 몸을 흔드는 가지 끝에 정열적인 꽃이 매혹을 발산한다. 채 다 피지 못했지만 서너 송이 꽃으로도 존재 가치가 충분하다. 화려했던 봄꽃 잔치가 끝나고 뜸했던 선돌 동산에 먼저 와 자리매김하겠다는 해당화의 선점은 완성도 높은 그림에 화룡점정 빨간 물감을 찍는다.

달맞이꽃과 접시꽃은 아직이다. 한 달 이상 지나 해당화가 씨방을 맺을 때쯤에나 만날까 모르겠다. 꽃이라는 이름의 그들과 가까이한 지 9년째. 아직 주변에 피는 꽃 이름조차 다 꿰지 못하고 있다. 아내는 더하다. 저 정열적인 해당화 앞에서도 주저주저 꽃 이름에 낯설어한다. 구태여 이름까지 외울 필요가 없다고 판단했음인가? 꽃은 선돌길 언덕에선 본인 하나면 충분하다고 착각하고 있음인가?

'윗물이 맑아야 아랫물이 맑다'라는 속담을 수정해야 할 것 같아. 아무리 윗물이 맑아도 하류로 내려가면 탁해질 수밖에 없을 정도로 환경이 오염돼 있는 까닭에 시대에 맞게 바뀌어야 하지 않을까?

이슥한
달 기운 밤
못난이라고
불러 주고 싶어도
내 곁을 떠난 지 하세월
희미한 기억 속에 떠도는
가물가물 너의 이름 입에서
맴돌다가 사라져 갈 뿐이네

기러기 날며 밤길 밝혀도
장미가 봄을 먹기 전에
별이 내려와 쫴도
달 뜨는 7월
그대 품속
그리네

접시꽃 당신은 어디에서 필까요?

윗물이 탁류니까 아랫물은 더 탁하다, 라고 고쳐 쓰는 게 좋을 듯싶다. 우리가 죽기 전에는, 아니 죽은 후라도 쉽게 이 말을 고칠 필요가 없을 듯하다. 어찌어찌하여 세상은 탁해만 가는가? 그 영문을 알다가도 모르겠다. 이름 없이 사는 민초들이 설 땅도 없어지는 현실이 안타까울 뿐이네.

달도 차면 기울고 꽃도 피면 지는 게 순리거늘, 차고 피면 기울 줄도 질 줄도 모르니 낭패 아닌가?

올챙이가 자라서 개구리란 이름을 얻고, 달맞이 풀과 접시 풀이 자라 꽃을 피워야 본연의 달맞이꽃과 접시꽃을 완성한다네. 강아지가 부모가 되어야 개가 되고, 어린 염소가 뿔이 제대로 완성되어야 염소가 되는 이치와 같아. 달맞이 풀이 성숙 단계에서 힘듦을 견디지 못하면 이름도 불리기 전에 도태하고 말지. 세상에 왔으면 동물이든 식물이든 반드시 존재 가치를 알리고 떠나야 하지 않을까?

　-「강아지와 아기 염소가 쓰는 서사시, 쉰다섯 · 달맞이꽃」

접시꽃과 달맞이꽃이 해마다 적기에 온다. 올 때마다 꽃 앞에서 깨우쳐 줘야 끄덕끄덕한다. 그러곤 꽃잎 지기 전에 그 이름을 잊는다.

꽃 이름을 외라고 강요할 이유도 없지만, 그녀 앞에 그녀 아닌 꽃을 자주 거론하는 게 예의가 아닌 것 같아 다른 꽃 이야기는 그쯤에서 접곤 한다.

아내야말로 태어나면서부터 꽃이었을 것이다. 성장 과정도 그렇고 내게 시집올 때, 아이 낳고 키울 때도 마찬가지였다. 지금까지도 꽃으로 매일 핀다.

그런데 식물들은 그렇지 않은 경우가 많다. 주로 이른 봄에 피는 꽃들은 잎보다 먼저 피다 보니 화려하게 온다. 지고 나면 잎에 묻히고 열매에 가려 그 이름을 이내 지운다. 사람과 크게 다른 이유가 거기에 있다.

그래서 접시꽃, 달맞이꽃, 제비꽃처럼 태어나서 질 때까지 그 이름은 꽃이다. 분명 잠시 꽃으로 필 때 외엔 순이거나 열매일 때도 접시꽃, 달맞이꽃이라고 부른다. 알 만한 지인에게 '달맞이꽃의 새순일 때 달맞이 풀이라고 불러야 하나, 달맞이꽃이라고 불러야 하나?'라고 물어봤더니 '달맞이꽃이라고 하는 게 맞지 않을까?' 한다. 접시꽃, 달맞이꽃, 제비꽃도 태어나서 떠날 때까지 꽃이라고 불리고 싶어 하나 보다. 식물도 사람과 별반 다르지 않다.

사과나무, 배나무, 자두나무, 복숭아나무의 경우는 조금 다르다. 꽃보다는 그 열매를 중히 여기다 보니 꽃의 비중보다는 열매에 비중이 높다. 그래서 사과꽃 배꽃 등으로 불리기보다 그냥 사과나무 배나무로 불리길 희망한다. 벚꽃과 벚나무, 매화와 매실처럼 특이한 경우도 본다.

딸기꽃과 앵두꽃도 예쁘다. 예쁘지 않은 꽃이 어디 있을까마는 딸기꽃, 앵두꽃을 기억하지 않는 경우가 많다. 나무 산딸기도 그렇지만 딸기는 그 자체가 꽃이다. 얼마나 탐스럽고 예쁜지 입으로 가져가기가 아까울 지경이다. 조롱조롱 가지마다 빼곡히 달린 앵두가 익어가는 모습은 더할 나위 없는 꽃의 모습이다. 애지중지 곁에 두고 오래 감상만 하고픈 꽃들이다.

사람이 평생 꽃이기는 하지만 전성기가 있다. 나무도 식물도 마찬가지다. 사람의 경우 이팔청춘일 때 꽃으로 아름답게 피지만 서른 전후해서 배우자 만나 결혼을 한다. 이맘때 가장 화려하게 핀 꽃이길 원한다. 정작 사회에 발 디딘 2, 30년 이후인 마흔에서 쉰일 때가 만개한 꽃일 것이다. 그런데 이 시기를 놓치거나 너무 빨리 꽃피워 빨리 시드는 경우를 자주 접한다. 지는 꽃도 아름답다지만 몰골이 흉하게 망가져 민망할 때가 많다.

꽃은 남을 위해 핀다. 내면을 가꾸고 남의 행복을 위해 피는 꽃은 저의 행복은 담보하지 않는다. 남의 행복을 보는 것이 곧 저의 행복일 테니까.

꽃은 은근히 바라보는 것. 시도 때도 없이 조몰락거리면 금세 잎이 시들고 꽃으로서의 사명이 끝난다. 너무 예쁜 나머지 주머니에 가두고 혼자 취하고자 한다면 광합성 작용을 못 해 그야말로 온실 속 꽃이 되고 말 것이다.

달맞이꽃은 움이 트면서부터 꽃이었고 씨방에서 씨가 떨어질 때까지 꽃이다. 사람도 그러하다. 누가 꽃이라고 불러 주지 않아도 고목에도 꽃 피듯이 지구를 떠날 때까지 꽃이다.

　해당화의 계절이다. 손주들이 다녀간 빈자리에 해당화가 핀다. 산
너머에서 피기 시작한 아까시꽃이 산을 넘어 서서히 내려온다. 정열
적인 해당화와 친해 보려는 듯.

신록의 계절

"온통 산이네. 가도 가도 산의 연속이야. 어김없이 신록은 천지를 뒤덮어 버렸어요."

"신록, 신록의 계절이 맞지. 막상 계절을 넘을 때마다 신록과 마주하지만 그 단어는 낯서네. 젊을 땐 그 단어를 편지에서도, 시에서도 자주 사용한 것 같은데 이즈음에 와서는 내 글에 신록이란 단어가 거의 등장하지 않은 것 같아."

아내가 깨우쳐 주지 않았으면 망각할 뻔한 단어이다. 뭐가 바빠 신록의 계절을 매년 맞이하면서도 잊고 살았는지 이해가 안 간다. 신록이 절정을 이루는 5월에 두 아이가 배우자 만나 떠났고, 정작 신록에 묻혀 살다 보니 곁에 있는 것에 소홀했던 모양이다.

"대구에 모처럼 가네."

"그런가?"

친척 결혼식이 대구에서 있어 아내와 중앙고속도로를 타고 여정에 올랐다.

산과 신록이 파노라마처럼 겹쳐서 함께 간다. 포항에서 나고 자란 아내는 3분의 2가 산인 우리나라의 산이 오늘따라 경이롭게 보였나 보다.

읍내터널을 지나니 칠곡이 가깝다. 4, 5년간 살던 곳. 잘 다니던 회사를 그만두고 택시 운전을 시작했다.

"우리가 이곳을 떠나지 않았으면 어떻게 되었을까요? 잘 살고 있을 거야, 아마."

"살고는 있겠지. 인명이 재천인데⋯ 5층 아파트 4층에 살던 때와 단독주택 2층에 세 들어 살던 그때가 아련하네. 아이들 셋은 이곳 초등학교에 입학해서 다니고 있었고⋯. 어린아이들을 두고 당신이 일하러 나가야 했던 시절이 있었지. 큰아이가 막내 머리 묶어 유치원과 학교에 데려가고⋯."

"참 어렵게 살았네, 그때. 식당 일, 건설 현장에서 일하기도 했고."

"가장 역할을 제대로 못 한 내가 할 말이 없네."

아내는 회한에 잠긴다.

"이곳에 계속 살았다면 지금은 뭘 하고 살까?"

"알 수 없지. 택시 운전을 계속했을 수도 있고⋯ 건강에 적신호가 왔을 수도 있고. 어쨌든 그때 시작했던 택시 운전을 지금도 하고 있고,

간간이 하던 탁구를 지금까지 하고 있네. 볼링도 배웠고 화투에 빠지기도 한 적 있었네. 화투를 끊은 건 대단한 의지였지."

예식 시간에 쫓기지는 않아 옛날을 회상하며 추억에 젖을 수가 있었다. 칠곡을 밀어내고 경부고속도로로 접어들 때는 여름이 익어가고 있었다.

비 그치고 난 계절은 신록을 불러 세워 여름을 예약하네. 볕은 점점 두꺼워지고 이는 바람은 숨을 헐떡이네.

인근에 살던 그때
가끔씩 넘나들던
팔공산 자락에는
신록이 여전한데
스무 해
포개 놓은 나이가
헐떡이며 가노라

장엄한 준령 따라
바위가 호령하고
팔공산 계곡에는
산새며 다람쥐도
솔방울
구르는 모습 보며
넋 빼놓고 웃더라

누가 감히 오는 여름을 평가절하할 수 있단 말인가? 봄이 가면 여름이 도래하는 법. 봄이 채 피우지 못한 꽃이 있다면 이제라도 피워 결실을 보게 해야지. 염소가 피우랴, 강아지가 피우랴?

주인 엄마·아빠, 어제 부랴부랴 차를 고쳐서 친척 대구 결혼식에 다녀왔다나 봐. 스무 해도 훨씬 전에 살던 칠곡 땅을 지나다가 그 시절 회상하며 추억에 젖곤 했나 봐. 우리 조카들 그때 관음초등학교에 다녔었는데… 오는 길은 고속도로를 마다하고 팔공산 코스를 택했다고 하네. 주인 엄마는 웅장한 산과 신록을 이야기했고, 아빠는 변함없이 그 자리 지키며 버팀이 되고 있는 산에 고마움을 표했다고 해.

계절은 여름을 향해 질주하고 윗물이 되겠다는 사람들은 정치의 계절에 본격적으로 뛰어드네.

입시철이 되면 수험생을 둔 부모들은 팔공산 갓바위에 올라 기도를 드리곤 했지. 진정 백성을 위하고 공정과 상식을 실천할 사람이 온다면 갓바위는 허락할 준비가 되어있다는 사실을 널리 공포하노라.

– 「강아지와 아기 염소가 쓰는 서사시 여든일곱, 갓바위 다람쥐는 알까」

돌아오는 길은 팔공산 코스를 택했다. 산은 그대로인데 우리만 늙은 것 같다. 그전에 그런 적 있었는가 싶기도 하지만, 둘이 오붓하게 팔공산 길 드라이브를 즐기는 게 얼마 만인가 싶다. 대구를 떠나 고향으로 돌아온 지 25년째. 언젠가 한 번 제2석굴암을 지나쳐 바삐 넘은 기억이 가물가물 나긴 한다.

요즘 아내가 말수가 좀 줄어들었다. 지난주 위 복강경 수술 판정을 받은 후부터이다. 2년 전 내시경 시술했던 곳에 이상이 생겨 20일 후 수술 날짜를 받아 온 후 웃음과 말이 적어졌다. 별것 아니라고 위로하지만 본인으로선 별것 아닐 수가 없는 모양이다.

누구든 몸살은 앓는다. 산도 몸살 중이다. 팔공산이라고 다르지 않다. 곳곳이 파헤쳐져 건물이 들어서고 숙박업소가 성업 중이다. 완전 복원은 어렵더라도 자연 현상으로 되돌려 줄 의무가 우리에게 있다. 오늘만 해도 산림을 부수는 현장을 몇 곳 보았다. 큰일이다.

오늘 친척 결혼식 때문에 그나마 아내와 많은 말을 했다. 평상시에도 같이 있는 시간이 많아 대화가 끊일 날은 없다.

녹음이 짙다. 그냥 오는 푸름이 아니다. 치열하게 다툼을 하고 나뭇가지가 잎에 활력을 불어넣어 동기 부여했기에 가능했다. 그 과정 역시 순탄하지는 않았다. 좌절을 맛보기도 했고 절망 앞에 포기할까도 생각했다. 그러나 사명감 때문에 전력을 다했다.

집에 들어서자 억이가 고개 살래살래 아는 체를 한다. 곁에서 애기 똥풀이 노랗게 웃는다.

알기라도 하는 듯 강아지도 말수가 적다. 아내가 억이한테 거리를 둔 것도 아닌데.

망종

소쩍새 울면

소쩍소쩍 소쩍소쩍.

자시子時를 지나는데도 소쩍새는 도시 근교 먼 듯 가까운 산에서 애가 탄다. 깔딱깔딱 숨이 턱에 차오를 듯 그 목청 처연하다.

이면 도로로 차를 몰아 안전하고 적당한 곳에 세웠다. 하늘을 봤다. 잿빛에 가까운 구름 몇 점 띠를 이루며 흘러들고 그믐달 떴다. 주위로 별 몇 개도 보인다. 졸린지 눈망울이 총명하진 않다. 도시 불빛과 구름이 별자리를 흩트려 놓은 듯하다.

소ㅎ쩍 소ㅎ쩍. 그 소리, 한 뼘 가까이 들린다. 솟쩍솟쩍, 오늘 밤 내 귀엔 분명 그렇게 솥 적다고 들려준다.

올빼미목 올빼밋과인 소쩍새는 멸종 위기종에 속해 있어 천연기념물로 지정될 모양이다. 뻐꾸기는 시도 때도 없이 우는 데 비하면 유심히 관찰해도 1년에 소쩍새 울음은 한두 번 듣는 게 고작이다. 못 듣고 지나간 해도 분명 있었던 듯. 산골에 살아도 이 정도인데 도시 사람들은 라이브로 들려주는 소쩍새 노랫가락 듣기가 쉽지 않을 듯하다.

몸길이 18.5~21.5cm이다. 몸의 빛깔은 잿빛이 도는 갈색 또는 붉은 갈색이다. 잿빛형의 암수는 이마와 정수리 목에 갈색 무늬가 있고 얼굴 가슴 배에는 짙은 갈색 무늬, 등 어깨 허리에는 잿빛 갈색 무늬, 뒷머리와 목덜미에는 붉은 갈색 무늬가 있다. 날개깃의 끝은 붉은 갈색이다. 붉은 갈색형의 암수는 붉은 갈색 바탕에 머리와 등에는 검은 세로무늬가 있고 꽁지깃에는 가로무늬, 날개깃에는 연한 갈색 무늬가 있는 것이 보통이다. 털갈이는 8~10월에 한다.

한국에서는 예로부터 '솟쩍' 하고 울면 다음 해에 흉년이 들고, '솟적다'라고 울면 '솥이 작으니 큰 솥을 준비하라'는 뜻에서 다음 해에 풍년이 온다는 이야기가 전해 내려온다. 한국의 중부 이북에서는 여름새이며 일부 무리는 나그네새이다. 산지 또는 평지 숲에 살면서 나무 구멍에 알을 낳는데, 5월 초순에서 6월 중순에 한배에 4~5개의 알을 낳아 암컷이 품는다. 알을 품는 기간은 24~25일이고 새끼를 먹여 키우는 기간은 21일이다. 낮에는 숲속 나뭇가지에서 잠을 자고 저녁부터 활동한다. 먹이는 곤충이 주식이고 가끔 거미류도 잡아먹는다. 한국 사할린섬 우수리 아무르 중국(북동부) 등지에 분포하며 중국 남동부와 인도차이나 북부까지 내려가 겨울을 난다.

유년, 들에 따라갔다가 돌아올 때였을 게다.

소쩍소쩍.

"엄마, 저 새 이름이 뭐로?"

아버지는 쟁기 짊어지시고 앞서고 나는 소 이타리 잡고 어머니와 뒤따르고 있었다. 가까운 듯 산에서 처음 듣는 새 울음소리에 호기심이 발동했다. 뭐 궁금한 게 있으면 참아내지 못하는 나였다. 귀찮을 정도로 어머니께 끈질기게 묻곤 했던 기억이 생생하다.

"소쩍새다만. 첨 들어봤나? 봄부터 가을까지 저 산에서 울더만."

"소쩍새는 왜 우노? 젖 달라 카는 거라? 배가 고픈가 보지?"

"글쎄다. 저 새는 수놈이 틀림없을 게야. 암놈 짝을 찾는 것 같은데…."

"왜 암놈을 부르는 거로?"

"나도 잘 몰따."

아마 이맘때쯤이었을 것 같다. 들에서 돌아오는 길은 초승달이 높이 떠서 소를 포함한 우리 네 식구를 비춰주고 있었던 듯싶다.

그날 집에 도착하여 저녁 짓는 어머니께 소쩍새에 관해 집요하게 파고들었다. 된장국 끓이는 가마솥 불 지피는 건 내 몫이었다. 연기를 눈으로, 코로 들이켜며 눈물, 콧물 흘려가며 어머니의 상식을 바닥까지 훑어냈다.

소쩍소쩍, 운다고 소쩍새라고 했단다. 어머니는 어느 해는 솟쩍솟쩍 하고 울고, 어느 해는 소큰소큰 하고 운다고 하셨다. 소쩍다고 우는 해는 솥이 작을 정도로 곡식이 넘쳐나서 풍년이 들고 소큰이라고 우는 해는 솥이 텅 비어 흉년이 든다고 하셨다. 지식백과에서 데려온 것과는 상이한 내용이었다. 어떤 게 맞고 틀리는 게 대수가 아니다. 솥이 크면 어떻고 솥이 쩍 갈라질 정도로 곡식이 넘친들 내 것이 아니면 무슨 소용이랴?

흉년엔 이웃 인심이 박하고 풍년이면 후한 이웃 인심 덕에 사과 한 개 더 얻어먹을 수 있으니 소쩍다고 우는 소쩍새가 반갑다.

>   강가의 금계국 피면
>   삐삐삐삐 건너편 산
>   암컷 뻐꾸기 만나
>   신방을 차린다
>   수컷 뻐꾸기 뻐꾹뻐꾹 울면
>   금계국 또 한 송이 피고
>   암컷 뻐꾸기 짝짓는다
>   뻐꾹뻐꾹 뻐꾸기 울면
>   강가의 금계국 피고
>   금계국 송이 필 때마다
>   먼 산 뻐꾸기 가족
>   단란한 가정 꾸리고
>   사랑의 보금자리 튼다
>   ─「금계국 피면」

뻐꾹뻐꾹, 소쩍소쩍, 짹잭짹… 이처럼 새소리라든가 개굴개굴, 맴매맴 등 파충류, 곤충류 소리를 설정해 놓았다. 오래도록 굳어버려 어떻게 달리 의성어를 소리 내 보려 해도 그 소리 오묘하여 문자로 표현하기 어렵다. 아무리 들어봐도 참새가 **짹짹짹**, 우는 것 같지가 않다. 째째짹, 이라고 우는 것 같기도 하고 찌찌찍, 이라고 소리 내는 것 같다가도 전혀 다른 소리로 들린다. 자두밭에 내려온 장끼는 꿔얼껄이라고 운다. 그런데 가까이 다가가 보면 꿔얼껄 푸드덕, 소리를 낸다. 까투리한테 존재감을 높이기 위해 울고 나서 날갯짓을 크게 한다. 아무래도 사람만큼 언어가 자유롭지 않은 꿩은 건장하고 건강한 젊은 기상을 목청과 날갯짓으로 표현한다. 먼지까지 날리면서 까투리를 유혹한다. 웬만큼 먼 곳에 있어도 우렁찬 목소리와 날아오르는 먼지는 감지된다. 산비둘기는 귀기귀기, 하고 운다. 뻐꾸기는 날면서 울 때는 뻐어억꾹, 이라고 소리 낸다.

의태어 역시 그렇다. 떼굴떼굴 공이 굴러가고 굴렁쇠가 데굴데굴 굴러갈까? 손자가 아장아장 걷고 집 나온 토끼가 깡충깡충 뒤뜰에서 뛰어놀았던가? 가끔 글 속에서 다르게 표현해 보려 해도 왠지 어색하다.

우리 한글이 그나마 과학적으로 만들어져 자연의 현상을 벗어나지 않고 표현할 수 있음에 감사할 따름이다. 영어로는, 일본에서는 뭐라고 소쩍새를 표현하는지 궁금하다. 언어학자로서의 세종대왕은 세계에서 으뜸이라는 사실에 또 한 번 감탄한다.

금계국은 이 밤에도 피고 뻐꾸기 울던 그 산에서 소쩍새 소쩍소쩍 애달프게 운다.

택시를 출발 시켜 다시 일터로 나섰다.

강아지와 아기 염소가 쓰는 서사시

새벽에 일 마치고 들어오는 나를 향해 억이가 격하게 반응한다. 어제까지만 해도 시큰둥 잘 내다보지도 않던 우리 집 강아지였다. 저 엄마가 어제 병원에서 돌아와 우군이 생겼다는 의미를 내포하는 듯하다. 엄마가 집을 비운 열흘간 사료는 거의 먹질 않고 삶아 놓고 간 달걀을 나와 다섯 개씩 나눠 먹은 게 고작이다. 아이 돌보러 열흘 이상 집을 비웠을 때랑 판이했다. 그때는 기분이 좀 우울했던 것 외에 사료를 안 먹은 적은 없었다. 저 엄마가 수술 때문에 식사를 거의 못 하는 걸 알기라도 하는 듯 억이의 행동은 상황을 정확히 파악한 것처럼 보였다.

아내가 복강경 시술로 신체의 극히 일부를 떼어 내고 돌아왔다. 1

62

년 반 전 내시경 시술했던 주변을 추적 검사하던 중 안 좋은 곳이 있어 결국 수술을 단행했다.

하루 전날엔 막내로부터 공주가 탄생했다. 7호 손주이다. 아이 셋이 일곱의 손주를 안겼으니 나라에 충성은 물론 의무를 다한 셈이다. 축복의 날만 존재하면 오죽 좋을까? 축복 뒤엔 긴장을 놓지 말라는 시련도 함께 주나 보다. 손주의 탄생 축복 뒤에 할머니에게 아픔을 안기는 이유는 만사태평한 세상은 존재하지 않는다는 걸 말해 주는 듯싶다.

> 외가 온 하준이는
> 누워 밥을 먹으면
> 황소가 된다니까
> 고개를 갸웃한다
>
> 올봄에
> 학교에 간 손자에게
> 거짓말쟁이 할배
>
> 반세기도 훨씬 전
> 우리 할배는 내게
> 누워 밥을 먹으면
> 소가 된다고 하셨다
>
> 오늘도
> 소가 되지 않고
> 호탕하게 웃는다
> -「소가 웃는다」

"하준아, 할머니가 만든 반찬이 맛있어? 엄마가 만든 반찬이 맛있어?"

"몰라요."

"사실대로 말해 봐? 엄마가 해 준 반찬이 더 맛있지?"

"네."

어제 할머니 병문안차 외가에 온 하준이랑 점심 밥상 앞에서 실없는 대화를 나눴다. '엄마가 좋아, 아빠가 좋아?'처럼 내가 우문을 던졌지만 손주는 현답을 냈다.

"나는 할머니가 해 준 반찬이 더 맛있는데…. 넌 당연히 네 엄마가 해 준 반찬이 더 달겠지?"

손주는 대답 대신 씨익 미소를 날린다.

간호차 나 대신 어머니 병실에 닷새나 머물렀던 큰딸이 식구를 거느리고 병문안을 왔다. 중증 환자인 저 엄마가 몸은 고달팠지만, 손주들 재롱이며 딸, 사위의 위로를 받고 표정이 밝다. 멋없는 남편에 비할 바가 아니었겠지? 병원에 가면서 익어도 따지 못해 안달하던 뒤꼍의 딸기를 아이들과 함께 딸 수 있는 행복을 맛본 게 더할 나위 없이 기쁜 아내였다. 상추가 넘치게 자랐지만, 쌈 한 번 싸 먹지 못해 속 태우다가 사위와 딸과 손자가 대신 먹어주니 한량없이 기쁘다.

억이를 데리고 손주들과의 산책길에는 아내도 따라나섰다. 비록 손주들과 비교해 뜀박질에는 뒤졌지만 마냥 흐뭇한 표정의 아내를 본다.

"얘들아, 천천히 가. 할머니가 따라갈 수가 없구나."

"네, 할머니. 어서 오세요."

"저기 염소 있어요."

강아지가 앞장서고 준이와 솔이가 뒤따르고 있다. 환자 할머니를 따돌린 게 미안했던지 하솔이가 염소를 가리키며 할머니를 돌아본다.

매애애매.

"그렇구나. 염소가 너희를 반기네."

"저 염소 많이 컸어요. 그땐 아기였는데…."

"우리 강아지한테 놀러 오던 염소잖아요?"

매애애애.

하준이와 하솔이가 다가가자 염소가 아는 체를 한다.

"염소야, 안녕?"

"잘 있었니, 염소야?"

"너희도 안녕? 매애애애…."

아이들이 내미는 풀을 받아먹으며 염소도 반긴다. 비록 농작물 때문에 목줄은 채워졌지만, 풀밭에 묶여있어서 충분하게 풀을 뜯을 수 있는 염소다. 강아지도 염소에게 곁을 준다. 매일 마실 오는 염소에 집까지 내줬던 억이가 아니었던가. 먼발치에서 서로 교감하다가 아이들 따라 아기 염소와 조우했다. 훌쩍 커 버린 염소가 낯이 좀 설다.

큰딸아이네가 떠난 뒤 하늘에 뜬 구름 몇 점이 몇 방울의 비를 뿌리더니 이내 쾌청하다. 싱그런 신록이 초여름을 잘 말해 주고 있었다. 밤꽃 향이 뒷산에서 아이들이 떠난 공간으로 밀려든다.

야행성 폭우

멧돼지는 야행성이다. 낮엔 그를 본 적 없으니 어디서 무얼 하는지 알 수가 없다. 단, 밤사이 그가 남긴 흔적을 볼 뿐이다.

요 며칠 전 텃밭에 멧돼지가 다녀갔다. 선명한 흔적을 남겨 놓았다. 아랫방 창가에서 불과 10m도 안 되는 고구마밭을 습격한 것이다. 아내도 나도 알아채지 못했으니 밤손님으로 왔다 간 것이 분명한 듯하다. 심은 지 불과 한 달 남짓. 이제 겨우 뿌리 내리고 열매 맺을 채비를 할 찰나인데. 젓가락 크기도 안 되는 고구마를 모조리 추수해 버렸다. 쟁기로 고구마 이랑을 쟁기질한 것처럼 제대로 갈아 버렸다. 어떻게 밤중에 저처럼 정확하게 밭을 갈 수가 있었을까 싶다. 멧돼지 주둥이로 바위를 옮기고 사람을 던질 수도 있다지만 사람과 소의 합작품보다 빈틈없고 정확했다. 그날이 달밤이었던가?

멧돼지가 야행성인 걸 보면 눈도 밝겠지만 감각이 더 발달돼 있을지 모르겠다. 욕심 또한 돼지 수준이 맞나 보다. 조금 남겼다가, 다음에 좀 굵거든 와서 먹어도 될 텐데 온 김에 모조리 추수를 끝내는 걸 보면. 알이 실하지 않았을 테니까 배를 다 채우지 못해서였을지도 모르지?

작년에도 같은 시기에 다녀갔었다. 작년에는 그래도 3분의 1 정도는 남겼다. 최소한의 양심은 있다 싶었는데 결국 돼지는 돼지인가 보다. 그 녀석이 그 녀석인 것 같다. 작년보다 덩치가 컸을 터이고 주변 환경에 밝은 탓에 여유를 가지고 다녀갔을지도 모를 일이다. 가족을 데리고 왔을 수도 있고.

300포기의 고구마를 주인 앞서 추수해 버린 멧돼지가 원망스럽다기보다는 매년 당하면서도 방비를 하지 않은 우리의 잘못이 크다. 고구마 싹을 사 온 값과 그동안의 들인 공이 아깝긴 하지만 어쩔 수 없는 노릇이다. 세 이랑 반, 300포기를 온전히 농사지으면 다 먹지 못할 분량. 완전 사질토가 아니어서 우리 집 고구마를 두고도 맛난 지역 고구마를 사서 아이들에게 보내고 있었으니 멧돼지가 알아서 가져간 셈이다.

고라니는 자두밭에 보금자리를 틀어 살기도 한다. 그러나 멧돼지는 흔적을 남기고는 가지만 보금자리는 절대 노출하지 않는다. 고라니 길은 토끼 길처럼 선명하다. 따라가 보면 인가에서 그리 멀지 않은 곳에 살고 있음을 알 수 있다. 그러나 멧돼지는 인가와는 먼 곳, 깊은 산에 보금자리를 트는 듯. 밤중, 먼 곳을 달려 농작물이 있는 곳까지 돌진할 여력이 있다. 밤에 10km를 넘나들 정도로 이동 반경이 넓다.

재작년부터 멧돼지가 우리 집 주변에 흔적을 남기고 있었다. 그해 이른 봄, 우리 밭에 큰 족적을 남기더니 작년부터 고구마밭을 습격하고 있다. 뒷산 산소를 헤집어 놓은 것은 물론이다. 사람 이상으로 멧돼지도 경계심이 많아서 주로 밤에 활동하지만, 겁을 모르는 녀석이다. 사람 눈만 피하면 저 위의 고등동물이 존재하지 않으니까.

올해 고라니 망을 샀다. 멧돼지 망은 아예 팔지 않았다. 멧돼지를 당해 낼 망 만들 사람이 없어서였을까? 망 설치는 미루어오고 있는 터였다. 내 게으름도 있었지만, 망을 설치한다고 멧돼지를 당해 낼 재간이 없다는 판단이 섰기 때문이다. 망 따위쯤이야 밟고 넘거나 낮은 포복으로 목표 지점을 점령해 버리는 멧돼지 습성을 알고 있기에.

멧돼지는 뒤로 물러서는 법이 없다. 어떤 난관이 닥쳐도 뒤를 보이며 달아나기보다는 앞으로 돌진해 돌파하고야 만다. 가급적이면 왔던 길로 되돌아간다.

가끔씩 멧돼지가 도심에 출몰했다는 소식을 접할 때도 있지만 개체 수에 비해 사람 눈에 거의 띄지 않는다. 스무남은 해 전 주왕산 줄기 가랫재를 넘다가 새끼 멧돼지 다섯 마리를 목격한 적이 있다. 황색 띠를 두른 아기 멧돼지가 얼마나 귀엽던지 한참 동안 차를 멈추고 지켜봤다. 겁도 없이 유유자적 도로를 횡단하고 있었다. 어미는 어디 가고 맏형인 듯한 한 마리를 쪼르르 따르고 있다. 동승자가 받아버리라고 종용했지만 그리할 수가 없었다. 범퍼를 물어준다는 말도 믿을

수 없었지만 세상에 나온 지 얼마 안 되는 저 어린 생명을 죽음으로
내몰다니 얼토당토않다는 생각을 했다. 그날도 새벽으로 가기 전 밤
중이었다.

세상이 온통 지붕이었다면
비가 이 땅에
올 생각을 하지 않았을 것이다

하늘이 지붕이었고
구름이 지붕이다가
벽이 지붕을 쌓기 시작하였다
그 무렵 하늘로 오르는
사다리 만드는 기술을 터득했고
한 계단 한 계단 꼭대기로의
질주 본능이 되살아났다

그제야 때가 왔다는
사실을 알아차렸다
헐거워진 욕망은
서서히 사다리를 내려왔다
그 순간 쌓았던 벽은
무참하게 무너져 내렸고
비는 아래로
허욕을 무진장 쏟아부었다

그렇게 해서 내리기 시작한 비는
나뭇잎을 뚫고
바람을 요리조리 비켜서
땅 위에 닿을 수가 있었다
그러고는 땅속으로 땅속으로
누구에게 귀띔도 하지 않고
나무뿌리를 찾아 걸어 들어갔다
–「비」

　작년에는 이른 장마와 긴 장마에 자두를 거의 생산할 수가 없었다. 심지어 비바람에 여러 나무가 넘어지기까지 했다. 올해는 한 번도 약을 치지 않았다. 벌레도 벌레지만 무름병으로 장마를 견디기 어려울 것 같다. 그나마 먹자두는 좀 낫다. 익은 것 골라 따 먹는 재미가 쏠쏠하다. 나무 밑에서 여남은 개 따 먹으니 허기가 가신다. 장마 중이지만 당도도 있는 편이다. 지금은 잠시 서울에 머무는 아내와 먹자두를 따서 양손 엄지와 검지로 꾹 눌려 쪼개 먹던 기억을 돌아본다. 내년에는 아내의 건강이 완전히 회복되면 나무 밑에서 함께 새빨간 속살의 먹자두를 따 먹을 수 있겠지.

　후텁지근하다. 올해 장마는 야행성이다. 밤에 폭우로 오다가 낮엔 쨍쨍 해가 뜬다. 희한하다. 지금까지 이런 장마는 없었다.

　서울서 내려오는 아내를 집에 데려다주고 야행성인 나는 일을 나섰다. 쾌청하던 낮은 온데간데없고 먹구름이 별을 잠재우고 폭우 되어 내리기 시작한다. 분명 야행성 장마가 맞나 보다. 택시 운전을 새로 시작한 지 6년째. 쭉 야간에만 일해 왔으니 아무리 폭우가 쏟아진들 일을 멀리할 수가 없다.

멧돼지도 폭우가 쏟아지는 이 밤에 어느 집 고구마밭을 헤집고 있을까? 나처럼 오늘의 숙제를 마쳐야 한다면 반드시 그리할 것이다. 우린 야행성이니까.

도랑 치고 가재 잡기

모처럼 탁구장에 불을 밝혔다. 탁구장이 맞는 듯, 온갖 물건들이 너저분하게 흩어져서 놀고 있다. 일 년 농사 중 대체로 수확이 빠른 감자가 플라스틱 상자에 담겨 선택받기 위한 채비를 마쳤다. 실한 녀석들은 세 딸아이와 사돈댁, 큰누님네로 시집가고, 올망졸망한 작은 알갱이들이 상자 안에서 순서를 기다리며 나란히 앉아 있다. 수확량이 생각보다 많다. 저 감자들, 얼마 못 가 우리의 시야와 생각에서 멀어지면 싹이 돋거나 썩어 무용지물이 되기 일쑤이다.

피감자를 삶아 식사 대용으로 먹던 유년의 계절에 비하면 요즘 아이들은 너무나 풍족한 세상을 살고 있다. 갑자기 시대가 어려워져 궁핍한 생활과 맞닥뜨린다면 우리의 2세들은 슬기롭게 헤쳐나갈까 적이 걱정된다.

감자 상자 옆으로 밀려난 책장과 책, 쓰지 않는 싱크대, 업소용 냉장고와 농산물 말리는 기계, 늘어져 앉아 하품만 하는 소파, 널브러진 원고 뭉치들….

오랜만에 탁구를 하기 위해 불을 켰다. 형광등 하나가 나갔다. 그조차도 모르고 지냈다. 자주 드나들 일이 없었다는 이야기다. 아내는 자두를 말리느라 가끔 드나들어 형광등 나간 사실은 알고 있었던 듯.

탁구가 시작되었다. 내일 울진 라지 볼 탁구대회에 동반 출전하는 관계로 몸을 풀기 위한 명분으로 내가 제안을 해 아내와 겨루기 한 판에 들어갔다. 아내는 운동복으로 갈아입었다. 나는 안에서 입고 있던 속옷 차림 그대로였다. 탓할 누구도 없어서 좋다. 억이와는 이 차림이 익숙하니 걱정 없고, 생쥐라도 본다면 뭐 대수겠는가. 쥐구멍에 들어가 소문내라지 뭐.

첫 판은 내가 2대 0으로 이겼다. 나는 실버로 넘어와 라지 볼에 동참한 지 5년이 넘었지만, 아내는 한 달 전 상주 대회에 처음 출전하여 3위 입상하고 이번이 두 번째 출전하는 대회이다. 그만큼 라지 볼에 적응이 늦어 내게 밀렸던 것이다. 우리 탁구장이야말로 공간도 좁고 바닥이 미끄러워 실력 발휘가 어렵다.

탁구장 건물 뒤 도랑을 치지 않아 물이 스며들어 바닥이 무척 미끄럽다. 처음 들어설 때 곰팡내도 그 때문이었다.

선친께선 도랑을 잘 쳐야 한다고 했다. '도랑 치고 가재 잡는다'란 말도 있다. 밭 가장자리며 뒤 도랑을 잘 쳐야 물이 잘 빠지고, 장마철에 물이 차지 말아야 곡식이 잘 된다. 이게 바로 도랑 치고 가재 잡기 아니고 뭐겠는가.

"미끄러워서 내가 졌어. 다시 한번 해요."

"미끄러운 건 피차 마찬가지거든. 좋아, 얼마든지 도전을 받아주지."

아내는 적응이 빠르다. 다시 말하면 나보다 실력이 월등하다. 일반 볼과 라지 볼을 왔다 갔다 해도 적응을 빨리한다.

두 번째 판은 내가 2대 1로 졌다. 예상된 결과이다.

"결승전 해요."

"별로 하고 싶지 않은데…."

"비겁하게 피하긴가요?"

"피하긴 누가…. 그럼 결승전 하자고."

세 번째 판이 시작되었다. 내가 먼저 공을 넘겼다. 아내가 맞장구를 친다. 다시 내가 온 힘을 다해 스매싱했다. 아내는 힘을 빼고 빈자리로 공을 넣는다. 내가 먹었다. 힘으로만 안 된다는 걸 절감했다. 그 이후에도 나는 힘으로, 아내는 요령으로 대결했다. 공격과 수비. 그 모두가 중요하다. 수비는 최상의 공격이기도 하다.

되로 주고 말로 받으면 진다. 되로 주고 홉으로 받아야 이기는 경기이다. 그렇지만 우격다짐보다 부드럽고 섬세함이 강할 때가 있다. 탁구도 그렇다.때로는 그것이 통하지 않는 세상도 있지만.

그런데 우리는 되로 주고 말로 받길 원한다. 되로 주고 되로 받으면 그만이지만, 되로 주고 홉으로 받아도 좋다, 란 논리가 통하는 세상에 살면 탁류도 금세 맑아진다.

세 번째 판은 예상대로 내가 졌다. 1대 1에서 3세트는 9대 11로 아깝게 졌다. 그조차도 아내의 배려가 있었을지도 모를 일이다.

탁구가 끝나고 서로 얼굴을 보며 눈을 맞췄다. 아내는 콩죽 같은 땀으로 뒤범벅이 되어 있다. 내 얼굴도 다르지 않을 터이다. 누가 먼저랄 것도 없이 씩 웃었다.

2주 전 앙금이 남아 있었다. 앙금을 오래 두면 가라앉아 휘저어도 잘 풀리지 않는다. 탁구 한판에 체력 단련과 앙금이 조금은 해결된 듯. 도랑 치고 가재 서너 마리 건져 올린 결과이다.

먼 강 건너
파란 하늘 꼭대기로
날아올라 구름 속을
휘젓고 다니다가
땅바닥에 곤두박질친다

까마득히
흰 점 하나
허공에서 낚아채
주머니 속에 감춰 놓고
시치미 떼더니

수평선 넘어 동해에서
쳐올린 널 맞으러
해 질 녘 서산 너머로

밥주걱 들고
황급히 달려간다
－「탁구」

  동산의 원추리꽃이 함빡 미소로 창문 너머 고개를 뺀다. 시시때때로 피는 패랭이꽃이 앙증맞게 손을 내민다. 참나리는 꽃망울 터뜨릴 채비를 마쳤다.

  이제 곧 장마가 본격적으로 온다고 한다. 집을 지은 6년 동안 뒤 도랑을 한 번도 치지 않았다. 장마 전에 꼭 도랑을 치고 가재를 잡겠다고 다짐은 해 본다. 과연 올해 안에 도랑 치고 가재 잡을 수 있을지 장담할 수 없다.

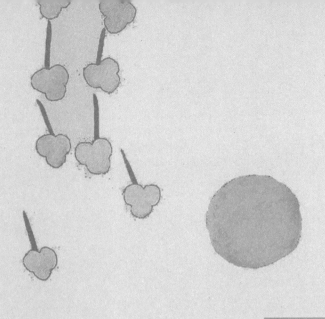

2부

돈을볕 찬란한 아침

바람색 하늘

'빈나 아빠 오늘 에이스 탁구장에 제천에서 선수들이 온다 카네. 전무님이 가서 좀 치면 어떻겠냐고… 3시에 온대요. 마치는 대로 갈게요.'

아내로부터 1시에 온 카톡 문자이다. 한마디로 정리하면 오늘 점심은 혼자 알아서 챙겨 먹든지 말든지 하라는 뜻이다. 내 무응답이 곧 긍정이란 사실을 아는 아내는 탄저병 걸린 고추밭 걱정도 남편 점심 걱정도 탁구 앞에서는 무기력한가 보다.

손님 한 분 모시기가 하늘 나는 고추잠자리 손으로 잡는 것보다 힘든 한낮. 더위 먹어 헐떡이는 택시를 끌고 3시에 집에 들어왔다.

밥솥은 전원이 꺼져 있다. 뚜껑을 여니 정확하게 식은 밥 한 덩이가 딱한 듯 나를 빤히 쳐다본다. 얘도 조금 더 뒀다간 더위를 먹을 것 같다. 주걱의 마른 밥티를 떼고 그를 구출했다. 새삼 콩나물 유용론을 펼치며 무쳐 놓은 그를 냉장고에서 달랑 하나 꺼내고 된장찌개를 데쳐 우걱우걱 먹었다. 네 맛도 내 맛도 아니었다. 감기로 인해 밥맛을 잃었기 때문이리라. 때가 되면 입맛이 돌아오겠지. 반 양도 안 되었지만 위를 달랬다. 오수를 즐겨야 하기에 애당초 정량을 먹을 생각은 없었다.

정수기에서 냉수 한 모금으로 입안을 헹구고 황토방으로 건너왔다. 문을 여니 온기가 있다. 바깥과 소통의 문제가 있었나 보다. 방충망으로 대체하고 뒷문을 열었다. 서늘한 바람이 안겨 온다. 방 안은 금세 싸아 하니 기류가 좋다. 앞문의 더운 기운과 산을 낀 뒷문 쪽의 서늘한 기류가 맞섰지만, 양화가 악화를 밀어내고 만다. 내일이 말복이고 그저께가 입추였던 만큼 계절 앞에 더위도 굴복할 때를 아나 보다. 오수에 취하기 전 선풍기를 틀까 하다가 그만뒀다. 삐걱거리는 선풍기 바람보다는 감질나지만 조금씩 가까이 오는 그녀가 좋다.

뒷문을 통해 습격한 모기 한 마리가 빈 허벅지에 앉았다. 오른손을 모아 그를 향해 다가갔다. 20cm 15cm… 10cm쯤에서 허벅지를 쳤다. 성공했다. 황천길로 떠난 저 녀석, 사랑에 굶주렸던가. 배를 곯았던가. 눈을 감고 누워서도 사명을 다하지 못하고 며칠 앞당겨 떠나게 된 모기에 대한 연민으로 잠 못 이뤘다. 그녀도 가족이 있을진대… 짠하다.

타의 반 자의 반 가끔 아래채 황토방으로 밀려나지만, 나로 인해 오

늘 유명을 달리한 모기보다는 훨씬 나은 인생이라 생각하며 낮잠을
청해 본다.

하늘을
한 번도 그리지 못한 이유는
도무지 색깔이 없기 때문이다
우리 글
고운 어떤 단어로도
표현할 수 없는 색깔이다

옥색 파랑 연파랑
Sky-blue, azure
아니다
하늘은
새 소리에도
어린아이 기침 소리에도
색깔이 바뀐다

하늘은 바람색이다
- 「바람색 하늘」

하늘이 바람색이다. 청명한 하늘에 구름 몇 점 서성인다. 소나무 꼭
대기에 가부좌 튼 햇살은 불태웠던 정열을 쓸어 담느라 여념이 없다.
서녘을 넘는 태양은 지구 반대쪽을 살핀 후 조금은 옅은 색채로 바람

색 하늘에 돌아오겠다는 약속을 한다.

닭마저 굶길 수 없어 좀은 늦은 시각에 모이를 들고 닭장으로 갔다. 벌써 횃대에 오른 닭이 대부분이다. 아홉 마리 중 두 마리만이 안 올리 만무한 주인을 기다리고 있었다. 횃대에 올랐던 일곱 마리도 원망의 눈초리를 누그러뜨리며 풀쩍풀쩍 뛰어 내려왔다. 오늘 모래주머니를 채우지 않으면 엄청나게 손해날 것 같다고 생각한 닭들 같다.

만일 닭 모이를 주지 않아 아사 직전으로 몰았다간 동물 학대죄로 올가미에 갇힐지도 모르는 세상 아닌가. 그래서 내 밥그릇은 못 챙겨도 지금까지 닭을 굶긴 적은 없다.

닭장을 돌아 나오는데 고추밭 쪽에서 토닥토닥 다투는 듯한 목소리가 숨어서 났다.

"우리 주인 나빠. 약을 안 줘서 우리가 탄저병으로 죽어가고 있다니까."

"무슨 소리 하는 거니? 약을 치면 우리 땅이 아프다니까."

"고추 모종을 심었으면 약을 줘서라도 실한 고추로 키워 수확해 가야지."

"약을 계속 치다간 나중에는 식물이 자랄 수도 없는 황폐한 땅이 되고야 말지. 우리 주인이 최고야."

"우리 주인은 게을러서 약을 안 쳤을 뿐이야."

"아니야. 우리 주인은 환경을 지키는 수호신이야."

500여 포기 고추밭 앞쪽엔 잡초가 무성하다. 감자를 캐낸 밭이다. 잡초에는 병충해도 없다. 고추는 내성을 키워 약을 치지 않고는 실한 고추를 기대하기 어렵다. 올해 가장 많은 고추를 심었으나 두 근 정도 말린 게 전부다. 진짜 농부가 농사를 지었다면 200근쯤 수확했을지도 모를 일이다.

병충해를 모르는 명아주는 하루에 한 뼘은 자란다. 아까 닭장 갈 때보다 0.1cm 더 자랐다. 쇠비름은 기름기를 자르르 흘리며 생기발랄하다.

명아주를 비롯한 잡초가 지구를 점령하는 날 이 땅은 몸살에서 깨어날 수 있지 않을까? 내 몸살감기도 툭툭 털고 일어나겠지.

한두 끼 굶어도 어떻게 되지 않는다는 사실을 알고 있는 아내는 돌아와 부랴부랴 밥솥을 쾌속으로 맞춰 쌀을 안쳤을지도 모른다고 생각하며 박 넝쿨을 헤치며 집 쪽으로 향했다.

바람색 하늘에서는 시나브로 어둠살이 내린다.

가을로 가는 길목

아내가 차려준 아침을 먹고 다시 들어와 자리에 누웠다. 그
저께는 울진 탁구대회, 어제는 강원도 동해안 일대로 야유회 다녀온
쌓인 피로 탓에 선뜻 차를 몰고 나갈 엄두가 나질 않았다.

"저 보래. 밥 먹고 바로 눕는 거⋯."

"⋯⋯."

아내 핀잔도 아랑곳하지 않았다. 그 말속에 가시가 들어있을지라
도 상관할 계제가 아니다. 조금 전 '나랑 고추 딸래?' 했을 때 단호하게
'안 돼, 글도 써야 하고 돈도 벌어야 하고⋯.' 했던 게 걸리지만, 몸이
쉬이 따라 주지 않으니 어쩔 수가 없다.

아내는 햇빛 가리는 모자와 긴 소매 옷으로 무장하고 들락날락하더

니 고추밭으로 간 모양이다. 고추밭 이래 봤자 고작 몇 고랑, 탄저병에 거의 내준 덕에 성한 고추라곤 몇 안 된다. 둘씩이나 투입되어 딸 고추도 없다. 차라리 모자라는 잠 보충하여 체력 보강하는 게 낫다는 나만의 논리로 합리화하고 말았다.

아내는 어제 강원도에서 사 온 곤드레나물로 밥도 해 줬는데 협조가 안 되는 나를 원망하며 고추를 따고 있을지 모를 일이다.

침대에서 뒤척이다가 뒤꼍으로 나가봤다. 고추밭은 거기에 그대로 있고 시골 아낙 1인이 밭 가운데 있다. 그 아낙, 가까이 가도 아는 체를 않는다. 고추 따는 데 열중하여 인기척을 못 느꼈는지, 일부러 본체만체하는지 알 수 없지만, 나는 어떤 대상으로부터 무시당하고 있음이 틀림없다. 조금 전 내가 준 것에 대한 되돌아오는 업보일까?

어쨌든 밭에 들었으니 고추 하나라도 따 봐야 한다는 생각에 준수한 녀석을 점 찍었다. 그 녀석을 낚아채 손아귀에 넣긴 했지만 헛다리 짚고 말았다. 보이지 않던 배 부분에 탄저병을 앓고 있다. 아내가 이미 훑고 간 자리였다.

그렇담 생각대로 밭 설거지를 하는 수밖에 없다. 고추를 뽑아 제쳤다.

"저 보래. 외출복 입고 일하면 어떡해요? 비싼 옷에 물들면 빠지지도 않는다니까. 작업복과 외출복도 구분 못 하니껴?"

"……."

무심하던 사람한테서 순간 격한 반응이 날아왔다. 아내로선 꼬투리를 잡았던 것이다.

나는 하던 일을 계속 진행해 나갔다. 나의 무반응은 곧 그녀의 의견을 묵살한다는 뜻이다. 아내도 내 고집을 아는 터라 더는 공격해 오지 않았다. 배추를 심을 만큼 밭을 설거지해 나갔다. 밭고랑엔 아파 떨어진 고추들이 신음을 내다 말고 죽은 듯이 엎드려 있었다. 대부분 붉은 고추라 종족 번식을 위한 씨앗은 꼭 품고 있을 터이다.

고춧대를 뽑고 난 밭엔 떨어져 널브러진 아픈 고추와 잡초들이 듬성듬성 섰다. 고추밭에 고추만 자란 게 아니었다. 무성한 고추밭 사이사이에서 숨어 자란 명아주와 쇠비름, 바랭이 등은 악착같은 삶을 구가하며 2세를 품어 들인다. 요즘 와서 2세 품기를 등한시하는 인간들에 비하면 동식물, 특히 잡초들은 악착같은 삶을 산다.

논에 난 피는 사람 눈을 속이기 위해 벼와 흡사한 모양으로 세상에 와서 기생하며 살아간다. 이삭이 패기 전에는 구분이 쉽지 않아 내가 뽑고 지나간 자리에 아버지가 뒤따라오며 다시 벼와 가려 뽑곤 하셨다.

논의 대표적인 잡초가 피이다. 특히 성장력이 강한 그 녀석은 애초에 잡아야 하지만 놓친 피는 벼 포기를 점령해 버리고 만다. 벼 포기에 한 포기라도 섞였다간 열 포기 이상 가지 쳐 벼가 설 자리를 막아선다.

피는 씨를 말려야 한다. 그렇지 않았다간 패농하고 만다. 씨일 때 놓치면 어린 모종일 때라도 잡아야 한다. 뿌리를 내린 후 잡으려 들면 벼와 함께 뽑혀 나온다. 혼자 죽지는 않겠다는 의사 표시다. 낫으로 베고 나면 어느 틈에 새순이 나와 종족 번식의 수순을 밟는다. 시기를 놓쳐 도저히 어쩌지 못할 땐 이삭이 패고 난 후 씨를 모조리 훑어 버리는 게 묘책이다.

피가 처음부터 천대받는 잡초가 아니었다. 농경시대 초기부터 재배되기 시작하여 빈민들의 식자재와 동물의 사료로 쓰였다. 악조건에서도 잘 자라 구황 작물로 자리매김하기도 했다.

그렇다면 지금이라도 성장력이 강한 피를 개량하여 쌀보다 나은 식자재로 바꿔 보는 것도 괜찮을 듯싶은데 안타깝다. 왜 연구를 안 해 봤을까? 피는 싹수가 노래서 연구해 볼 값어치도 개량할 필요조차 없었던 모양이다.

피의 세상은 지금까지도 없었고, 앞으로도 벼를 밀어내고 설 자리는 영원히 없을 것이다.

배추 모종을 옮겨 심었다
아내가 총총 심어 놓은 배추가
나붓나붓 잎사귀끼리 부대껴서
한 포기씩 솎아
넓은 땅으로 옮겨 주었다
모종비라도 왔으면 좋으련만
먼지잼하고 만다
배추 잎에 내려앉은 고추잠자리
날개 말리는 수고로움 덜어준 건
잘된 일이다
-「귀촌·21」

"오늘 오후에 배추 모종을 사다 심읍시다. 오늘 심지 않으면 속 찬 김장 배추를 기대하기가 어려워."

"……."

이번에는 아내가 묵묵부답이다. 알아서 하라는 의사 표시 같다.

아직 우리는 초보 농부를 벗지 못했다. 나는 농촌 태생이긴 하지만 농사와의 거리가 멀다 보니 등한시해 왔고, 아내는 농사에는 취미가 없다고 해 온 터라 배추를 언제 파종해야 하는지에 대한 관심은 밖이다.

아무리 초보 농부의 농사라고 해도 며칠 후면 고추밭이 무, 배추밭으로 변신하는 건 틀림없는 사실일 터이다.

조금 전까지 구름 속을 들락날락하던 해가 중천으로 떠오르며 구름 따위는 걷어차버린다. 처서가 지난 걸 아는 해는 불태우던 정열은 한껏 누그러뜨렸다. 그도 가을로 가는 채비를 하는가 보다.

고추 고랑을 끝까지 훑은 아내가 가을로 가는 길목을 넘으며 한마디 던진다.

"올해는 무, 배추 조금만 심어요. 매년 나눠 주고도 감당이 안 되잖아."

고아의 병상일기

한밤중, 만취한 차량에 부딪혀 병원에 입원했다.

쏜살같이 날아오는 검은 물체. 0.01초, 찰나의 순간이었다. 둔탁한 굉음과 함께 앞이 캄캄했다. 정신까지 잃진 않았으나 순간 에어백이 터지면서 앞을 가렸다. 정신을 가다듬고 차에서 내렸을 때까지 어디가 아픈지는 가늠하기 어려웠다. 먼저 반파된 내 애마의 찌그러진 표정, 만취한 상대 차와 운전자의 초점 잃은 눈이 파노라마처럼 펼쳐졌다.

레커차가 달려오고 경찰차가 오고, 주변이 소란할 때쯤 오른쪽 가슴과 허리, 목이 뻐근하다는 걸 깨달았다. 가까운 곳에 있는 종합 병원 응급실로 갔다. 입원 수속 중, 보호자 인적 사항 적는 곳에 아내를 밀어 넣었다. 그러나 연락할 수는 없다. 영덕에 이틀 일정으로 탁구 대회 나간 그녀를 소환하자니 크게 놀라게 하는 것도 그렇고, 내일 탁구 일정에도 차질이 있으면 안 되니까. 아이들한테는 바로 연락하는 것보다 천천히 안정된 후에 하기로 이미 결정한 바 있는 터다. 그러고 보니 어디 연락할 곳이 없다. 순간 고아가 된 느낌이다. 고아라고 해도 치료에는 지장이 없을 테니까 아무렴 어떨까.

걱정거리는 딴 데 있었다. 집 걱정. 닭과 강아지… 이 녀석들은 무슨 잘못이 있던가? 주인의 유고로 굶는다는 건 너무 억울하다.

일요일 오전. 병원 탈출할 기회를 엿봤다. 외출한다는 사실을 알고는 링거를 뽑아줄 수 없다는 담당 간호사. 당연하다. 다른 간호사에게 링거 거부 의사를 말해 보라는 팁을 줬다.

주인 차가 아니라는 사실은 이미 알아차렸을 억이다. 다리에 접어들기가 바쁘게 내 차임을 알아차리고 반기는 억이 아니었던가. 내 차는 아니어도 주인이 차 안에 있음을 인식한 억이는 짖는 대신 꼬리 살래살래 흔들며 반가움을 표시한다. 예정 시간보다 늦은 귀가를 염려하다가 나타난 주인이 더욱더 반가운가 보다. 그로선 멀쩡한 나를 확인했으니 안심해도 된다는 눈치다. 닭 모이도 듬뿍 줬다.

병원에 입원해 본 경험이 별로 없는 나로선 뭘 챙겨야 할지 막막했다. 당뇨약 등 약봉지는 필수. 세면도구와 속옷 등을 챙겼다. 얼추 챙긴 후 왔던 택시로 병원으로 돌아왔다. 마침 일요일이어서 간호사실에선 모르고 있는지 모른 척하는지 반응이 없다. 다시 환자복으로 갈아입고 천장만 쳐다보고 누웠자니 신세가 처량하다.

지금까지 병원 신세를 질 만큼의 교통사고는 전무. 내지도 당하지도 않았다. 딱 한 번 1박 2일 같은 병원에 입원했던 건 독사에 물렸을 때인 5년 전. 링거를 주렁주렁 달고 아이들한테 알렸던 초췌한 모습이 떠올라 내 현재의 위치는 나만 파악하겠다는 나만의 신념. 그런 까닭에 내겐 보호자도 병문안 오는 개미 새끼도 없다. 아무한테도 연락하지 않고 그걸 기대하는 건 어불성설이다.

그러나 주위 어르신 환자에게 드나드는 병문안객, 옆을 지키는 보호자들에겐 나는 처자식, 지인도 없는 고아로 비칠 게 뻔하다.

늦은 저녁 시간, 막차 안에서 전화가 걸려왔다.

"나, 막차 타고 들어가는데 당신 어디야? 일하고 있나요?"

"나는 그냥…. 탁구는 잘했남?"

"맛난 게 사 가니 먹으러 오든지…."

"그건 왜 사 왔어? 언제 먹으라고….."

"……."

전화는 그렇게 끊겼다. 더 말할 기회를 놓쳤다. 집에 도착하면 집 안의 달라진 흔적을 보고 전화가 다시 오겠거니 하는 나만의 지레짐작으로 한밤을 지새웠다.

밥은 한 끼밖에 축나지 않은 사실, 차에만 실려있던 탁구 라켓과 탁구 신발, 내 세면도구와 없어진 내 속옷 등을 감지했다면 분명 전화가 걸려와야 했다. 아침이 밝도록 들어오지 않는 남편이 궁금했다면 전화가 걸려왔어야 했다.

다음 날 체육관에서 탁구를 끝내고 회원들과 점심 먹으러 가면서도 체육관에도 나타나지 않는 남편의 행방이 궁금하지도 않은 그녀. 토요일 아침 7시 영덕으로 떠날 때 태워준 후 이틀 반이 지나도 남편 얼굴이 애틋하게 다가오지 않았을 것은 이미 숙지한 사실이지만.

별이 부서져
종이접기하는 가운데
무수한 미생물들이
각자 별나라 이야기를
도란도란 나누고 있었지.

집 나설 때
표식 하나 쥐여준 걸
잊지 않고 숙제하느라
진땀 흘리고 있네.

우리 조상이 그랬듯이
잠시 쉬러 왔다가
훠어이 허어이
잘 놀다 돌아가야 할 곳,
흙에서 왔다가
흙으로 가는 것이
순리 아니든가?

태초부터
그 모든 것이 찰나인데
쉼터에 먼지 한 점 일으키고
돌개바람 부는 날

흔적 없이 그 집으로 돌아가
할머니 옛날이야기 들어야지.
 -「그 집」

　자꾸만 작아지는 나. 주위를 의식 안 할 수 없는 현실. 아무 데도 말
하지 않은 나를 원망하는 것이 마땅하지만, 나를 탓하기 전에 서운한
생각을 먼저 하고 있는 자신 앞에 굴복한다. 울컥. 감정 이입은 여기
서 멈춰야 한다.

　저마다 관점이 틀리겠지만 병원은 신성한 곳인 만큼 입원한 사실을
널리 알려 호들갑을 떨기보다 쾌적한 환경에서 안정을 취할 수 있는
안락한 곳으로 남아야 한다. 병원 벽이 대체로 흰색으로 그 벽 안에
갇혀 방치되어서는 안 되지만, 병문안객들을 많이 불러 모아 호사하
겠다는 생각은 잘못이다. 주위 환자로부터 위화감을 조성할 수도 있
고 지나친 음식 반입 등 성가시게 하여 병세 호전하기는커녕 악화를
부를 수도 있다.

　병원에 입원한 지 마흔 시간 만에 아내가 부랴부랴 온다는 전갈이
왔다.

　독사에 물렸을 때 퇴원하여 먼저 간 곳이 현장인 도라지밭이었다.
지게 작대기와 삽을 들고 그놈을 찾았으나 보이지 않았었다.

　이번에 퇴원하는 날엔 사고 현장으로 먼저 갈지, 아내가 있는 집으
로 먼저 갈지 아직은 잘 모르겠다. 병원 생활에 적응이 잘 안 되는 만
큼 가을 빛살 고운 선돌길 언덕이 많이 그리운 건 사실이다.

우산, 비에 젖다

이발관에서 모처럼 머리를 깎았다.

"요번에는 이발관에 가서 머리 깎으소."

"왜, 이젠 머리 깎는 게 싫증이 났나? 그것도 노동이긴 하지."

"그런 게 아니고, 행사도 있고 하니 이발관에서 깔끔하게 단장하라는 거지."

"뭐 별것 한다고… 평상시 하던 대로가 좋지…."

말은 그렇게 했지만, 아내의 권유도 있고 해서 오랜만에 이발관을 찾았다. 아내가 전용 이발사를 자처하고 나선 이래 5, 6년 만의 외도였다.

이십수 년 전 단골로 가던 곳 이발사가 하는 이발관을 찾았다. 나와

또래인 그의 머리 스타일은 그때나 변함이 없다. 염색한 것 외에는 머리숱이 그대로였다. 나와 크게 대조되는 부분이다. 세월의 무상함을 여기서도 볼 수 있었다.

그간 살아온 이야기와 중년 남자들의 이야기로 화제 만발이다. 이야기 도중 김 사장이 글을 쓰고 있다는 사실에 깜짝 놀랐다. 곧 책으로 엮을 계획까지 가지고 있다는 데 공통분모로 귀결됐다. 나는 내 머리칼의 운명을 그에게 맡기고, 그는 내게 지난 세월의 무게를 머리칼 숫자에 엮어 갈무리한다. 염색이 끝날 때까지도 질긴 인연의 끈은 이어졌다.

이발을 끝내고 집에 왔을 때 아내의 반응은 의외였다.

"머리가 왜 그래? 너무 이상해."

"왜? 나는 모르겠던데…."

"귀 뒤가 너무 파였고, 배추 머리처럼 역삼각형이야."

"정말?"

거울로 가서 고개를 돌려가며 세세히 살폈다. 좀 다르긴 했다. 5년 넘게 길든 머리와는 차별화가 됐다. 이게 맞다, 저게 맞다 할 수는 없지만, 머리숱 없는 동그랗게 깎은 아내 이발사 이발과 시대 감각에 맞추어 일류 이발사가 깎은 머리가 같은 모양일 수는 없으리라. 동영상으로 본 머리가 이상하다고 한 딸아이도 바뀐 내 머리 스타일을 지적했지만, 10년 젊어졌다는 말을 덧붙였으니 그게 어딘가.

그러나저러나 볼품없는, 촌스러운 모습은 감출 수 없다. 딸아이가 듣기 좋으라고 10년 젊어 보인다지만 손주 넷 둔 할아버지 모습 뻔하지 않은가. 머리를 깎고 염색을 한다고 해서 그걸 감출 수는 없다.

호박꽃이 백 번 다시 피어도 순백의 박꽃이 될 수 없듯이 가을 색을 초록으로 되돌릴 수는 없다.

세련된 도시 사람이 읽어도 촌스러워야 제격이다. 그러나 내 2막 인생의 기록, 좀 바보스러운 삶의 해부지만 읽는 독자가 '피식' 웃음 한 번 흘렸다면 그것으로 만족한다. 그 웃음의 성격이 어떤 것이어도 상관할 바 아니다.

나는 모름지기 글이란 첫째 재미가 있어야 한다고 주장한다. 스마트한 현대 사회, 재미난 웹툰을 보고 피식 웃고, 코미디보다 더 웃기는 사회 현상을 보고 씁쓸히 미소 짓는 세태 아닌가? 그 이후에 감동과 메시지 전달, 작가의 철학이 조금 조미료 쳐져야 하지 않을까?

빽빽한 나무 사이는 뚫고 들어가기 힘든 만큼 듬성듬성 공간이 넓은 곳을 우리는 산림욕 하러 가듯이 시각적으로 글에도 행간이 넓어야 한다. 그래서 내 글엔 졸시 한 편씩을 넣었다. 시집 한 권 더 챙기는 득템의 기회를 포착할 수 있으니 이 또한 촌에 온 보람 아닌가.

구들장에 거꾸로 누워
낮잠을 청해 본다
가을 햇살
창문 비집고 들어와
배 위에 길게 누워
이불 덮고 같이 자자 하네
– 졸시 「귀촌 30」

최근까지 3년 남짓 안동신문에, 마감에 쫓기며 쓴 일흔여섯 편의 '촌놈 고재동의 귀촌일기'를 책으로 엮어 세상에 내놓는다. 아무쪼록 극히 촌스러운 글이지만 바쁜 일상에서 쪼갠 좁은 공간에서나마 피식 웃고 힐링 시간 됐으면 하는 바람과 이 책이 귀촌 지침서가 되길 바라면서 부랴부랴 머리글을 마무리한다.
　－「촌티 나는 사람이 쓴 온통 촌스러운 이야기」

　「촌티 나는 사람이 쓴 온통 촌스러운 이야기」란 제목을 달고 닷새 후에 발간되는 수필집의 머리말에서도 내가 촌사람임을 인정하고 있다.

　태풍 타파가 서서히 꽁무니를 뺀다.

　이틀 꼬박 퍼부은 비 때문에 밤에 일 나오길 망설였다. 드라마 마지막 회가 끝나고도 한참 서성이다가 10시가 다 된 시간에 집을 나섰다. 현관에서 우산을 쓰고 마당 차 있는 곳까지 왔다. 그를 빗속에 버려두고 시동을 걸었다. 그는 내가 들어갈 때까지 비에 젖으며 주인을 기다리고 있을 것이다. 그 우산이야말로 제 사명을 다했노라 말할 수 있으리라.

　양산은 세상에 와서 햇볕과 맞서면서 뜨거움을 불살라야만 제 사명을 완수했다 할 것이다. 양산은 양산대로 우산은 우산꽂이에서 비 한 방울 맞지 않고 잠자다 삶을 마감한다면 애초에 태어나지 말아야 했다.

　어쭙잖은 시집 두 권과 촌티 나는 수필집 한 권이 닷새 후 동시에 세상에 나온다. 딱 세 사람한테만이라도 감동을 줄 수 있으면 그것으로 만족한다. 내 문학의 무대인 선돌길 언덕에서 출판기념회를 연 것에 방점을 찍는 건 싫다.

호박꽃에도 철학이 있다. 우리 집 현관 앞 담장 위에 기어오른 넝쿨에서 뒤늦게 핀 호박꽃은 가을 태풍 속에서도 호박벌에 방을 내준다. 호박을 달지 못한다는 걸 뻔히 알면서도 꽃을 열어 누군가에게 작은 기쁨이라도 준 호박꽃이 기특하다.

땅콩밭을 헤집고 다니면서 피던 박꽃은 진작 꽃을 거둬들였다. 비에 젖지 않으려는 박꽃과 폭우에 맞서는 호박꽃은 이처럼 비교된다.

호박꽃이면 어떻고, 박꽃이면 어쩌랴? 세련된 머리 스타일이면 어떻고 머리숱 없는 촌티 나는 스타일이면 어쩌랴?

양털 구름과 배 힘

하늘은 온통 양털 구름이다. 넘어가는 해를 손짓하는 구름은
밝은 얼굴이고 나머지 세 곳의 하늘은 하늘색보다 조금은 밝은 그런
평이한 얼굴을 하고 있다.

"고구마 상자 같이 들어 내려요."

"……."

조금 전 내게 협조를 요청하던 아내는 보이지 않았다. 산에 밤 주우
러 오른 건지 기척이 없다. 뒤꼍과 산기슭에서 한 바구니 밤을 주워
수돗물에 담가 놓은 뒤라 다시 밤 주우러 갔겠거니 짐작할 따름이다.

시든 국화의 꽃대를 잘라내고 데크 계단 양쪽에 심은 후 사라진 아
내를 찾아 안에 들어왔다가 텔레비전을 켰다. 아내가 즐겨보던 복면

가왕이 방송되고 있었다. 씻고 외출 준비를 하려다가 아까 아내가 한 말, 고구마 상자 때문에 밖에 다시 나왔다. 여전히 아내는 오리무중.

어제와 오늘에 걸쳐 고구마를 캤다. 오늘 아침 기온이 5, 6도. 더 뒀다가는 일 년 농사 도로 아미타불이 될지 모른다는 위기감 때문에 부랴부랴 고구마 추수까지 마쳤다.

심고 가꿔서 캐는 것까지는 아내 몫이었다. 이젠 휑한 밭. 가장자리에 호박 몇 덩이 뒹굴고, 씨가 여물어가는 가지와 가을 감자가 풀과 키 재기 한다. 감자는 여름에 캤지만 덜 캔 데서 싹이 돋아 기어이 꽃을 피우겠다며 정열을 불태운다. 그들 모두 서릿발처럼 다가서는 계절 앞에 속수무책일 것이다. 무와 배추는 무서리 정도는 거뜬하게 이겨내고 우리 밥상에 오르겠지만.

고구마 상자는 모두 다섯. 밭에서 창고까지 그리 멀지는 않지만, 언덕을 내려와야 하는 과정이 있어 수북하게 담아놓은 고구마 상자의 무게 앞에 잠시 망설였다. 30kg 좋이 될 듯한 상자를 들고 단번에 창고까지 혼자 내려오기가 쉽지 않다는 생각에 머물렀다. 젊을 땐 80kg 쌀가마니를 양복을 입은 채 5층 아파트에 메다 날랐던 때도 있었지만 그때는 까마득한 옛날이다.

그러나 배 힘을 믿어 보기로 했다. 팔 힘과 허리로 감당하기엔 도저히 불가능하다는 결론을 내려놓은 터다. 플라스틱 상자를 영차, 들고 배에 갖다 붙였다. 옷쯤 흙이 묻은들 대수겠는가? 훨씬 가벼워졌다. 중심을 잡고 둑을 내려오는 것도 조심스럽지만 가능했다. 단번에 창고 안까지 나르기에 성공했다. 배 힘 덕이었다. 관리 부족으로 볼록

나온 배를 유효하게 써먹은 유일한 케이스였다. 두 상자를 나른 후 쉼을 하고 다시 고구마 상자 옮기기 작전에 돌입했다. 5분 남짓의 승부는 끝이 났다.

　아내에게 힘을 과시할 수 있어 기뻤다. 칭찬을 들을 수 있겠다는 생각에 신이 났다. 어린 시절, 어른 나뭇짐 못지않게 나무를 해서 짊어지고 오면서 어머니께 칭찬받을 것을 생각하며 무겁게 느껴지지 않던 그때가 생각났다.

　　　　새가 종알종알 반말을 한다
　　　　바람이 물어다 준
　　　　낱말을 포개 놓으니
　　　　휘익 야산 하나가 흩어진다

　　　　참새 소리를 흉내 내지 못해
　　　　찌르륵했더니
　　　　그녀는 짹짹짹 한다

　　　　참새가 매일 반말하는 거라고
　　　　바람이 귀엣말로 전언해도
　　　　나는 믿고 싶지 않았다
　　　　늘 참새는 반말하고
　　　　바람은 그녀의 거짓말을
　　　　참말인 양 조잘조잘 물어온다

오늘도 짝 잃은 참새는
가슴으로 말을 걸어도
야속한 바람은 반말로 운다
– 「바람의 반말」

씻은 후 옷을 갖춰 입고 밖에 나왔을 때 아내가 차를 닦고 있었다.

"저 위에 밤이 엄청 많았어. 벌레도 먹지 않았고, 올해 아무도 안 주워 간 모양이야."

아내가 밤 주워 온 무용담을 늘어놓는다.

"고구마 상자는 어떻게 하지?"

나는 동문서답으로 능청을 떨었다.

"다 내려났던데… 혼자 어떻게 했어요?"

"……"

칭찬을 듣겠다던 내 기대는 빗나갔다.

어둠살이 내려 차 닦은 흔적이 희미하다. 쉬는 날이지만 탁구협회 임원 회의가 있어 서둘러 시동을 걸었다. 내 차가 떠나고 나면 다시 텅 빈 마당 가운데 아내가 서 있을 것이다.

2주 전 출판기념회 때 구름처럼 몰려왔던 축하객이 떠난 선돌길 언덕도 휑한 마당이었다. 5명의 가수가 축하 무대를 끝낼 무렵도 어둠이 내리는 이맘때였다.

동구밖을 나설 때까지도 하늘엔 양털 구름이 평화를 구가하고 있다. 저 구름 뒤에 먹구름이 숨어있을지도 모른다고 생각하기가 싫지 않다. 너무나 평화로운 하늘 탓이다. 요즘은 낮은 산에도 멧돼지가 있다. 2년 전엔 우리 밭에까지 멧돼지가 내려왔었다.

밤에 혼자 산에 오르는 걸 겁내 하지 않았다. 뱀을 밟을지도 모르는 일이었다. 멧돼지가 출현할지도 모르는 일이었다.

이젠 겁이 난다. 나이 탓일까? 밤에 혼자 산에 오를 엄두가 나지 않는다. 그런데 겁이 많던 아내가 늦은 시간까지 산에서 밤을 줍다가 내려왔다. 겁이 없어진 걸까? 믿는 구석이 있어서였을까?

새털구름이나 양털 구름 뒤엔 먹구름이 있고, 낮은 산에도 멧돼지가 호시탐탐 민가를 내려다보고 있다.

집안의 울타리가 부실하면 범이 넘보고, 자기 자신의 건강을 맹신하며 돌보지 않으면 적신호가 온다.

마냥 태평성대는 없다. 노류장화에 놀아나던 사또는 암행어사에 혼쭐나고, 매일 긴장하며 굳건히 바다를 지킨 이순신은 왜구를 무너뜨렸다.

시내로 향하는 길은 공사 구간을 제외하곤 훤히 뚫렸다. 그러나 오늘따라 뒤가 켕기는 건 왜일까?

젖은 이슬, 젖은 서리

　'24절기 중 열여덟 번째 절기로서 상강은 서리가 내리는 시기를 뜻하며 양력으로 10월 23일 무렵이 된다. 이때는 단풍이 절정에 이르며 국화도 활짝 피는 늦가을이다. 농사력으로는 추수가 마무리되는 때이다.'

　지식백과에서 데려온 문장이다. 여기서도 서리가 내린다고 표현했다. 내가 관찰한 바에 의하면 기압의 영향으로 맑은 저녁이면 이슬이 내리고, 기온에 따라 이슬로 햇귀를 맞기도 하고 초저녁부터 얼기도 한다. 대체로 새벽녘에 오돌오돌 떨다 굳어버린 알갱이들을 우리는 서리라고 한다. 이슬이 내려 하얗게 언 입자들을 가리켜 서리라고 하는 게 맞는다면 서리는 내리는 것이 아니고 잎새에 묻은 물기가 언 것이다. 그렇다면 상강은 서리가 내리는 계절이 아니고 이슬이 이 땅에 와서 추위에 그냥 온몸으로 맞서다가 굳어버린 경우를 뜻하는 날이라고 해야 옳을 듯싶다.

편의상 서리가 내리는 계절이라고 정의한 상강을 구태여 이슬이 얼기 시작한 날로 고쳐 되새기는 게 무슨 의미가 있겠느냐마는 바로 알고 있기라도 해야 할 듯하다.

참, 선조들은 우리에게 24절기라는 자연의 오묘함을 그처럼 세밀히 관찰하여 내려보냈는지 감탄할 따름이다. 지구가 아무리 병들어도 거스를 수 없는 이 현상을 어찌 그렇게 잘 적용했을까? 상강 무렵에 서리가 온다는 걸 용케도 알고 계셨을까?

상강이 사흘 지났다.

서리가 왔다. 첫서리이다. 전국 많은 지역에 오늘 첫서리가 내렸다.

전국노래자랑을 보고 혼밥으로 점심을 챙겨 먹었다. 메뉴는 사흘째 똑같다. 김치, 우엉조림, 더덕구이, 육개장….

바깥에 나왔다. 선돌길 식물의 안부를 묻기 위해서다. 새벽 4시 퇴근길이 3도였으니까 당연히 이곳에도 이슬이 언 줄 알았다. 말짱했다. 웬일인가 싶다. 타지역, 아니 안동 시내보다 며칠씩 앞서가거나 뒤따라가는 이곳 날씨이다.

구절초가 방긋 웃고 있다. 토마토, 가지 새싹이 제자리에 그대로 있다. 내일 아침이면 운명을 달리할지도 모른다고 생각하니 짠하다. 감자 싹은 기어이 뿌리에 알을 달겠다는 굳은 의지가 보인다. 무 배추는 서리가 와도 거뜬하다는 의지를 강하게 표출한다.

마감에 쫓겨 신문사에 보낼 글을 적고 있는데 영상 전화가 걸려왔다. 둘째 사위 성우 휴대폰이다. 병원에 입원하기 전 점심 식사하는 모습이 영상으로 타고 온다. 둘째 손자 아인이 돌잔치 하던 곳에서 점심 먹는다는 걸 알고 있는 터라 그곳 영상임을 직감했다. 아인이는 돈가스, 어른들은 회를 먹는다며 딸과 아내는 내게 미안함을 전한다.

"밥 잘 챙겨 먹고 일 너무 무리하지 마이소."

"내 걱정은 말고 그깟 별거 아니니까 별 신경 쓰지 말고 안심하소. 뒤에는 든든한 남편이 있으니까…"

아내에게 위로의 말을 전했다. 그 후 전화를 끊자고 했지만 끊어지지 않은 영상을 타고 뒷담화가 날아왔다. '든든하기는 뭐가 든든해!' '히히히…' 아내와 딸의 반응이었다. 곁에 있는 자식과 멀리 있는 남편을 놓고 경중을 따진 결과물이라는 것이다. 그렇다고 당장 달려갈 수도 없는 노릇. 내일과 모레는 막내와 둘째가 간호하고 퇴원하는 날 남편에게 몫을 나눠 놓은 결정에 동의한 바 있기에.

겨울은
땅을 얼게 하지만
언 땅을 녹이는 건
봄이 아니라 옹골진 관심이니

꽃이 봄에 피는 것은
나무에 잘 보이는 것보다
벌 나비의

터를 닦고 눈물 자국 지움이요

골짜기 골짜기에 피는 꽃은
먼 데서 오는 손님
귀히 맞으러
한 밤을 꼬박 새워 단장한다

기적은
봄을 탄생시켰고
모난 물방울은 기어이
바위를 뚫고 말 것이니
– 「필연 아니면 우연 반」

인생 길을 걷다 보면 비도, 소낙비도 눈도 온다. 가을의 끝을 알리는
서리가 온다는 사실에는 무디어 있기가 일쑤이다. 수확하기에 바쁘
고 자칫 꽃에 취해 있다가 계절을 깜빡할 때가 종종 있다.

가끔씩 주위를 돌아보고 아파하는 무 배추가 있는지 살펴야 한다.
아무리 무서리 따위는 거뜬히 견딘다지만 유난하게 떡잎 지는 배추
는 편치 않다. 겉은 멀쩡하지만 속이 썩어가는 배추도 있다. 잘 살펴
서 도려내거나 배추벌레가 숨어있으면 잡아줘야 한다.

뽕잎과 은행잎이 유난히 노랗다. 햇살 머금은 소나무도 계절 앞에
는 어쩔 수 없나 보다. 묵은 솔잎과 솔방울은 떠나보낼 준비를 한다.
모두 데리고 겨울을 날 재간이 없다. 오래전부터 노랗게 퇴색하는

훈련을 시켰다. 좀 아프지만 보내야 한다. 남은 식구를 보듬어야 하니까.

내일은 기온이 1, 2도 더 떨어질 모양이다. 선돌길 언덕에도 서리가 내리겠지. 하루 이틀 늦출지도 모르지만 때가 되면 계절은 어김없이 순리를 따른다. 서리쯤이야 옷매무새를 고쳐 입으면 그만이지만 때 아닌 추위가 닥치면 낭패이다. 미처 월동준비를 하지 않았기 때문이다.

깊어가는 가을 뒤로 숨는 태양이 오늘따라 숙연하다.

돋을볕 찬란한 아침

이슬이 얼었다. 상강이 지나고 보름이 된 날 아침에 창문을 여니 돋을볕이 은빛 대지를 먹고 있다. 개나리 나무를 타고 올랐던 호박넝쿨은 처참하게 자연 현상 앞에 굴복하고 있었다. 임무를 충실히 완수하고 가는 만큼 후회라든가 회한은 없다. 호박씨로 왔다가 인간에게 호박잎, 애호박, 머리만 한 맷돌 호박에 씨까지 남겼으면 소임은 다했다 할 수 있다. 주변에 허한 세상을 살다 가는 이들을 얼마나 많이 보아 왔던가?

지인 집에서 가져온 국화는 차가운 은빛 이물질을 머리에 이고도 당당히 햇귀와 노랗게 맞선다. 더 선명한 흔적에 정열을 불태우겠다는 심산으로 입동 날 아침을 접수한다. 샛노란 향을 선돌길 언덕에 아낌없이 흩뿌린다. 다음 절기인 소설까지는 끄떡없음을 과시한다. 지금 당장 첫눈이 온다 해도 상관하지 않겠다는 의지를 보인다.

인간으로 인한 지구의 몸살이 계절을 보름 앞당기기도 하고 뒤로 물러서게도 한다. 어쨌든 우리 지방엔 올해 서리가 올 듯 올 듯 하면서도 보름이나 늑장 부린 후 입동 날 아침에 왔다. 종잡을 수 없는 게 세상사이고 자연 현상이다.

인간사도 마찬가지다. 나보다 몇 배 건강했던 아내에게 조기 서리가 왔다. 건강 검진 결과 이상 징후가 있어 서울 큰 병원에서 상세 검진을 했다. 1차 진단 병명은 '상세 불명의 위의 악성 신생물, 조기'이다. 유명한 교수님도 정확한 병명을 짚어내지 못했다는 뜻인 모양이다. 우리 한글이 어려운 건지 병명이 어려운 건지 모르겠다.

아내가 서울 큰 병원에서 시술하는 날 나는 지방 치과에서 임플란트 수술을 했다. 미뤄왔던 잇몸 두 곳을 뚫었다. 치과에서 쓰는 말 또한 알아듣기 힘든 변형된 언어들이 열거되어 있다.

한글의 변천사를 오늘도 계속 고쳐 쓰고 있다. '헐'이란 감탄사는 오래된 종이책 국어대사전에서는 찾아볼 수가 없다. 그러나 요즘 젊은 세대들은 참 유용하게 잘 쓰고 있다.

'참 좋다'를 '짱 좋다'로 바꿔 쓰는 것은 애교로 봐줄 만하다. 좋다, 나쁘다, 란 형용사 앞에 똑같이 붙여 긍정과 부정을 동시에 나타내는 '개' 자를 즐겨 쓰는 젊은 세대들과 자주 접하면서 참 민망하다. '대박' 이란 단어를 좋아하지 않는다. 혹자는 대박이란 '돈벼락을 맞는 것' 이라고 했다. 돈이든 뭐든 벼락을 맞고 온전한 걸 못 봤다.

아가씨의 반대말에 대해 골몰한 적이 있었다. 총각, 아저씨, 도령, 도련님… 총각과 아저씨는 엄연히 반대말이 존재하는 관계로 거리가 멀다. 도령, 도련님은 통상 흔히 쓰는 말이 아니어서 정답이라 볼 수는 없다.

닭 모이를 들고 배추밭을 가로질렀다. 서리를 덮어썼던 배추는 누렇게 퇴색된 떡잎은 계절에 내주고 노란 속살로 내실 다지기에 여념이 없다. 여름 감자를 캐낸 밭에 남긴 씨앗에서 자라던 감자는 서리에 직격탄을 맞았다. 여름 감자 씨였던 만큼 추위에 맨 먼저 희생양이 되었다. 감자 싹이 폭삭 삶겨 버렸다. 형체를 알아보기도 힘들 지경이었다. 하루빨리 싹의 흔적을 찾아 감자를 캐야겠다.

'너희에게 많이 미안하구나. 작은 알맹이까지 모두 쓸어담아 땅에 남기지 말았어야 했는데… 괜한 수고로움과 아픔을 줬구나.'

'주인님, 걱정 마세요. 모두가 저희 몫입니다. 비록 감자 싹은 서리에 스러지지만 땅속에 씨알은 남겨 두었잖아요.'

망초는 철이 아님에도 들국화로 착각할 정도로 꽃을 피워 위용을 뽐낸다. 여름에 피는 꽃이 초겨울 앞에 저처럼 위풍당당 피어있다는 게 이상했다. 어디에서도 꽃 피우고 어느 계절에도 꽃 필 수 있는 꽃이 망초였던가? 망초에게서 악착같은 삶을 배우는 계절이다.

흔들리며 가는 가을
흔들리며 가는 불빛
위장 대장 내시경에

미아가 된 잎새 하나
계절이 하 수상하여
낯선 도시 포도 위를
얼쑤절쑤 탈춤 추며
갈지자로 유영한다
―「단풍」

　아내의 시술 결과가 오늘 나왔다. 당사자가 구태여 오지 않아도 된다는 병원 측의 전갈을 받고 막내가 아침 일찍 병원에 가서 결과를 알려왔다. 더 치료는 필요 없고 주기적인 내시경 후 완치 판정을 내린다는 다행한 결과를 전해 왔다. 그만하기 천만다행이다. 조기에 무서리를 맞은 만큼 다가오는 추위에 대처할 수 있는 충분한 시간을 벌었다. 무서리에 잘 버틴 무는 웬만한 된서리가 내려도 자신을 담금질할 줄 안다.

　올해는 정확하게 한 절기가 지난 후 서리가 왔다. 지구가 몸살을 앓고 있음이 틀림없다. 아파하는 지구를, 몸살 앓는 한글을 우리가 바른 길로 인도해야 할 때이다.

　돋을볕이 드는 입동 지절에 찬란한 아침을 쓴다.

퇴계 발소리 듣다

　　아내가 아침 일찍 일어나 부산을 떤다. 소풍 가는 초등학생처럼 들떠서 김밥을 싸느라 정신이 없다. 고소한 참기름 냄새가 집 안 구석구석으로 스며든다.

　지난 주말 큰딸 내외가 문경새재에 같이 가자는 제의를 거절한 남편에 대한 원망은 까맣게 잊어버린 듯. 사실 그 때문에 단둘이서 청량 산행을 제안했던 것이다. 아직 신혼인 저희는 저희끼리, 우린 우리끼리가 괜찮을 듯하다.

　2년 전 처음 가보고 나서 산세에 반해 한 달에 한 번씩 오자고 했던 것을 기억하는 아내는 청량산 산행을 잊지 못하는 것 같다. 1년 전 단체로 갔을 때도 청량사까지밖에 못 올랐기 때문에 벼르고 있던 터였다.

"오늘은 꼭 정상까지 올라가요?"

"그래야겠지? 더 나이 들기 전에 정상 장인봉과 하늘다리를 건너보자고…."

준비를 하면서도 아내는 들떠 있음이 역력했다. 모자를 번갈아 써 보며 어떤 게 좋으냐고 물어오기까지 한다. 지난번 해외에 갔다 오면서 막내가 사준 선글라스를 챙기는 건 당연하다.

서둘러 준비를 했는데도 10시를 넘겨 버렸다. 집에서 그리 멀지 않은 곳이어서 숨 가쁘게 달려갈 필요까지는 없었기에 닭장이며 집안을 몇 바퀴 돌아본 후 천천히 출발했다.

10월 그믐으로 가는 가을 들판은 황금빛으로 출렁인다. 집에서 출발한 지 30분이 안 되어 목적지에 도착했다.

어느 코스를 잡을까 하다가 한 번도 가보지 않은 청량폭포 쪽을 택했다. 출발 시점은 두들마을로 연결되는 시멘트 포장도로였는데 경사가 장난이 아니었다.

"이쪽으로 가도 하늘다리까지 오를 수 있는 게 맞나요?"

"……."

숨이 턱에 닿아 대답할 기력도 없었지만 나 역시 처음 오르는 코스라 알 길이 없다. 단지 입구에서 하늘다리 2km라는 표지판과 젊은 부부 한 쌍이 우리를 앞질러 갔으니 분명 길은 있을 것 같다.

계단을 오를 때면 코가 앞 계단에 닿을 것만 같았다.

코스를 잘못 택했구나, 후회했지만 이미 늦다. 우리 두 팀 외엔 인적이 없는 거로 봐서 짧은 거리인 데 반해 그만큼 난코스 같았다.

앞서가던 젊은 부부가 쉬고 있기에 우리도 선 채로 배낭에서 오이 하나씩을 꺼내 씹으며 밭은 숨을 골랐다. 일주일에 서너 번씩 산에 오른다는 그 젊은 부부도 힘에 겨웠던 모양이다.

한 시간 조금 지나자 하늘이 열리면서 정상이 보인다. 거슬러 올라온 뒤를 돌아보았다. 마침 새 한 마리가 포르르 나뭇가지에서 다른 나무로 날아간다. 곤줄박이였다. 옛 선현들도 저 곤줄박이와 대화하며 이 길을 누볐을까? 가만히 임들의 발소리에 귀 기울여 봤다. 뚜벅뚜벅… 자박자박….

870m로 최고봉인 장인봉에서 인증 샷 하고 하늘다리로 향했다.

"아! 저길 봐요! 지 기암괴석, 저 불타는 단풍….”

"좋군. 힘들게 오른 보람이 있어.”

칭찬에 인색하지 않고 감탄하기 잘하는 아내는 감탄사 연발이다.

"저 구름다리 좀 봐 봐요! 엄청나요!”

"역시 장관이군! 정식 명칭은 하늘다리지만 구름다리도 일리가 있네. 저 하늘에 구름과 같이 떠 있는 다리를 구름다리라 한들 누가 뭐라겠나?”

고소공포증이 조금 있는 아내가 하늘다리를 건너와서는 다시 한번 가잔다.

"우리 한 번 더 건너갔다 와요!”

"……."

군 시절 유격을 몇 번이나 했던 나지만 아래를 보니 어지러웠다. 씩씩하게 건너오는 척했지만, 앞만 보고 급히 다리를 건넜었는데 아내는 또 한 번 건너갔다 오자 하니 그 제의를 받아들일 수가 없다. 한 번 더 갔다 올 자신이 없다는 말은 하지 않았다.

여기저기서 음식들을 꺼내 놓고 먹고들 있었다. 우리도 여기쯤에서 보따리를 풀었다. 김밥이 꿀맛이다. 우리 닭이 낳은 삶은 유정란도 별미였다.

김밥을 먹으며 즉석에서 적은 '청량산 하늘다리에서'를 스마트폰을 통해 카카오스토리에 사진과 함께 올렸다. 그러나 인터넷 접속이 불안정하여 '올리기 실패'라는 자막이 뜬다. 청량사까지 내려와서 새로 올리기에 성공했다.

육육봉 열두 봉우리
소금강이라 불러도 모자람 없는
물 수 자 수산인 이유 모르겠다
태백산맥 끼고 도는
낙동강아 말해 보렴

지구의 한 점이지만
우주를 삼킬 듯 포효하는 붉은 물결
영겁의 세월 동안
임 오기만 기다리는
선학봉 자란봉 장인봉…
원효 퇴계 육사 공민왕…
임들의 발소리 들리는 듯

그들의 온기가 묻어나는 기암괴석
다람쥐 곤줄박이…
지금도 노닌다

이 다음에 내 임 오거든
불타는 청량산 느낄 수 있게
내 체온 만질 수 있게
한 잎 단풍 잡아 두고 갈게
하늘다리 손잡고 갈게
– 「청량산 하늘다리」

청량사는 신라 시대 의상대사가 건립하고 원효대사가 머물렀다고 한다. 그분들의 흔적이 청량사며 청량산 곳곳에 덕지덕지 묻어있는 걸 볼 수 있었다.

청량사에서 입구까지 내려오는 데는 누워서 떡 먹기였다. 아내는 감탄사 연발에 스마트폰으로 순간 포착하기에 여념이 없다.

퇴계 이황 선생의 생가를 거쳐 이육사 문학관을 답사했다. 마침 월요일 휴무여서 조용한 문학관 뒤뜰에는 청포도 샘물만이 나그네를 맞으며 적막을 깨고 졸졸졸 흘러내리고 있었다.

아내를 위한 배려와 나로선 다시 한번 그분들의 발걸음 소리를 따라 가보고 싶었다.

퇴계 선생께서는 청량산을 수십 번, 아니 백 번 이상 누비셨다는 기록을 보았는데 정확히 기억이 나지 않는다. 임들의 온기가 청량산 여기저기에 분명 흔적으로 남아 있었다. 그때 노닐던 산새들과 다람쥐도 변함없이 그대로 그 산에 있음을 확인할 수 있는 날이었다.

노국공주와 공민왕이 머물렀다는 그 산, 주왕산과 함께 영남에서 명산으로 꼽히는 청량산이 인근에 있어 쉽게 가볼 수 있는 것에 감사하면서….

결장의 폴립

일주일간 마음을 졸이며 보냈다.

한 줄의 원고만 써놓고 더는 진척이 없다. 마감은 임박했는데 도무지 글이 풀리질 않는다. 기말고사와도 겹쳐 있다 보니 압박감은 더하다. 이러다간 신문에도 펑크를 내고 기말고사도 꽝일 듯하다. 생각다 못해 어느 책 권두언에 최근 쓴 글 일부를 데려오기로 했다.

길을 나섰다. 좁은 길 지나 한참 동안 긴 신작로를 달렸다. 장애물은 없었다. 반대편으로 가는 세월이 쌩쌩 바람에 스치며 멀어져 갈 뿐이었다.

동승자가 탔다. 목적지를 정하지 않았다. 입동을 보름쯤 지난 어스름 저녁이 바스락 가랑잎을 밟고 함께 걷고 있었다. 다시 좁은 길로 접어들었다. 비탈길, 구부러진 길, 한 번도 가닿지 않은 길이 펼쳐졌다. 그러나 왠지 낯설지가 않았다. '이렇게 가다가 끝 닿는 길이 돌아오지 못할, 내비게이션도 없는 길이면 영원히 그곳에 멈춰버릴까?'라고 했더니 동승자는 '좋다'라며 손뼉까지 쳤다.

그렇다. 우리는 지구별에 즐거운 마음으로 잠시 소풍 와서 그럭저럭 살다가 훨훨 떠나면 그만이다. 그 기간이 우주적으로 본다면 찰나일진대 아등바등 살고, 짧고 길고, 굵고 가늘고를 따진다. 나라의 책임을 맡았던 사람도 획 하나 긋지 못하는데 평범한 한 인간이야말로 먼지 하나 남길 수 있을까?

한 열흘 전에 존경하는 선배 한 분이 세상을 버렸다. 동향이고 초등학교와 같은 중학교에 다닌 세 살 연배의 형님이다. 같이 문학을 하고 뜻이 통해 많은 대화를 했고, 많은 가르침도 주신 분이다. 주위의 모든 사람이 애통해했고 아까운 나이라고 했다. 나 역시 생각이 다르지 않았지만.

백 살과 일흔 살은 불과 세 뼘 차이다. 우리는 한 뼘을 놓고, 세 뼘과 다섯 뼘을 놓고 길다 짧다 셈을 한다. 축소하여 현미경으로 판별해도 굵기가 구분이 안 되는 미묘한 차이일 뿐인데도 말이다.

우리 인간은 반칙하기 위해 세상에 온 것 같다. 잘나고 못나고, 잘살고 못살고, 더 살고 덜 살고는 도토리 키 재기인데 반칙으로 연장하려 한다. 의술을 발달시켜 생명을 연장하려는 시도에서부터 잘못됐다.

한 생명으로 태어나, 태어나게 해 준 데 대한 고마움에 이바지하다가 자연이 준 만큼 살다 떠나는 게 상책이다. 코로나19를 부른 것도 자연 현상을 위배했기 때문이 아닐까?

우리는 어차피 속물 인간이다. 동료를, 형제도 따돌리고 오르지 못할 곳을 향해 치닫는다. 추락하는 데는 날개도 없는데 말이다. 높은 곳에 오르면 춥다. 외롭다. 뒤늦게, 그곳에 도착한 후 후회하면 늦다. 나락으로 추락할 일만 남았다.

나도 똑같이 속물 인간이다. 누구와 경쟁하며 살았고, 더 가지려고 아등바등했다.

지난 일주일간 전전긍긍, 배추벌레가 야금야금 이파리를 갉아먹듯이 세월을 갉아먹었다.

대장 내시경을 통해 용종 세 개를 뗐다. 세 번째 용종을 제거하기에 앞서 의사는 '골치 아픈데'를 되뇌었다. 납작 엎드린 녀석을 떼기가 힘이 든다는 말인지, 암으로 발전했다는 건지 종잡을 수가 없었다. 몇 번 시도 끝에 찢는 데 성공했다.

조직 검사를 보내 일주일 후에 결과가 나온다고 했다.

"이 조직 검사를 통해 암 판정도 나오나요? 암일 수도 있습니까?"

"암일 수도 있습니다."

내가 긴장한 어투로 묻자 의사는 쉽고 짧게 한마디 툭 던졌다. 그 이후 일주일간 나는 사는 게 사는 게 아니었다.

토요일, 충청도 땅에 우리 가족 열둘이 모인 자리에서 최대한 내색하지 않으려 했지만 그리 유쾌하지 않았다. 둘째 반디의 쌍둥이가 2

120

주 후에 태어나고, 두 달 된 하늬의 뱃속 아기를 합하면 열다섯 가족의 축복된 날인데도 나만 심드렁했다.

월악산 자락 덕주사 오르는 길섶에 구절초의 자태가 곱다. 계절을 잊은 듯하다. 산 아래 꽃들은 이미 기력이 쇠잔한데 그녀만이 활기차다. 저들과 그들도 한 뼘 차이일 뿐인데 곱기도 하고 애잔하다. 스마트폰에 담았다.

손바닥에 손금이 없다면
저 강물은
어디로 흐를까?
산으로 가는 물꼬를 텄을까?
고래고래 고함치며
물기둥으로 솟아올라
끝 간 데 없이 하늘에 닿았을까?

꽉 쥔 손안에 갇혔던
강물은
오던 길 거슬러
요리조리 흔적 지우며
발원지인 강원도 땅에 닿겠지.
이 밤이 새기 전에
까만 길을 하얗게 닦으면서.

태초에 강은

어머니 젖줄 따라
길을 내었다가 지우고
내었다가 지우고
낮은 데로 물길 놓아
버드나무의
실핏줄로 흘러들었다네.

낙동 보를 넘는 저 강물이
사람처럼 가슴이 있다면
기꺼이 그 강물 되어
파도에 쓸려가
물거품으로 사라질지언정
처음 잡아 본 그 손
그 바다로 가리.
　-「손금」

결과가 나왔다. 그냥 폴립일 뿐이란다.

"괜찮은데요. 암은 아닌데요. 2년 뒤에 대장 내시경 하면 됩니다."

담당 의사는 이번에도 덤덤하게 툭 던졌다.

나는 휴~ 한숨을 내쉬었다. 틀림없는 속물 인간이다.

속물 인간의 소풍은 계속된다.

동승자가 문학, 혹은 문학을 매개로 하는 그 무엇이어도 좋다. 문학
이란 허울로 포장하지 않았다면 말이다. 바람이 차다. 이번에는 '문학'

이란 동승자가 내게 물었다. '내가 왜 좋아?'라고 하길래 나는 '그냥, 그냥, 그냥.'이라고 답했다.

나는 문학이란 '그냥, 그냥, 그냥.'이라고 정의한다. 코로나19가 아무리 성가시게 굴어도 시詩라는, 문학이라는 동승자와 함께 걷는 우리는, 아니 온 국민은 조금의 흐트러짐도 없을 것이다. '그냥'이란 단어가 '경청'이고 '배려'이며 '진심'이라면 말이다.

서울이 보인다

　서울로 가는 길은 깜깜 어둠에 묻혀 있었다. 최소한 내 차 전 조등이 어둠을 밀어내고 새벽을 깨우기 전까지는 꽉 다문 까만 밤이 쉽게 열릴 기미가 없었다.

　새벽 5시 반. 우리 부부를 태우고 대문 나서는 내 차 온도계는 영하 15도를 찍고 있었다. 내비게이션이 가리키는 길은 왕상골을 경유하는 우회도로였다.

　2020년 12월 17일. 불과 몇 시간 전 마지막 기차가 통과한 이하역 지하차도를 지나며 감회에 젖는다. 오늘부터 안동 역사驛舍가 새 안동역으로 이전됨에 따라 89년의 역사歷史를 간직한 도심의 안동역은 구 안동역으로 자리매김하고 말았다.

시대가 바뀌면 새 옷을 갈아입기도 하지만 일제 강점기 민족의 정기를 끊기 위해, 민족성을 말살하기 위해 억지 노선으로 이하역, 마사역, 옹천역이 생겼다. 대한민국 초대 국무령을 지낸 석주 이상용 선생 아흔아홉 칸 생가를 가로질러 일제가 놓았던 사슬을 드디어 거둘 수가 있게 됐다. 오늘 역사의 한 페이지를 다시 쓴다.

고향 집에서 가장 가까운 역은 마사역이었다. 외조부 상(喪)에 선친과 어머니, 누나를 마사역에서 청량리행 기차에 태워주고 돌아서 오는 지름길을 택한 조부께서 마사 터널 안에서 기차를 만났다. 조부께서는 도저히 터널 밖으로 탈출할 시간적 여유가 없음을 감지하고 윗저고리를 벗어 머리 위로 크게 원을 그리며 돌렸다. 사나이 죽으면 한 번 죽지 두 번 죽냐, 하는 심정으로 기차와 맞섰다. 간절한 마음은 왜 없었겠냐만. 기차가 멈춘다는 건 1도 생각하지 않으셨다. 기적이었다. 기차는 끼익, 크게 쇳소리를 내며 조부 앞에 가까스로 멈춰 섰다.

장인 영정 앞에 머리를 조아리고 난 선친께서는 상복을 입고 공중화장실을 찾았다. 한밤중 복도식 공중화장실은 선친을 낯설게 했다. 큰일 날 뻔했다. 화장실에 빠져 비명횡사할 뻔하지 않았던가.

그 후 조부께서는 기차를 멈춘 할아버지로 소문이 자자했고, 선친은 이모와 이모부로부터 화장실에 빠져 죽을 뻔했다고 놀림을 당하기도 하셨다. 그때 그 화장실은 자취를 감춘 지 이미 오래됐고, 그 마사역도, 마사 터널도 아스라이 역사 한 페이지를 적고 오늘 운명의 기로에 섰다.

지금 토방에는
곰방대 늘어뜨린
늙은이가 살고 있다

아버지의 아버지는 말했었지
좁아진 혈관은 훑어내야지만
반쯤 훑어내야지만
적당히 피가 흐를 수 있다고

삐걱거리는 관절, 낡은 의자에 앉아
설대의 니코틴을 훑고 계신 당신은
물부리로 니코틴을 빨며
창자의 중앙 부분을 까뒤집곤 하셨다

대통엔 늘 담배 연기가
꼭꼭 재워져 있었고
폐부에서 심장으로 흐르는
붉은 물줄기는 느릿느릿
구부러진 비탈길로 걸어갔다

지금 토방에는 곰방대 늘어뜨린 늙은이가 살고 있다
-「지금 토방에는」

"이 도로가 아직 고속도로 아니지?"
번번히 이 길을 지나쳐도 헷갈리는 모양이다. 이하역을 지나 왕상골 경유 35번 국도에 접어들어 한참을 달리고 있을 때 아내가 물어왔다. 아침을 열기 전이어서 그랬을 것이고, 서울 대학병원으로 안과 진료받으러 가는 길이어서 앞이 잘 보이지 않아서였을 것이다.

"우리나라 자동차 전용도로는 준고속도로 수준이지."

안동을 밀어낸 만큼 서울이 안겨 왔다. 어둠을 밀어낸 만큼 서광이 비쳐왔다.

병원에는 이른 시간인데도 종종 사람의 발걸음이 바쁘다. 코로나 19, 마스크, 추○○, 윤○○, 백내장, 녹내장, 영하 16도, 영하 17도, 안동역, 이하역, 마사역… 이란 낱말들이 공중에서 이리저리 뒤엉키며 정신없이 돌아가고 있었다.

안과라고 적힌 곳 벤치 한 귀퉁이에 몸을 맡겼다. 차가 이곳까지 데려다주긴 했지만 기댈 곳을 찾을 수밖에 없이 노쇠한 내 몸을 직시한다. 벤치 내 옆자리에 몇 번 사람이 바뀌는 동안 나는 공중 곡예하는 낱말들을 주워 모아 스마트폰에 저장했다.

아내의 안과 진료 결과는 대수롭지 않다고 나와서 다행이란 생각이 들었다. 지방 안과에서는 실명할 수도 있으니 의뢰서를 써주며 큰 대학병원에 가보라고 해서 급하게 예약 날짜를 잡았던 것인데.

그제서야 공중 곡예하던 낱말들 속에서 서울이 보였다. 아내도 서울이란 글자를 또렷이 본 듯하다.

산모인 둘째 아이와 갓 태어난 쌍둥이가 있는 조리원으로 가는 길도 훤히 트였다. 어둠은 말끔히 걷혀 있었다. 큰아이 아인이가 있던 조리원이었다. 아내가 그곳임을 먼저 알아봤다. 안과를 다녀와서인지 길눈이 나보다 더 밝다.

유리창 하나를 사이에 두고 본 손주들이었지만 오뚝한 콧날, 까만 초롱초롱 눈이 선명하다. 마스크를 쓴 이상한 할아버지, 할머니가 손주들 눈에는 어떤 인상이었을까? 민얼굴을 못 보여준 게 못내 아쉬움으로 남는다. 그곳 실장님의 배려로 잠시 딸아이와의 면회를 할 수 있었다. 한 달 전 충청도에서 본 육중해서 너무 안쓰럽던 몸이 아니어서 안심되었다.

다시 내 차를 고속도로에 올렸다. 영동고속도로를 지날 때는 눈이 산천을 덮어 본래의 모습은 볼 수 없었다. 충청도를 지나 경상도 땅을 밟을 땐 방해받지 않은 산천이 또렷하게 눈에 들어왔다.

익숙한 산천이 도래했음에도 정오가 조금 지났을 뿐이다. 이른 아침 먹고 출발했지만, 서울에서 볼일을 마치고 점심때 안동에 도착할 수 있는 시대가 열렸다. 한나절에 서울을 다녀올 수 있다니. 열차가 빨라지고 고속도로가 열리면서 안동에서 서울을 일일생활권이라고 고무되었던 때가 불과 얼마 안 되었는데 말이다.

이제 안동역이 새 둥지를 틀었고 복선화 공사가 완공되면 서울이 한 시간대로 가까워진다는 희망이 있다. 빨라서 좋은 것도 있지만 목표지점이 가까우면 힘이 빠질 때도 있다.

안동이 보인다.

생쥐와 황소

춥다.

2020 세모에도, 신축년 새해에도 사상 유례없는 추위가 팍팍한 서민의 가슴에, 폐부에 깊숙이 와서 박힌다. 코로나로 꽁꽁 언 겨울은 우리의 마음마저 연탄같이, 숯덩이같이 새까맣게 태워버렸다. 가슴을 열어도, 마음을 열어도 온통 암흑이다.

그러나 아직 지구가 멈춰 서진 않았다. 해가 뜨고 지는 걸 보면. 아무렴. 연탄은, 숯덩이는 불을 지피면 빨갛게 정열적으로 타오를 수 있는 여지가 있다. 가슴 열고, 마음 열고 불을 지펴 꽁꽁 언 대지를, 세상을 달구어 볼 때이다.

연말연시. 둘이 오고 둘이 갔다. 政治판에도 비슷한 경우가 있었다.

그곳은 기웃거릴 게 못 된다. 그래서 내가 귀촌일기를 쓰는 동안 한 번도 그 단어조차 언급하지 않았다. 오늘 처음 그 단어를 쓰면서 한글로 표기조차 하기 아까워 한자로 썼다. 내용을 글 속에 담으면 글이 변질될 것 같아 5년여 귀촌일기를 쓰면서 그쪽 이야기는 피했다. 발길에 차이는 게 그쪽 이야기지만 가급적 길을 돌아가는 일이 있어도 피해 왔다. 어떤 문학 세미나에서 '사회적 현상, 수필로 쓰기'를 주제로 한 토론회가 있었는데 나는 반대 의견을 낸 바 있다. 한때 젊은 혈기로 사회 풍자한 글을 적잖이 쓴 적도 있었다. 문학인이면, 사회 지도층이면 주먹보다 펜이 강하다고 했으니 펜으로 큰 바위라도 깨부수는 것이 의무이기는 하나 왠지 이젠 그 근처조차 가기 싫다.

네가 떠날래?
내가 떠날까?
우주 밖 나무집 한 채 지어줄 테니
코로나와 곳간 비운 생쥐는
거기 가서 살건 말건
지구의 빈 곳간은
황소바람 맞으며 내가 지킬게.
– 「생쥐와 황소」

배가 산으로 갈 뻔했다. 보름 동안 사라졌던 닭 한 마리가 돌아왔고 둘째 딸이 쌍둥이를 출산했다. 반면 3주 예정으로 아내가 쌍둥이 보살피러 서울로 떠났고 한 해가 갔다.

우리 집 닭의 나이는 다섯 살. 그들 나이로 따지면 아흔쯤 된다. 닭 세계의 할머니들이다. 1년 전부터는 자연 감소로 한 마리씩 곁을 떠나갔다. 대체로 노환으로 세상을 버렸다. 알을 제대로 낳지 않은 시점도 1년이 훨씬 지났다. 할머니한테 2세를 생산하라고 하는 건 언어도단이다.

아내가 남은 닭을 없애 버리는 게 어떠냐는 의견을 냈지만 그럴 수는 없었다. 우리 집에 와서 알을 낳으며 봉사한 게 얼만데 헌신짝처럼 버릴 수가 없다. 매일 가던 닭장을 이틀에 한 번 가는 걸로 나도 한 발짝 물러나긴 했다.

닭장 뒷문과 쪽문을 열어놓은 게 화근이었다. 하루 만에 문을 닫으면서 점검한 결과 다섯 마리였던 닭이 네 마리밖에 없었다. 닭장이며 울타리 주변을 아무리 뒤져도 흔적조차 없다. 노환으로 세상을 떠났거나 동사했다면 흔적이 남았을 테고, 짐승이 와서 헤쳤다면 이 또한 흔적이 남았을 텐데. 큰 짐승이 와서 산 채로 채갔겠거니 미루어 짐작하고 보름이 지났다.

전쟁터에 나갔던 아들이 돌아오면 이 기분일까? 빼꼼히 열린 문틈으로 외출했던 네 마리 닭이 다섯 마리 되어 돌아왔다. 어디서 합류했는지는 알 길이 없다. 보름 동안 우리 집 닭의 현황은 네 마리로 알고 모이도 그만큼 주었고, 저녁마다 횟대에 오른 닭은 분명 네 마리였다. 과연 집 나간 닭이 모이도 제대로 먹지 않고 이 엄동설한에 견딜 수 있었다는 게 신기할 따름이었다. 개와 고양이와는 다르다. 행동반경도 좁지만 노리는 짐승들에 몸을 지탱하기가 손쉽지 않았을 텐데 그게 현실이다. 도저히 믿기지 않았다. 한마디로 기적이다. 다섯 마리에 합류하고 나니 구분도 안 되리만치 야윈 닭도 없다. 이런 경사도 없다.

더 큰 경사는 둘째 딸 반디가 둘째, 셋째를 출산한 것이다. 이란성 쌍둥이 손녀딸이 우리 가족이 되었다. 남매를 키우고 있는 저 언니는 동생 힘들다고 더 낳지 말라고 했지만 이번에 쌍둥이를 출산하는 기염을 토했다. 경사이다.

오는 게 있으면 가는 게 있는 법이다. 아내가 밑반찬과 육개장을 끓여 놓고 딸네 집으로 아이 봐주러 떠났다. 연말과 연시를 거쳐 일주일이 지났다. 아직까지는 견딜 만하다. 7일간은 몇 번 혼자 버틴 경우가 있었다. 이 이후는 더 버텨봐야 알 일이다.

한 해가 갔다. 365일이 지나면 1년이 가건만 해를 더할수록 보내는 마음이 미세하게나마 다르다. 뭔가 공허하다는 생각에 미친다.

바깥에 나섰다. 차갑다. 겨울 짧은 해는 산 위 소나무 숲에 갇혔다. 바람과 참새는 어디 가고 조용하다. 추녀 끝 기왓장 밑에 집을 지은 참새는 천지를 품은 듯 숨죽이고 있다. 해가 중천인데 벌써 꿈나라로 간 걸까? 바람은 가마솥에 숨었나 싶어 황토집 부엌으로 가서 열어보았다. 텅 비었다. 어디로 갔을까?

선돌길 언덕에도 비움과 채움의 미학이 공존한다. 바람은 기압과 계절과 시간적인 공간을 활용하여 자기가 설 자리를 파악한다. 자연 현상에 순응할 따름이지 환경에 지배받지는 않는다. 태백산이 거대하여 넘지 못할 때도 있지만 성나면 지구를 삼킬 수도 있다. 오늘은 왠지 순한 양이 되어 마루 밑에 납작 엎드린 모양이다. 참새가 일찍 보금자리에 든 건 날씨가 추워서이겠지만 충분한 모이를 섭취 못 해 체력을 아끼기 위해서이기도 할 것이다.

바람과 참새가 숨은 선돌길 언덕엔 고요와 적막, 겨울이 엄습했다. 옷깃을 타고 그들이 스며온다. 어차피 온 고요와 적막, 겨울마저 감싸 안는 게 어떨까 싶어 방 안으로 데려왔다. 보일러 온도를 조금 더 높였다.

하늘이 데려간 초롱별

새벽 4시 반.

차가 멈춰 선 건지, 내가 차를 세운 건지 다리 위 정지선도 없는 곳에 스르르 그는 섰다. 나가는 길이었으면 양쪽에서 오는 차를 살피기 위해 설 수도 있었지만, 일을 끝내고 집 쪽으로 향하는 길이었기에 구태여 그럴 필요는 없었다.

뭐에 홀린 듯 나는 차에서 내렸다. 스마트폰 플래시를 켜고 다리 이쪽저쪽을 옮겨가며 아래를 비췄다. 물소리가 철철철, 졸졸졸 위쪽에서 아래쪽에서 났다. 물소리뿐 선명한 물은, 얼음이 일부 덮고 있어서도 그랬지만 비출 수가 없었다. 거리가 있어서 물속을 짐작할 수가 없다. 영상 기온 탓도 있었지만 아래로 내려가 보고 싶은 충동이 일었다. 재작년에 새로 다리를 지은 이후 가팔라진 탓에 다리 밑으로 내려가기가 쉽지 않다. 스마트폰 플래시가 가리키는 쪽을 택해 조심조심 달이 진 다리 밑을 공격했다.

그리 오래지 않아 다리 밑에 안착했다. 3일 전만 해도 꽁꽁 언 얼음으로 덮여 있던 물이 군데군데 녹아 흐르고 있었다. 3년 전 오수관을 얼게 했던 추위에 이어 올해도 엄청 추웠다. 코로나19 시국과 함께 온 추위는 서민의 가슴을 콕콕 찔렀다. 4년 된 감나무가 얼어 죽지 않았을까 적이 걱정된다. 작년, 재작년엔 별로 춥지 않았다.

이젠 겨울도 온난화 현상으로 더워지고 있나 싶었더니. 겨울이 더워지는 게 온난화 현상이 아니라고 들었다. 지구가 더워지면 날씨는 갈팡질팡하는 게 정확한가 보다. 감나무가 죽으면 정말 아까울 것 같다. 여름 그 풍랑에도 잘 견뎠던 감나무였는데. 애지중지하는 애인 같은 나무 아니던가.

다리 밑을 찬찬히 비쳐 나갔다. 추위가 엄습했다. 아무리 영상 날씨라 하지만 겨울의 마지막 절기이자 24절기의 마지막 절기인 대한 무렵인지라 아직은 춥다. 눈에 익숙하지 않은 다리 밑 풍경과 새벽이라는 이색 풍경이 저절로 몸을 움츠러들게 했다. 정적에 물소리가 방해꾼으로 끼어든 다리 밑. 가히 공포도 불러올 수 있는 무대. 비록 다리 위에는 내 차가 시동을 걸어놓고 있긴 하지만.

얼음 틈새 물 위를 비췄다. 불빛을 따라가던 내 눈길이 멈춰 섰다. 물 위에 허여멀건 배를 드러낸 개구리가 떠 있었던 것이다. 얼음에 걸려 더 이상 떠내려가지 못하는 신세가 되었다. 한 마리인가 했더니 그

보다 조금 작은 또 한 마리가 멀지 않은 곳에 죽어있다. 충격이었다. 겨울잠을 자고 있어야 할 개구리가 허연 배를 보이며 찬물 위에 누웠다니 웬 변고인가 싶다. 미처 깊은 웅덩이나 땅속을 파고들지 못한 개구리가 와야천에 남았다가 낭패를 봤다. 개구리뿐만 아니었다. 버들치가 똑같은 자세를 하고 물 위에 떴다. 주위를 살피니 여남은 마리나 되었다. 실상 내가 물속에서 버들치 친구들 안부를 살피기 위해 이 새벽에 이곳에 온 것이었다. 친구들의 안부가 궁금해서 자주 들여다봤던 와야천이다. 다리 새 공사가 있기 전에는 자주 내려왔지만 그 후는 가끔이 정확하다. 돌을 깨고 개울 바닥을 낮추는 과정에서 버들치 친구들이 놀라 떠났을까 봐 확인차 와 봤을 때도 그들은 그곳을 꽉 붙잡고 있어서 안심을 했었다. 어쩜 버들치 조상들은 이 와야천에서 수십 년, 아니 수백수천 년 살고 있을지도 모른다.

그런데 원인 불명으로 개구리와 버들치가 죽었다. 농약 때문인가? 상류 지역의 돈사, 계사의 오·폐수 때문일까? 아니면 동사였을까? 여기에 골몰하면서 물속을 계속 비쳤지만 살아 움직이는 생명체는 하나도 발견할 수가 없었다.

혹독한 추위. 이 지역 기온으로 보면 영하 15도를 찍은 날이 10일 이상 계속된 바 있다. 유례가 없던 추위였다. 인간 세상도 코로나와 겹쳐 살기가 어려웠는데 동식물 세계라고 달랐을까. 경험하지 못했던 혹독한 겨울을 넘기가 수월하지 않다. 이번 겨울이 혹독했던 만큼 버들치와 개구리의 죽음이 동사凍死로 결론 내리는 것이 무리가 없을 듯싶다.

얼음이
온몸을 옥죄어 올
몽환의 순간
가까운 곳에서
수박 향기가 났다

개구리가 하늘에 들었다
개구리가 구름에 들었다, 어젯밤에
추워서
하도 추워서
휴면에 들어갔다

고통은 없었다
그냥
물과 함께 얼음이 되었다
콘크리트 천장에 별이 떴다
작년 봄이 보였다
작년 여름이 까르르 웃는다

와야천으로 왔다가
허여멀건 배를 보이며
해동이 되면
낙동강으로 버들치와 함께
소풍 떠나련다
－「하늘이 데려간 초롱별」

사흘째 같은 시각, 같은 장소에 내 차가 멎었다. 한 치도 오차가 없을 듯 정확하게 네 바퀴가 포개졌다. 아침으로 가는 선돌길 다리 위는 빙점을 왔다 갔다 할 정도의 입춘 열흘 전 기온에 걸맞다.

차에서 내리자마자 머리 위가 후끈하길래 하늘을 봤다. 초롱초롱 전에 없던 별 몇이 떴다. 별자리에 익숙지는 않지만 지금까지 한 번도 보지 못한 별자리였다. 이상한 일이 다 있구나, 생각하다가 다리 아래 풍경이 궁금했다. 어제는 얼음이 더 녹아 바위 틈새에 낀 두 마리의 버들치만 남고 나머지는 흔적이 없었다.

곡예하듯 조심해서 다리 아래로 내려갔다. 어제, 돌을 헛디뎌 한쪽 발이 물에 빠진 걸 상기하며 안심 돌을 두들겼다. 바위 틈에 끼었던 한 마리는 별이 되어 하늘로 갔는지 보이지 않았다. 꽉 낀 나머지 한 마리마저 갈대를 꺾어 구출했다. 빠르게 얼음 속으로 빨려 들었다. 하늘로 가는 길이 얼음 속으로 나있나 보다. 별이 되기 위해 가는 길은 고난의 길이 아니길 바라본다.

물속을 깊게 비춰 보았지만 오늘도 생물체의 움직임은 보지 못했다. 머지않아 봄이 오고, 물길이 깊어지면 개구리와 버들치가 꼭 돌아오리라 믿어 의심치 않는다.

콘크리트 조형물을 발로 힘차게 밀며 다리 밑을 탈출했다. 도깨비 바늘이 뒤따라왔지만 요리조리 피했다. 땅에 떨어졌거나 염소가 다녀갔는지 바늘은 몇 남지 않았다. 봄이 가까이 있다는 실증이다.

억이가 아까부터 밖에 나와 있었는지 귀 쫑긋, 꼬리 살래살래 흔들고 있다. 하늘에 별이 빼곡하다.

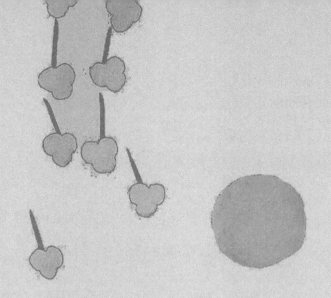

3부

경자야

경자야

봄이 오고 있기나 하는 거니?
아직 눈을 뜨지 않아 볼 수가 없어. 너는 키가 크잖니.
그 얼음 속은 답답하지 않아?
사실 여기가 봄날이야. 바깥세상은 무서워.
세상 모든 이에게 우린 관심 밖이야.
이곳에서 그냥 살면 안 될까?
그럼 나도 눈 뜨지 말까?

아이 추워, 버들개지 넌?
꽃샘추위란 말 들어봤니?
엄만, 시시한 건 가르쳐주지 않아.

140

나, 실눈을 떴잖아? 근데 아까 불어온 바람 때문에 다시 감아야 할까 봐.
난, 걷어찬 솜이불 대신 홑이불이라도 끌어다 덮어야겠어.

발 시리지 않아?
견딜 만해. 넌 온몸을 물속에 담그고 있잖니?
우린 물에서 산다는 공통분모를 가지고 있어.
오늘 밤 친구 한 명 마실 오기로 했단다.
캄캄한 골짜기 물속까지 어떻게 찾아올까?
저기 벌써 오고 있네, 보름달.
너희, 안녕? 오늘 밤 사이좋게 지내자꾸나.
 ―「버들치와 버들개지 · 하루, 이틀, 사흘」

4시 반.

일 마치고 마을 초입에 들어서는 내 차가 와야천 다리 위에 멎었다. 촬촬촬, 물소리에 홀린 걸까? 방해받을 것 같지도 않아 다리 한가운데 차를 정차시키고 내렸다. 새벽 공기가 차다. 영하 10도 이하로 떨어진 몹시 찬 기온이지만 몹시 춥다는 생각은 들지 않았다. 이상한 기류, 물소리에 홀린 게 맞나 보다.

작년에 새로 지은 다리다. 비좁고 난간 없는 다리를 튼튼하게 새로 축조한 것까지는 좋았으나 개통한 다음 날 난간 모서리에 조수석 문짝을 갈아붙였다. 가장 많이 드나드는 나로선 새 다리와의 첫 대면이 그리 유쾌진 않다. 그 또한 나를 위한 경고쯤으로 받아들이면 영 찜찜하지만도 않다.

그 다리에 모두가 덜 깬 새벽에 멈춰 선 이유가 궁금하다. 나도 궁금하다. 무생물인 차에 물어볼 수도 없다. 대답할 리 만무하니까.

그런데 물소리 말고도 소곤소곤 다정스러운 오누이가 나누는 대화가 들리는 것 같기도 하다. 다리 옆 길섶에 동그랗게 앉아서 귀를 기울였다. 소곤소곤. 무슨 말인지 분간할 길은 없다. 누구일까? 3년 전 버들치와 버들개지가 다시 돌아온 걸까? 다리 공사로 인해 돌을 깰 때 놀라서 버들치가 도망간 줄 알았는데…. 스마트폰 플래시를 켜고 비쳐 보았다. 보이지 않았다. 그동안 얼지 않던 고인 물 위에 살얼음이 덮였다. 와야천에 올해는 얼음이 얼지 않을 줄 알았다. 경자년庚子年. 입춘지설立春之節에 들어서서 겨울 추위를 한다.

음역대를 높여 봤다. 그러나 그들의 목소리는 분간이 어렵다. 물소리 때문일까? 콸콸콸… 물소리만 더 크게 들릴 뿐이었다.

내려가 볼까? 주위를 살펴도 내려설 길이 없다. 밤이기도 하고 공사 때 가파르게 하천 정비까지 한 때문에 내려갈 곳을 찾지 못했다. 밝은 낮에 내려가 볼 참이다.

저 물은 어디서 와서 저리도 하염없이 흐를까? 내려가다가 어느 사람 식수로도 가고, 공업 수로도 쓰이겠지. 가다가다 바다에 이르면 그리운 이를 만날까? 물고기들의 속삭이는 사랑의 밀어를 주워 먹을까? 금세 이곳 와야천을 잊고 말겠지?

이제 열 밤쯤 후이면 봄은 오겠지. 그 사이에 첫눈이 펑펑 올지도 몰라? 아무튼 꽃샘추위쯤이야 거뜬히 밀어붙이고 새 봄은 아기 걸음으로 아장아장 오겠지. 그러나 작년 봄과는 아무래도 다를 것 같아? 5년 전 봄이 달랐고, 10년 전 20년 전 봄은 그래도 좀 나았지.

이젠 성찰의 봄이 찾아올 거야. 예순 중반에 서고 보니 뒤를 돌아봐야 할 때임을 아장아장 오는 봄이 말하려나 보다. 그동안 살아오면서, 또 앞으로 살아가면서 관계를 잘한 건지, 또 어떻게 잘할 건지 말하는 봄이 저만치에 있다. 사람과 사람과의 관계, 사람과 식물과의 교감….

돈, 일, 사랑. 어느 하나도 빼놓을 수 없이 중요하다. 약간의 돈, 조금 모자란다? 일, 하고 있다. 사랑, 나를 사랑한다. 사랑, 남아있는가? 첫 사랑, 있었던가? 선뜻 답할 수 없다.

와야천 흐르는 물 거슬러 반세기 전에 아스라이 섰다. 고교 시절 지역 방송국 백일장 프로에 글을 낸 게 나의 첫 작품이다. 어떤 글이었는지 도무지 생각나지 않는다. 어쨌든 그 글이 방송을 탄 뒤 주말에 시골집에 들어왔더니 '우리 마을에 작가 났네.'라며 그녀가 나를 빤히 봤다. 나는 아무 대답도 못 한 것 같다. 옆집 누나였다. 한 살 많은 누나의 친구였다. 이경자.

막연히 작가라면 책에 나오는 시든 수필이든 쓰는 유명한 사람쯤으로 생각했는데 내가 작가라니 가당치도 않은 일이었다.

고등학교 2학년 그때 주말 장원에 그친 나는 3학년 땐 월말 장원까지 갔다. 그녀의 칭찬에 용기를 내어 글 쓰기에 머리를 싸맸다. 경자 누나 덕담 한마디에 지금 글 한 줄이나마 쓰는 게 아닌가 싶다.

이웃 마을 반 친구 어머니 상(喪)에 갔다가 예정에 없이 가정 방문한 담임 선생님 접대를 위해 부랴부랴 누나가 우리 집에 왔다. 윤기 나는 피부에 수더분한 그녀는 맵시 나게 감자떡을 빚고 있었다. 그때도 그

녀에게 말 한마디 건네지 못했다.

고교 졸업 후 군에 갈 날을 기다리며 할머니와 함께 기거하는 사랑방과 그녀의 집 안방은 두 벽을 사이에 뒀지만 1m도 떨어지지 않았다. 경자 누나는 큰 집에 혼자 살고 있었다. 그때 왜 내 심장이 콩닥콩닥 뛰었는지 이제야 알 것 같다. 사랑의 가슴앓이. 경자 누나는 나의 첫사랑이었을까? 맞다. 나는 왜 그녀를 찾아가 무슨 말이든 한마디 건네지 못했을까? 숙성한 그녀는 나를 한참 아래 동생으로만 생각했을지도 모른다. 나는 참 바보였다.

군에 갔다 온 사이 그녀는 결혼했고, 지금까지 이웃 도시에 잘 살고 있다는 이야기를 듣고 산다. 5년 전 초등학교 동창회에서 만나 서로의 안부를 물었다. 가장 많은 말을 한 듯싶다.

세월이 무상하다. 그녀도 나도 고향 마을 나별에 살던 풋풋한 그 시절은 다시 돌아오지 않는다. 그러나 자아를 성찰할 수 있는 봄은 저만치에서 온다. 얼마나 후덕한가.

와야천 냇물은 촬촬촬, 아침을 향해 잘도 흐른다. 폐부로 들어오는 찬 공기도 상쾌하다. 졸시 「댐과 세월 사이」를 읊조리며 동그랗게 움츠렸던 몸을 바르게 폈다.

초가지붕 용마루 깁고 가는
세월,
강물도 아닌 것이
강물인 척

강은
거슬러 흐르지 아니한다
잠시 머물다가
아장아장 가는 저녁놀

첫눈

　우수雨水 무렵, 쌔근쌔근 그니가 잠든 뒤 밤하늘에 너풀너풀 지그재그로 흔들거리는 눈을 첫눈이라 쓴다.

　내 육십 평생, 그리 길지는 않지만 '눈이 녹아서 비가 된다'는 우수 무렵에서야 첫눈을 볼 수 있었던 게 있기나 했었나 싶다. 흔적으로 남지 않았던 싸락눈 서너 번 날리기는 했으나 첫눈이라 명명할 수 있는 눈은 오늘 내리는 눈이 틀림없다. 겨울을 겨울이라 부를 수 없을 만큼 개나리가 피고, 눈을 기다리는 어제 그 동심에 생채기가 생기는 이번 겨울이다.

　초저녁부터 날리던 눈은 땅 위에 내려 흔적으로 남길 기력이 없다. 그렇게 내리는 건지 아닌지 분간하기 어려울 때만 해도 그니가 잠들지 않았을 것이다. 감질나는 눈을 감지 못한 그니가 쌔근쌔근 잠들자 눈발은 허공을 짙게 긋는다.

'당신 심장처럼 뜨거운 장미꽃 한 아름 안고 하얀 눈이 펑펑 내리는 날 당신께 고백하렵니다.'

무엇이었는지 분명하지는 않지만 하얀 눈이 펑펑 내리는 날 고백하겠다던 그니가 초저녁잠에 깊이 빠져든 게 확실하다. 지금까지 아무런 기척이 없는 것으로 봐서 그렇다. 섣불리 약속할 그니가 아니었기 말이다.

'춘풍에 돛을 달아/ 임에게 달려가서// 환하게 웃어 반겨/ 그 품에 안겼더니// 달빛에/ 취해 버렸나/ 춘몽이라 하련다'

그니는 눈 오는 이 밤에 달빛에 취해 있다. 봄바람에 돛을 높여 임에게로 달려간다. 춘몽을 꾸고 있었던 것이다.

눈은 계속 바람을 탄다. 첫눈이라 할 만큼 눈이 내렸다 싶었는데 포도 위를 덮지는 못한다. 어디로 날아가는가? 계절이 계절인 만큼 눈이 녹아 비가 되었던가?

첫사랑만큼이나 첫눈도 설렘이 있다. 그러나 꽉 차면 싱겁다. 넘치면 흉하고 모자라야 달다.

이번 겨울 첫눈은 아마도 세상을 덮지는 못할 듯싶다. 차라리 잘되었다. 눈으로 세상을 가리지 못하면 춘풍이라도 와서 덮겠지. 봄바람이 오기 전 흔적 없이 눈이 사라진다 해도 상관없다. 첫눈은 기어이 내 곁에 왔고, 그 눈이 끝 눈이 된다 해도 후회는 없다.

첫사랑은 대체로 이루어지지 않는다고 한다. 그래야 새록새록 추억으로 피고, 되돌아봐도 풋풋하고 향기롭다.

내게는 첫사랑이 있는 둥 없는 둥 했다. 십여 년 전 모 잡지에서 첫사랑에 대한 글을 써 달라고 할 때 나는 첫사랑이 없다고 했다. 쭉 그렇게 알고 살아왔다. 결국 원고 청탁에 응할 수가 없었다.

경자 누나로선 친구 동생인 내게서 풋내가 났을 것이다. 그때 그 가슴앓이가 외사랑이었고, 첫사랑의 감정이었다는 사실을 반세기가 지난 작금에 와서 알고 나니 실소를 금치 못한다. 그러나 그때 내 마음은 순수했고 진심이었다.

아이 간지러워. 네가 내 발 간지럽혔니?
버들개지, 넌 잠꾸러기야.
벌써 날이 밝았구나.
오늘 진정 봄이 오려나 봐. 골짜기에서 졸졸 훈풍 싣고 물이 내려오고 있어.
어디 보자. 봄은 눈이 몹시 부시다

저 별이 추워 보여.
밤공기가 쌀쌀한 게지.
물속이 차갑다고 달이 오지 않으면 어떡해?
올 거야. 저 산을 넘어오느라 시간이 걸릴 뿐이야.
열이레 달이 올 때까지 이불 덮지 말고 기다려 보자.
달이 다녀간 후에 홑이불 덮어도 늦지 않아.

세상은 얼마큼 클까?

어마어마하겠지?

넌, 개울 따라 내려가면 바다에도 갈 수 있잖아.

너도 한여름이 오면 홀씨 되어 훨훨 세상으로 날아갈 수가 있어.

우리가 떠나고 나면 달이 내려왔다가 심심하면 어떡해?

여기서 그냥 살래, 너랑.

와야천臥野川이 우리 세상이야.

달이 왜 아직 오지 않을까? 얼굴이 야위어 가더니……

매일 조금씩 늦는단다.

버들개지 넌, 키가 크니까 달이 오면 일러 줘. 세수해야 하니까.

버들치 너, 달과 연애 중이구나?

아니야. 그냥 좋아.

달은 얼굴이 점점 작아지다가 보름이 되면 포동포동 살이 오른단다

하늘에서 내리는 흰 가루 저게 뭐야?

버들치, 너도 달 기다리다가 잠 못 이루고 있구나.

달은 안 내려오고 흰 가루라니?

나뭇가지 엄마가 귀띔해 줬는데

눈가루래.

달이 흘린 눈물이 눈이 됐을까?

글쎄. 그런데 눈이 너무 많이 오네. 우리 모두 오늘 밤 눈 이불 덮고 자
야 하나 보다.

지금이 겨울이야, 봄이야?

캄캄한 밤이 무서워.

달이 보고 싶은 게로구나?

어제는 눈이 오더니 오늘은 비구름이 달을 붙잡아 둔 모양이야?

빗속에 달의 흔적이 묻어있을지도 몰라?

옳아. 우리 오늘 밤엔 저 비 맞으며 초록 꿈을 키우는 거야.

그믐달은 초승달을 다듬고, 초승달은 아파하면서 보름달로 성숙해 간단다.

빨리 어른이 되고 싶어

왜?

몸집도 커지고 힘도 세지고 싶어.

때가 되면 자연히 어른이 된단다

수염도 날까?

어른이 되면 뭐할 건데?

결혼할 테야.

누구랑? 달이랑?

쟤, 누구야?

개구리? 왜 벌써 나왔지? 경칩도 안 되었는데.

－「버들치와 버들개지ㆍ나흘, 닷새, 엿새, 이레, 여드레, 아흐레, 열흘」

길은 미끄럽지 않아 일하는 데는 아무런 지장이 없어 4시를 꽉 채웠다. 스노타이어가 오늘도 구실을 못 했다. 동구밖에 들어설 때까지만 해도 밟을 눈이 없었다. 그런데 고샅을 오르자 환한 은빛 길이 내 앞길을 밝힌다. 땅바닥을 채 덮지는 않았지만 첫눈으로 손색이 없다.

억이도 집을 나와 반긴다. 가끔 추위를 핑계 삼아 내가 와도 모르쇠로 일관할 때가 있다. 그도 첫눈이 반가웠던가 보다.

"오억이가 불쌍해."

"불쌍하긴… 잘 먹고 사랑받고… 억이 팔자가 상팔자지."

"8남매 중 가장 빠릿빠릿한 녀석을 데려왔는데."

"나머지 일곱 마리는 어디서 제대로 살고 있기나 한지…."

3년 반 전 시장에서 5천 원 주고 데려온 오억이가 불쌍하다고 아내는 늘 챙긴다. 그에게 그들 세계의 첫사랑이라든가 사랑 법을 가르쳐 주지 못한 게 안쓰럽기는 하다.

꼬리를 살래살래 흔들며 집 주위를 바삐 돈다. 첫눈이 반가운지, 내가 반가운지 감 잡을 수가 없다. 둘 다 반가운 게지.

우리 마당을 점령한 눈을 첫눈이라 명명한다. 올핸 당연히 카메라에 눈을 담지 못했다. 이번 겨울 끝 눈일지도 몰라서 스마트폰을 꺼내 첫눈이라 썼다.

코로나19 때문에 세상이 시끄럽다. 지구가 몸살을 앓다 보면 내년에는 첫눈이라 쓰지 못할까 두렵다. 그러나 아침은 봄을 껴안고 저만치에서 오고 있다.

틈새로 가는 경칩

닭장 문을 열었다. 뒤따라온 햇살이 앞질러 안으로 먼저 들어선다. 일곱 마리 닭들이 반갑게 인사한다. 나를 반기는지 모이를 기다렸는지 쪼르르 몰려온다. 모이를 그들 앞에 놓고 뒷문도 활짝 열어젖혔다. 얼마 만인가. 좋이 넉 달은 되는 것 같다. 날이 추워 보온 때문이기도 했지만, 수도가 얼어 터지는 것도 방지할 겸 겨울 동안 폐문하였다. 뒷문만 개방할 경우 200평 울타리 안이어서 조금은 안전하지만 어떻게 뚫고 들어왔는지 침입자가 있어 지난 늦가을 열어 놨던 문을 닫아걸었다. 밤눈 어두운 닭을 눈치챈 밤손님이 자고 나면 닭 한 마리씩 하늘나라로 데려가곤 했다. 모르긴 해도 동네를 싸돌아다니던 고양이가 아닌가 한다.

그 고양이는 아직도 마을을 떠나지 않았지만, 번번이 허탕 친 이곳을 기억해 내려면 시간이 필요할 것이다. 마침 오늘이 경칩驚蟄인지라 닭들도 바깥세상으로 나가봐야 하지 않을까? 더 넓은 세상으로 통하는 앞문까지 개방했다. 잠시 모이 쪽으로 쪼르르 달려갔던 닭들이 앞문을 작정하고 연 주인의 깊은 뜻을 알아챘는지 우르르 몰려온다. 얼마 만의 해방이던가? 자두나무 아래로 달려가 흙을 쫀다. 발로 땅을 헤쳐가며 모이를 찾는다. 뭔가 발견했는지 자꾸 땅을 쫀다.

넓은 세상은, 갇혀 있던 닭장 안보다 신비할지는 모르지만 그만큼 더 위험이 따른다는 사실을 우리 닭들도 알고 있을까? 지난겨울 동안 알도 낳지 않던 아주머니, 할머니 닭들에게 모이를 줘 가며 보살핀 건 우리 집에 와서 수년 동안 봉사한 공을 인정했기 때문이다. 그 닭들이 석 달 이상 공짜로 모이를 먹지 않았다는 듯이 며칠 전부터 이틀에 하나꼴로 다시 알을 낳고 있다. 작년 한 마리 남은 수탉을 잃어 유정란은 아니어도 그들이 주는 공으로 생각하고 정성 들여 달걀을 수거한다.

한때 수탉을 잃고 시름에 잠겨 있던 암탉들이 언제 우리에게 남편이란 든든한 울타리가 있었더냐는 듯 저들끼리 똘똘 뭉쳐 일곱 색깔의 세상을 헤쳐나가고 있다.

냉이와 꽃다지가 기지개를 켠 지가 오래다. 지칭개도 나붓나붓 투박한 연둣빛을 뽐낸다. 지난가을에 한 번 캐서 국 끓여 먹은 후 남겨진 냉이가 곧 흰 꽃을 피울 기세다. 아내는 운동을 핑계로 마실 갔다가 냉이를 캐 오거나 고스톱판에서 돈을 잃고 온다. 세 차례나 캐 온 냉이는 이웃에 나눠주고도 냉장고에 제법 보관 중이다. 정작 내 집 냉이는 거들떠보지 않고 남의 밭에서 수확해 온 냉이들이 넘쳐난다. 사실 밭의 냉이는 잡초 개념이기 때문에 캐내야 마땅하다. 꽃이 피고 씨앗의 결실을 보면 악착같이 농작물 사이에서 경쟁하며 밭을 누빈다. 말릴 수도 없는 노릇이다. 조상 대대로 그나마 냉이는 식자재로 한몫했기에 두고두고 우리 세대까지 버림은 받지 않고 있다.

'뜨아뜨르… 날씨가 따뜻해졌는데 밖에 나갈까요, 말까요?'

'안 돼. 달력을 보니 오늘이 경칩이라 나가려 했더니 영하 7도나 내려갔어. 날씨가 미쳤나 봐. 내일 아침에 또 추우면 어떡해? 잘못하다가 얼어 죽을지도 몰라. 조금만 더 있다가 나가자고….'

'알았어요. 며칠 더 기다리죠, 뭐. 석 달 넘게 땅속에서 잘 참았는데 하루 이틀 늦는다고 큰일 나겠어요?'

'그것도 그렇고 신문을 봤는데 코로나19인가 뭔가 하는 것이 세상을 어수선하게 만들고 있어. 지난가을 그때 그 세상이 아니야. 쯧쯔. 뜨아뜨르….'

둑 밑에서 나는 이상한 소리에 홀려 가만히 귀 기울였더니 개구리 부부가 속삭이고 있었다. 개굴개굴, 개구리 소리는 아직 입이 붙어 제대로 내지 못하지만, 겨울잠 자던 개구리 부부임은 틀림없다.

바가지에 여섯 개의 달걀을 담아 돌아오자 모처럼 마실 안 간 아내가 커피를 타서 데크로 나온다. 바람 안에 찬 기운이 조금은 남았으나 햇살은 따사롭다. 일벌 두어 마리가 날아와 우리 주위를 맴돈다. 깎아 내 온 참외의 단내를 맡은 모양이다.

154

"벌이에요, 조심해요."

"괜찮아. 저 벌들은 꿀벌이니 건드리지 않으면 쏘지를 않아."

"벌써 벌이 나오다니…."

"저들도 겨울 동안 비좁은 벌집이 답답했나 보지. 우리도 나들이 갈까?"

"무슨 나들이…."

"봄나들이."

아내가 화들짝 놀라며 반긴다. 커피 잔을 비우고 들어와 주섬주섬 가방을 챙겼다. 속옷까지 담았다.

"어디 가게요?"

"특별히 정해진 목적지는 없고 가다가다 발 닿는 곳이 목적지 아닐까?"

내심 나는 바닷가에 가서 일박할 계획을 세우고 있었다.

> 하늘을 봤다
> 흰 구름 두엇 떴다
> 하늘을 봤다
> 큰 새 한 쌍 품었다
> 또 다음 날 하늘을 봤다
> 구름 짙게 연못을 덮었다
> 1년 동안 하늘을 보지 않았다
> 그때 개구리 아직 깨어나지 않았다
> 늦잠 자는 건지 하늘이 무서운 건지
> ―「경칩」

차의 시동을 걸고 집을 나섰다. 동해안 쪽을 가기 위해서 시내 반대 쪽으로 핸들을 꺾었다. 아뿔싸, 경고등이 들어오고 조수석 뒷타이어가 '저압'을 알려온다. 하는 수 없이 핸들을 시내 쪽으로 돌렸다. 시간이 훌딱 지나갔다. 바다 낮 풍경을 보기는 다 틀린 것 같다.

그 후 우리의 발길은 영주와 봉화 땅을 밟긴 했지만, 집 반경 50km를 벗어나지 못했다. 오늘의 끝자락으로 예상되는 곳에 발길이 멎었다. 선성수상길 입구였다. 고작 집에서 10여km 떨어진 곳. 1년 전쯤 아이들과 와 봤던 곳. 그땐 고작 1km 남짓 수상 데크를 벗어나지 못했지만, 오늘은 작정하고 수상 둘레길을 걸었다. 지난주 KBS 무대 '소리 나지 않는 풍금'의 무대였던 옛 예안초등학교 자리가 있던 물 위를 지나고, 내가 다닌 예안중학교 터쯤일 것 같은 곳을 아내에게 가리키며 유유자적 풍광을 즐겼다.

아내는 대만족이라며 찬사를 아끼지 않았다. 바다가 아니면 어쩌랴? 바닷가에서 일박하려던 계획은 수정되었지만 대신 강 풍경을 만끽한 하루였다. 꿩 대신 닭이라고 했지만, 그 닭이 꿩을 능가할 때도 있는 법이다. 전망대 근처까지 6km를 왕복하는 동안 아내는 소녀 적 행복한 미소를 잃지 않았다. 아내를 처음 만났을 때가 그녀의 20대 중후반. 소녀 적 아내의 얼굴을 짐작하기는 어렵지만, 그때가 벌써 아줌마 모습이었다고 놀려대도 웃음을 잃지 않는 오늘의 모습이 소녀 적으로 돌아간 그 웃음이 아닐까 한다. 해맑다. 아내에게 비친 내 모습도 미소년이었을까?

아내는 5년 전 한라산을 오를 때만큼 걸었을 거라면서 별 피곤한 기색이 없다. 아내를 앞장서 걷는 나도 피곤한 내색 감추고 씩씩하게 발걸음을 재촉했다.

지는 석양이 강물을 빨아들인다.

우리 닭이 우주를 섭렵하지는 못했지만 오늘 밖으로 나왔고, 개구리는 좀 더 멀리 뛰기 위해서 경칩인데도 땅속을 탈출하지 않았다. 바다는 맘만 먹으면 어제든지 갈 수 있다. 오늘은 강만 보아도 행복한 하루였다.

'동백이 지고 소쩍새 울어 매화 가지에 물오르면 바람 한 점 붙들고 틈새로 난 그 길 따라 임 찾아가오리다.'

그런 날

닭 모이를 주고 돌아오는 길에 목련 나무 아래로 가 봤다. 현재 기온 22도. 더위를 느낄 만한 날씨이다.

둑을 내려와 자두밭을 가로질렀다. 자두밭이 맞긴 하지만 몇 년째 갈무리하지 않아 키만 머쓱하게 자라 하늘을 찌른다. 아직도 100주 이상 되는 자두나무 사이엔 지난해 자라다 스러진 마른 잡초 사이로 쑥이며 초록의 생명체들이 뾰족이 흙을 밀어 헤친다. 2, 3년 전정조차 하지 않은 자두나무와 적당히 타협하여 잡초들과 공생하는 우리 자두밭은 곧 자연으로 돌아갈 태세다. 최근에 와선 농약 한 번 뿌리지 않고 자연 상태로 뒀으니 인공 자두밭이라기보다는 자연산 자두나무로 가는 게 정한 순서이다.

곧 꽃잔치가 벌어질 모양이다. 가지마다 몽우리가 터질 것처럼 잔뜩 부풀었다. 15세 소녀의 두근두근 설레는 가슴처럼. 둑 밑 아래 밭엔 170여 주 자두나무를 심고 둑엔 호두나무, 뽕나무, 두릅나무, 산수유, 목련을 심었다. 두릅은 아직 기척이 없다. 때를 기다리며 표피 안에서 몸 다듬기에 열중하고 있는 듯싶다. 두 그루 산수유는 만발했다. 남녘에서 산수유꽃 소식이 들려온 지 보름도 더 지난 지금에서야 벌들을 노랗게 불러 모은다. 가을엔 몇 년째 빨갛게 열매들이 유혹했지만, 그 열매 하나 따 먹어 본 기억이 없다. 자두밭 잡초를 헤치고 이곳까지의 거리가 너무 멀어서였을까? 집 뒤의 시큼한 산수유 열매가 우리 부부를 찰싹 달라붙게 하지 않아서였을까?

목련 나무 두 그루 사이에 털썩 앉았다. 엉덩이엔 마른 목련 나뭇잎을 깔고 신발을 벗어 뒤꿈치에 받치고 책상다리를 했다. 가장 편한 자세로 들어갔다. 장시간 이곳 땅을 빌릴 태세다. 우기찍찍 우기찍찍 멧새인가 등 뒤에서 지저귄다. 나와 동무가 되어 줄 모양이다. 우리 집의 닭들이 그 아래 남의 밭까지 내려왔다. 거의 와 보지 못한 신천지일 텐데 주인을 믿고 따라나선 모양이다. 최소한 들고양이는 막아주지 않을까 하는 계산을 해서일까? 유유히 모이를 찾던 닭들이 금세 사라졌다. 스마트폰 자판만 두드리고 있는 주인을 믿을 수 없다는 표시일까? 차라리 성가시지 않아 좋다. 봄바람 쫓아 여기까지 왔다면 너희 뜻대로 돌아가야 하겠지.

밭둑을 타고 넘어 주인 허락 없이 밭을 점령한 찔레나무 순이 앙증스럽게 고사리 아기 손을 내민다. 그 손을 덥석 잡을 수는 없다. 가시를 숨기고 있기 때문이다.

머리 위에서 이상한 기운이 감지되어 쳐다보니 삼 분의 일쯤 봉오리를 터뜨린 송이가 물끄러미 나를 내려다보고 있다. 7년 전에 데려온 주인을 아는지 모르는지 산만 한 덩치를 한 이상한 물체의 야릇한 자세가 수상쩍은 모양이다. 지난 계절 동안 치열하게 다독이며 예쁘게 단장을 끝낸 꽃잎들이 몸집 부풀리며 바깥 표피를 힘차게 밀어내고 달리기 출발점에 섰다. 보송보송한 껍질 한 겹을 더 뚫어야 바깥세상을 볼 수 있다. 달리기에 소질이 없는 나를 닮아 도착점을 향해 헐떡이며 뛴다. 남쪽과 도시의 목련은 벌써 목표 지점을 관통했다.

아무리 춘분이라지만 오늘 아침 이곳 기온은 영하 1도를 찍었다. 그걸 모를 리 없는 우리 집 목련은 이제야 나를 찾는다. 주인이 마음씨 착한 아저씨일지 바보 멍텅구리일지 모르면서 말이다. 더는 늦출 수 없어 세상에 나왔지만, 번번이 꽃샘추위에 가녀린 꽃잎을 아프게 하는 경우가 많았다. 거의 매년이다시피 꽃잎을 떨게 만든 선돌길 꽃샘추위가 미안했다.

7년 전 이사도 오기 전에 먼저 목련 두 그루를 데려왔다. 이사는 한 달 후에 왔다. 시내 남의 집 울타리 밖에 핀 목련의 유혹 때문이었을까, 왠지 목련꽃 등을 우리 집에도 달고 싶었다. 그래서 맨 먼저 2~3년생 목련 두 그루를 묘목상에서 샀다. 산수유는 그렇다손 치고 목련은 울타리 안으로 데려올걸 하는 후회를 뒤늦게 했다. 가까이 두고 보살폈다면 꽃샘추위에 떨고 있는 목련꽃을 안타깝게 바라보지 않아도 되지 않았을까? 그 생각을 해마다 하곤 했다.

비가 많이 내리는구나.

내일까지 온다지?

개울 물이 많이 내려오면 괜찮겠어?

할아버지 아버지 때도 여기 다리 밑에서 살았다는데 홍수 때 산더미 같은 물이 말려 내려와도 버티었대. 너희 버드나무 집안과 우린 오랜 이웃이야.

아주 어른스러워졌네, 버들치.

봄바람 덕분에 얼음 이불 덮지 않아서 편해.

언제는 얼음 속이 좋다더니?

그땐 그때고.

여름 홍수 땐 흙탕물이 내려오기도 하고, 물뱀이나 두꺼비한테 자칫 먹힐 수도 있어.

무서워. 빨리 겨울이 왔으면 좋겠어. 보름이면 될까?

보름 후면 네 친구 보름달이 온단다

야릇한 이 향기 어디서 오는 거니?

선돌길 언덕에서 폴폴 풍겨오는 매향을 보았구나.

매혹적이다. 매화는 얼마큼 예뻐?

달보다 더 예쁠지도 모르지.

한 번만 만나 보면 안 될까?

달은 어떡하고? 너 그러다가 바람날까 염려된다.

괜찮아.

매화는 절대 향을 팔지 않는단다.

밤낮의 길이가 같은 춘분도 멀지 않았네.

버들개지, 너는 아는 것도 참 많아?

넌 아직도 아기 버들치지만 나는 벌써 어른이야. 얼마 있지 않으면 부모 육신을 떠나 생을 마감해야 한단다. 내년에 새 가지에서 동생 버들강아지가 태어날 거야.

떠나지 마. 슬퍼. 세상에 영원한 건 없어? 달은 영원할까?

글쎄.

–「버들치와 버들개지 · 열 이틀, 열 사흘, 열 나흘, 열 닷새」

코로나19 사태로 어린이집 휴원이 계속되는 바람에 둘째 집 아이를 돌봐 줄 수밖에 없는 상황이 닥쳤다. 더는 버틸 방법이 없어 아내가 상경하기로 했다. 터미널까지 태워줘야 하기에 자리를 털고 1시간 반 만에 일어났다. 엉덩이 자국이 선명하다. 그 흔적이 꽃 진 후 이곳을 찾았을 때까지 그대로 남아있지는 않겠지.

나와 눈높이를 맞춘 목련 꽃봉오리는 아까보다 더 벌었다. 하루에 일별의 노란 날갯짓만큼 더 벙글겠지. 그니는 나와 더 친밀한 듯 수줍게 인사를 한다. 집 안으로 데려갈 수만 있다면 좋겠지만 그럴 수가 없다. 나보다 두 배나 더 커버린 목련 나무.

그니와 더 친해져서일까, 그니가 꽃샘추위에 떨까 봐 걱정되어서일까 오늘따라 떠나기가 싫다. 가끔 그런 날 있는데 오늘이 그런 날인가 보다.

뒤에서 아쉽게 손짓하는 그니를 두고 떠나는 발걸음이 무겁다. 부드러운 봄바람이 위로하는 듯 와서 안긴다. 누군가 했더니 도깨비바늘이 급하게 뒤따라온다. 그러나 도깨비바늘쯤이야 떼버리면 그만이고, 언젠간 그니를 집 안으로 데려올 날이 있겠지.

먼 산, 2km 전방 지리산에서 불어오는 바람은 오면서 풍파를 일으키기도 하지만, 앞산 뒷산에서 부는 바람은 회오리바람으로 오지는 않는다. 그냥 잔잔하게 미풍美風으로 왔다가 언제 간 듯도 모르게 조용히 사라지고 만다.

그 산 한 번 가 보고 싶다. 모험이어도 좋다. 먼 데 있다고 바라만 보다가 상전벽해 되면 후회할지도 모른다. 회오리바람이 분들 넘어지기밖에 더 하겠는가. 다시 일어나서 가면 닿지 못할 곳도 아니다. 매일 바라보는 지리산, 올해 안에 꼭 한번 가봐야겠다. 불과 집에서 2km. 가서 회오리바람의 발원지가 어디쯤인지 확인하고, 그 산엔 무슨 꽃이 피는지 물어보고 싶다. 그 꽃이 아름답거나 소중하게 여겨지면 오래 머물러도 되지 않을까?

뒷산의 생강나무꽃이 내려다보며 산수유꽃인 듯 노랗게 웃는다.

나무의 맘

춘래불사춘春來不似春. 봄은 왔건만 봄이 아니더라.

춘분과 곡우 사이에 들어 본격적으로 농사를 준비한다는 청명淸明

이다. 아내는 대구 큰아이들네가 온다고 법석이다. 아이들이 도착하

기 전 머리를 깎고 염색을 하려고 아내에게 청했다.

"이발을 좀 했으면 싶은데…, 머리가 너무 어설퍼서 말이야. 손주들

이 온다고 하는데…."

"준비해요. 얼른 깎아 줄게요."

아내는 입으로는 그렇게 하라며 손으로는 음식 준비에 분주하다.

점심 먹으러 도착한다는 아이들과 시간을 맞추기는 틀려 버린 것 같

다. 포기하는 수밖에 없다. 아이들은 예정 시간에 맞춰 도착했다. 암

만 이발을 하여 인물을 내 본들 할아버지가 아닐까? 수염 덥수룩한 채 손주들을 안았다.

다섯 살 손녀가 내 손을 끌며 꼬꼬 보러 가잔다. 목소리 톤 높은 할아버지한테 놀라 곁을 잘 주지 않던 하솔이가 이젠 닭 만나러 갈 때는 꼭 나를 찾는다. 무서운 할아비가 아니란 걸 깨닫는 데는 시간이 필요했다.

손녀 손을 잡고 뒤꼍으로 갔다. 자두나무 아래에서 여섯 마리 닭들이 놀고 있다. 열흘 전에 노환으로 한 마리를 멀리 떠나보냈다.

"할비, 저기 꼬꼬 있다!"

"오냐, 우리 솔이가 온다고 마중을 나오네."

손녀가 닭을 향해 반갑게 인사를 건넨다.

"꼬꼬야, 안녕?"

"꼬꼬꼬꼬…."

닭들은 둑 아래 자두나무꽃그늘에서 유유자적 낮 한때를 즐기고 있다.

손녀와 닭들의 나이가 얼추 비슷하거나 우리 솔이가 더 어릴지도 모른다. 어쩜 친구일 수도 있지만, 인간의 나이로 환산하면 닭들은 할머니에 속하니까 훨씬 어른이다. 그러나 손녀는 인간이라는 월등한 위치를 이용하여 닭들을 아기쯤으로 취급한다. 그녀로선 당연한 처사이다.

낙동강 변 벚꽃이 질 때쯤 우리 집 자두가 꽃을 피우기 시작했다. 그런데 올해는 자두가 꽃송이를 일찍 벙글었다. 지난겨울 이상 고온 탓인 듯싶다. 손녀가 온 날에 맞춰 자두나무꽃이 축복이라도 하는 듯 만 개했다. 봉평 메밀꽃이 아름답다 한들 이보다 더할까? 청명, 한식 지절 안온한 햇살 받아 꽃이 눈부시다. 그 꽃은 우리 손녀 솔이의 얼굴과 투영되어 한결 더 아름답다. 티 없이 맑다.

닷새 전 늦은 자두나무 전정剪定을 했다. 게으른 농부를 만난 탓에 우리 자두나무는 갈피를 잡을 수가 없다. 작년에는 손도 대지 않고 자두를 따 먹었다. 키가 너무 자라 보기도 흉하고 올해는 더 많은 사람과 나눠 먹기 위해 늦게나마 가지치기를 했다.

그러나 절반도 못 했다. 전정하지 않은 자두나무의 꽃이 탐스러운 것은 말할 나위 없다. 가지 치지 않은 나무에선 봄에 꽃을 눈으로 먹고, 가지 친 나무에선 여름과 가을에 자두를 입으로 먹으면 되겠지. 눈의 호강도 입의 호강 못지않게 황홀하다는 사실을 게으른 농부만 안다.

닭장에서 달걀을 꺼내 손주 두 손에 한 개씩 쥐어서 뒤꼍에서 돌아왔다. 모처럼 선돌길 언덕에 웃음꽃도 활짝 피었다.

황토방 뒤 수양벚나무에서도 때맞춰 꽃이 활짝 펴 장관을 연출하고 있었다. 7년째 지켜보고 있지만 올해처럼 장관을 이룬 게 처음이다. 시내 벚꽃이 지고 난 한참 후 잎과 동시에 꽃이 찾아오곤 했다. 연두색에 버무려진 흰 꽃은 그 위용을 뽐내기에는 역부족이었다. 무덤덤 수양벚꽃의 계절은 그렇게 지나가곤 했다.

그런데 올핸 웬일일까? 잎이 돋기 전 수순에 따라 정상적으로 꽃을 피우는 수양벚나무가 이상하다. 피고 싶을 때 피는 건 꽃의 마음일까? 꽃에도 마음이 있을까? 나무의 마음이겠지.

나무는 마음대로 잎을 피우고 꽃을 피울 수 있을까? 분명 있다. 가슴도 있다. 더운 가슴, 싸늘한 가슴. 그렇담 감정도 있을 것이다. 성냄도 있고 기쁨도 있다. 올해는 그걸 증명하듯이 수양벚나무 제 마음대로 잎이 쫓아오기도 전에 꽃을 식전바람에 내보냈다. 작년까지는 아무래도 새 주인과 친분이 두텁지 않아서였을 것이다. 6년간 지켜보니 그저 수더분하니 나쁜 사람 같지 않아 탐스러운 꽃을 눈요기로 보낸 것일 듯하다.

그처럼 나무는 기분에 따라서 소담스러운 꽃을 피울 수도 있고 그저 그런 수더분한 꽃을 피울 수가 있다. 제 마음대로.

나무에 비해 사람은 어떤가. 잠시 꽃으로 필 때도 있다. 나이가 들면 아무리 꽃으로 피우려 해도 늙은 꽃, 시든 꽃밖에 피울 기력이 없다. 나무는 고목이 되어도 탐스러운 꽃을 피울 수가 있으니 나무의 맘이 사람보다 앞서간다.

예순 중순의 봄은 어김없이 왔다. 봄은 왔으나 코로나 때문에 봄이랄 수가 없다. 개학은 계속 연기되고 경제가 말이 아니다. 남의 일 같지 않다. 까딱하다간 회복 불능 상태에 빠질지도 모르는 일이다. 세계 경제가 휘청휘청한다. 큰일이다. 몇 광년 밖 이름 모를 어느 별에서나 이런 일이 발생했다면 남의 일로 치부해 버려도 되지 않았을까? 그도 언젠가는 우리 일로 돌아온다. 안 될 일이다. 결국 우리가 틔운 싹은 우리가 가꾼 만큼 거둬야 한다.

내가 먼저 온 게 아니다
한 번도 순리를 거스른 적 없다

너희는 꽃 비 맞고 좋아라 하지만
밤새 찬비 맞고 발발 떨던 나는
제멋대로인 지구가 가증스럽다

괴팍스런 바람에
등줄기 두들겨 맞아보지 않고
함부로 말하지 마라
지구를 덥혀 놓은 줄
벌들은 용케도 알잖니

어차피 나는 맨몸으로 왔다가
훌쩍 가버리지만
너는 잠시나마 꽃그늘에 앉아
두근거리는 가슴
경험했으면 되었잖니

너희는 일주일 앞당겨 오고
나는 한 여자 가슴에
못 박을 수 없어
비 맞은 새의 날개 되어
파닥이고 있을걸
– 「벚꽃의 외침」

올봄 꽃 행사가 모두 취소되었다. 그 때문에 낙동강 변 벚꽃은 저
홀로 피어 찾는 이 없으니 외로움에 절어지는 것도 힘에 겹다. 꽃잎
떨어져 이리 뒹굴 저리 뒹굴 갈피를 못 잡고 떠날 길을 잃었다. 어찌

길을 잘못 들어 지나치는 길손 내 차를 붙들고 놀다 가라며 통사정한
다. 내 차 역시 손사래 치며 너를 떠나려 하네. 땅바닥에 떨어진 꽃잎 분
연히 일어나 조금만 놀다 가라 하지만 갈 길 바빠 어쩔 수가 없구나.

낙동강 변 밤 벚꽃은 더욱더 장관이다. 매년 차로 지나칠 뿐이었는
데 올해 역시 그 길을 걸어보지 못했다. 혼자도 좋겠지만 둘이 걸으면
더욱 그 장관, 그 향에 듬뿍 빠져들 듯싶다. 코로나19 바이러스가 길
손을 막아서니 올핸 더더욱 꽃이 외롭다고 노래한다.

'비가 그치고 바람도 잠들면/ 노을빛 마주한/ 마른버짐 가득 핀 가
슴엔/ 등나무 보랏빛 그리움이/ 버리지 못한 아픔으로 남아있을 테
니까요'

나무가 꽃을 피우고 말고, 탐스러운 꽃을 피우고 말고는 그의 마음
이다. 그러나 날씨가 따르지 않으면 그도 맘대로 안 된다. 지난겨울은
쭉 고온을 유지하는 바람에 올봄 꽃은 조금 일찍 탐스럽게 왔다.

그런데 한식인 오늘 아침 이곳 기온이 영하 3도를 찍고 말았다. 때
아닌 서리에 꽃들이 화들짝 놀랐다. 제대로 열매를 맺으려나 모르겠
다. 목련은 떨구려던 꽃잎을 꼭 안았다. 아파하는 꽃잎을 그냥 떠나보
낼 수가 없다.

지난겨울처럼 한겨울에도 소나기가 3일간 내리고 한식날 영하 3도
내려가는 날이 또 있을까 싶다. 그러나 예측 불가능한 자연 현상은 앞
으로도 계속될 것임은 자명하다.

나무가 맘대로 꽃을 피울 수 있는 지구에서 살고 싶다.

곡우

황소바람

봄 가뭄의 터널은 길었다. 감질났지만 그런 만큼 비는 달다. 어제 밤을 새워 찔끔찔끔 내린 비는 겨우 먼지잼하고 물러갔다. 그게 어딘가. 전문가 입을 빌려 3천몇백억 원짜리 비였다고 언론에서 말하는 걸 들었는데 그 열 배 이상 평가해도 모자람이 없을 듯싶다. 내일 밤에 좀 더 온다고 하니 기다려 봐야 할 것 같다.

비 몇 방울에 농부의 손길이 바빠졌다. 밭농사는 대부분 멀칭 재배한다. 한 방울의 물이라도 비닐 속에 더 가둬야 했기에 해를 보기 전에 농부들은 들로 나섰다.

선 농부 우리 부부도 채비하고 밭으로 갔다. 나는 오전 수면 시간을 쪼개고, 아내는 마실 가는 것을 포기했다. 단비 내린 오늘 같은 날 마실 나올 사람도 없긴 하다.

꽃 진 수양벚나무는 연두색 이파리가 비에 씻겨 초록으로 가는 길목을 지킨다. 그 옆지기 산벚나무는 이제야 잎과 꽃을 동시에 피운다. 느림보에 서툰 농부, 우리 부부를 닮았다. 이사 오던 해 데려온 산벚나무는 차츰 우리와 함께 자리 잡으며 나무로서의 위용을 뽐낸다. 우리보다 훨씬 선배인 터줏대감 설유화는 이쁨받기 위해 핀 꽃인 양 방긋, 표정 관리하기에 바쁘다. 내 안에서 발아한 새싹이 네 안에서 피어 민들레가 참 곱다. 노란 미소가 너무나 해맑다. 밭둑 찔레나무는 급격히 떨어지는 밤 기온에 질려 아직 꽃 소식을 알리려 하지 않는다. 곡우穀雨 지절이지만 불과 5일 전만 해도 영하 3도까지 내려간 선돌길 날씨이니까. 그러나 비닐 덮기 작업에 여념이 없는 선 농부 이마에 땀방울이 솟는 초여름을 방불케 하는 지금 날씨이다. 이처럼 봄 날씨는 널뛰기를 한다.

큰 농사를 하는 진짜 농부는 비닐 덮기 작업을 기계로 하지만, 우리처럼 농사랄 것도 없는 소꿉장난은 손수 하는 수밖에 없다. 농사일이라는 것이 하나도 손쉬운 게 없지만, 이 일도 우리에겐 큰일이다.

기다리다 지쳐 5일 전 마른 땅에 비닐을 덮고 감자 씨를 놨다. 다른 집에 비해 열흘에서 보름 정도 늦은 파종이었다. '어느 핸가 4월 20일에 심은 감자가 뿌연 게 얼마나 잘됐던지…' 트랙터 작업과 관리기로 이랑 작업까지 해 준 태규 씨가 위로 삼아 한 말이었다. 그래도 더 늦출 수가 없어 물을 줘 가며 먼저 감자 씨를 세 이랑 심었다.

오늘은 고추 심을 곳과 고구마 심을 열 이랑 정도 비닐 작업할 작정이다. 쉽지가 않다. 비닐을 길게 이랑 위에 펴서 고정하고 양쪽에서 아내와 삽으로 흙을 덮어 나가는 순서로 작업한다. 아내가 연신 앞서 가며 내 몫을 거든다. 허리 펴기가 잦은 내 쪽 작업이 훨씬 무디다. 급기야 아내 쪽 작업을 끝내고 돌아서서 내 쪽 작업을 대신한다.

조밭을 솎을 때 어머니는 손이 잽싸고 야무지셨다. 내가 어설프고 느림보로 어린 조를 솎아나가면 어머니는 당신 이랑을 끝내고 돌아서서 내 이랑 조를 솎아주셨다. 어머니 손은 신의 손처럼 보였다. 어머니께서 거의 한 이랑 반을 작업할 동안 나는 반 이랑밖에 못 했다.

나는 엉덩이를 땅에 붙이고 어기적어기적 조의 어떤 새싹을 골라 솎아야 할지 몰라 전전긍긍했다. 어머니께선 쪼그리고 앉아 빠른 두뇌 회전과 손놀림으로 그 사래 긴 조밭을 거침없이 맸다. 주렁주렁 8남매를 먹이기 위해선 어쩔 수가 없었다. 그때 혹사한 관절을 인공으로 수술하여 지금까지 고생 중이시다.

그때는 일이 서툴러 어머니 도움을 받았고 이젠 노쇠해서 아내 도움을 받는 게 다를 뿐이다.

"마저 끝냅시다."

"아니야. 내일 밤에 또 비가 온다고 하니 수분을 더 끌어모아 비닐을 덮읍시다. 그래야 가뭄도 덜 타고 파종할 때 물을 적게 줘도 된다니까."

아내는 시작한 김에 작업을 끝내자고 했지만, 나는 엉뚱한 핑계를 대가며 허약해진 체력을 애써 감추기에 급급했다. 아내가 눈치 못 챘을 턱이 없다. 못 이긴 체 따랐다. 아직 땅속까지 물이 덜 스민 점점 짧아지는 열 이랑을 남기고 밭을 뒤로 밀었다.

하준이 궁둥이에
수염이 주렁주렁
할미는 깔깔깔,
영문도 모르고
옥수수로
하모니카 불며
손자는 키득키득
천진하게 웃는다
-「귀촌 · 14」

　점심 먹고 나서 밭 가장자리로 돌며 아내가 옥수수 씨를 파종했다. 작년, 농사한 것 중에 손주들에게 인기 농산물이 옥수수였다. 시차를 두고 올해는 더 많은 옥수수를 파종할 생각이다.

　그 광경을 물끄러미 엿보는 이가 있었다. 닭들이다. 옥수수는 닭이 좋아하는 알곡이다. 닭 사료가 옥수수를 가공해서 만드는 만큼 그 맛에 길들여 있는 닭들이다. 싹 틀 때는 옥수수가 거기 파종된 줄 알면 귀신같이 빼내 먹을 닭이기에 가두는 수밖에 없다. 입동 지나고 앞문까지 개방했다가 채소 씨 파종 이후 울타리 안쪽으로 통하는 뒷문만 열어놨다. 그런데 허술한 울타리를 뚫고, 자두밭이며 무한한 세상 보기에 열중하는 닭들을 이젠 그냥 둘 수가 없다. 폐농하기 전에 가둬야 한다.

　울타리 정비에 나섰다. 150m의 울타리를 돌며 허술한 곳을 때웠다. 가랑잎으로 뚫린 구멍을 막고 흙으로 덮어나갔다. 산 쪽을 틀어막고 나니 정작 자두밭으로 통하는 곳으로 반질반질 길이 나 있다. 구멍이 뚫렸다. 그곳을 통해 닭들은 세상 구경을 만끽해 온 게 틀림없다. 모르긴 해도 그곳은 오소리인가 너구리인가 2년 전에 닭을 포획하기 위해 뚫어 놓은 길이다. 단단한 철사를 끊은 걸로 봐서 그들의 소행임이 분명하다. 그때 임시방편으로 꿰매지 않고 흙으로 둔덕을 만들어 때워놓은 곳에 용케도 구멍을 내어 닭들이 드나들고 있었다. 아이러니하다. 그때 그 오소리와 너구리는 지금 존재하는지 몰라도 고양이 등 침입자 통로가 세상과 소통하는 닭의 통로였다니 말이다. 이번에도 가랑잎과 흙으로 그 길을 막았다. 마음만 먹으면 오소리도 닭도 언제든 뚫을 수가 있을 것이다.

조부께서는 '문 틈새로 황소바람 들어온다'시며 문단속을 시켰다. 늦가을이면 창호지로 문을 바르고 문풍지를 달았다. 한 해 농사가 끝나면 온 식구가 매달려 월동준비에 들어갔다. 나는 주로 문살에 빗자루로 풀칠하는 걸 맡았다.

유년의 산촌 추위는 가을부터 4월이 다 가는 봄날까지 살갗을 아리게 스치었다. 긴 겨울의 터널을 지나고 나면 보릿고개가 버티고 서있었다. 벼랑 까마득한 산이었다.

바늘구멍으로 황소바람도 들어오지만, 세상과 소통하는 통로가 되기도 한다. 문구멍으로 밖을 보면 세상이 환히 보인다.

집에서 밭으로 가는 통로가 막히면 그해 농사는 망치고 만다. 그 길로 멧돼지든 뭐든 반갑지 않은 침입자가 온다 해도 문을 꽉 닫을 수는 없다. 우리 집에 대문을 달지 않은 이유도 그와 일맥상통한다.

두 개의 아기별

아내와 고추 모종을 심었다. 이웃에서 고추 파종을 끝내고 모종이 남았다기에 청양고추 100포기 남짓과 일반 고추 400포기 이상 가져왔다. 우리 고장은 대체로 고추 파종 시기를 입하立夏 무렵으로 잡고 있다. 늦어도 5월 10일까지는 심어야 제대로 수확할 수 있다. 아내는 내일 심으면 안 되냐며 내 눈치를 본다. 마실 가기로 약속한 게 틀림없다. 이미 다른 집보다 늦었다며 오늘은 마실 가는 걸 포기하라고 했다. 입이 한 발 나온 아내는 모종삽으로 비닐 구멍 뚫고 화풀이하듯 빠른 손놀림으로 고추 모종을 꽂았다. 나보다 촘촘하게 심었지만 저만치 앞서 나갔다. 대화의 문은 닫은 채.

나는 더 드물게 심었지만 아내를 따라갈 수가 없었다. 앞서가는 아내를 쫓으려다 이내 포기한 후 허리 펴고 하늘을 봤다. 바람색이었다. 산 위에 어렴풋이 낮달이 떴다. 물끄러미 우리를 내려다보며 미소 짓고 있다.

해가 뉘엿뉘엿 서쪽으로 기울자 낮달이 존재 가치를 밝힌다. 서산 넘은 해를 바라기 할 땐 이미 낮달의 소임이 끝난 시점이다.

나는 달이 대낮에 어느 하늘에 떴는지 뭇 사물들이 감지조차 할 수 없을 때의 낮달이고 싶었다. 아니 진작부터 그런 낮달이었다. 해와 인간, 모든 생물과 무생물체가 깨어 있으니 달의 존재 가치가 하늘에도 그 어디에도 없을 때 나는 숨죽이며 늘 등 뒤에 있었다. 아무도 알지 못하는 후미진 곳에 무지렁이로 살고 있다.

해가 지고 사물이 잠들 때 노랗게 빛을 내는 달은 너무나 먼 곳에 있었다. 도저히 따라갈 수 없는 우주의 끝 간 데 자리 잡고 있었다. 그는 평생 동경하는 나의 애장품이었다. 그의 마음을 훔친 뒤부터.

토마토 열 포기와 가지 다섯 포기도 심었다.

먼저 심은 감자는 지면을 박차고 땅 위로 한 뼘 솟았다. 옥수수도 두꺼운 표피를 뚫고 새싹으로 거듭났다. 2차로 오늘 또 옥수수 씨를 심었다. 3차 파종은 열흘 뒤에 할 예정이다. 작년 예를 보면 보름, 열흘 간격으로 심어도 수확 시기는 5일 차이도 나지 않았다. 일찍 태어난 녀석에 비해 늦게 태어난 녀석은 성질이 급하다. 대체로 느긋한 성질의 형에 비해 동생이 활달한 성격으로 태어나는 현상과 비교할 수 있을까?

이틀 간격을 두고 고구마도 200포기 이상 심었다. 2차로 좀 더 심을까 생각 중이다. 땅콩 심은 두 이랑은 닭의 습격을 받아 풍비박산 났다. 때문에 무엇으로든지 대파를 해야 할 지경이다. 그날 이후 닭은 20평 닭장 안에 갇히고 말았다. 자업자득이다. 울타리를 막고 막아도 뚫더니 이젠 날아서 넘나드나 보다. 지붕 있는 집 안에 갇혔으니 답답하기도 하겠지만 일 년 농사를 위해서는 어쩔 수가 없다.

닭은 그렇게 순순히 응했지만, 물 만난 고라니가 문제였다. 매일 산에서 내려와 밭을 짓뭉개고 간다. 고구마 싹이 자라기도 전에 시식부터 하고 마는 고라니를 어쩌란 말인가. 대책이 없다. 같이 농사짓고 같이 수확하는 수밖에. 산에도 맛난 풀이 넘치는데 인간과 친해 보자는 걸 싫다만 할 수 있으랴?

보름달이 너무 휘황해
보일 듯 말 듯 한 점 빛으로
숨죽이고 꼭꼭 숨어
별을 헤고 있었지

깃 세운 코트
속주머니에 간직한 채
심장으로 소곤소곤

한가위 보름달보다
더 찬란한 빛으로
세상을 비추는

무수한 별 중의 별
가장 으뜸인 너는
애지중지 나의 보물
-「별·3」

　가족 주간을 맞아 아이들이 집합을 알려왔다. 우리 두 식구에 열 식
구가 보태지면 선돌길 언덕은 시끌벅적 모처럼 활기가 넘치겠지. 코
로나 때문에 함께 모이는 것은 설날 이후 처음이다.
　시댁인 영덕에서 이틀 묵은 둘째가 가장 먼저 도착을 예고해 왔다.
잠자는 오전을 포기하고 정갈하게 몸을 닦았다. 수염까지 말끔하게
밀고 아이들 맞을 채비를 마쳤다. 예정 시간에 정확하게 아이들이 도
착했다. 그동안 안 본 사이 다섯 살 아인이는 의젓해졌다. 영상으로
보던 개구쟁이에 비해 아기 티를 벗은 상남자 냄새가 풍겼다.
　길이 막혀 도착이 늦어지는 대구 큰아이네와 서울에서 오는 막내를
제치고 우리끼리 점심을 먹었다. 딸아이가 식사 후 수저를 놓으며 내
일은 불 백숙을 먹으러 가잔다. 그 말끝에 사위 성우가 배 속 아기가
먹고 싶어 한다고 싱글벙글한다.
　"엄마 배 속에 아기 있다!"
　손자 아인이가 저 엄마 배를 가리킨다.
　"정말, 정말이야!"
　아내가 화색을 감추지 못했다. 둘째가 스마트폰을 꺼내 초음파 사
진을 공개했다. 두 개의 집이 있었다.

"쌍둥이야. 어쩌면 좋아?"

둘째가 걱정하는 투로 우리의 의견을 물었다.

"낳아야지. 하늘이 준 생명은 축복이야."

"잘됐다. 하나보다 둘이 낫고 둘보다 셋이 낫다. 너희 봐라. 셋이니까 얼마나 좋니?"

나와 아내는 당연히 낳아야 한다고 축하했다. 아이 뜻에 따른다는 나에 비해 하나는 외롭다며 더 낳기를 바랐던 아내는 손뼉까지 치며 반긴다. 둘을 낳아 키우는 언니가 늘 너희는 더 낳지 말라며 힘듦을 호소하던 걸 상기하며 둘째가 걱정했다.

"너희 뜻이 가장 중요하다. 준 생명은 버리면 안 된다!"

"아인이도 싫어하는 눈치는 아니다만. 낳아야 하고말고."

나와 아내가 한 번 더 응원을 보냈다. 아이들은 벌써 시댁에도 알렸고 낳기로 했다. 연약한 둘째가 걱정 안 되는 것은 아니지만 역시 우리 아이들이다. 잘한 판단이라 믿는다. 둘째는 아직 6주밖에 안 됐으니 친척들께는 알리지 말라고 하였지만, 이 축복받은 사실을 숨기고만 있을 수가 없다.

농사와 마찬가지로 아이 하나 더 낳아 키운다는 것이 만만찮다. 우리 때만 해도 씨를 뿌리고, 아이가 태어나면 저절로 자라는 줄 알았다. 제 밥그릇은 제가 가지고 태어난다고 했는데….

새 손주와의 첫 대면 때 텁수룩한 수염에 후줄근한 모습을 보이지 않은 게 얼마나 다행인지 모르겠다. 왠지 씻고 싶더라니.

아이들이 모두 모여 저녁을 같이했다. 시끌벅적하니 선돌길 언덕이 떠나갈 듯해서 좋다. 열두 식구. 아니, 열네 식구다. 우리가 자랄 때 할아버지 할머니와 8남매 합해서 열두 식구였다. 하늘에는 늘 열두 별이 떴다.

아이들의 배웅을 받고 일을 나가기 위해 집을 나섰다. 가로등과 달이 동시에 밤을 밝힌다. 다투어 캄캄한 어둠을 켠다.

듬성한 머리칼, 머리 위로 서기瑞氣가 서려 고개 젖혀 하늘을 봤다. 찬찬히 살폈다. 우리 가족 별자리가 선연하게 빛난다. 초롱초롱 밤하늘을 수놓는다. 큰 별 둘 작은 별 둘, 큰 별 둘 작은 별 하나, 큰 별 둘 작은 별 하나가 동시에 떴다. 늙은 별 둘도 떴다. 빛은 바랬지만 제자리에 늠름하게 있다. 열두 개의 별이다. 아니다. 유난히 빛나는 아기별 두 개가 열두 개의 별의 호위를 받으며 거기에 있었다. 그 별, 초롱초롱 더 빛났다.

유쾌한 맨발

그 손님이 맨발로 택시에 오른 걸 처음에는 몰랐다.

심야로 접어온 이 시각쯤엔 시내가 조용하다. 하나둘 간판마저 꺼지고 인적은 고사하고 개미 새끼 한 마리, 그 그림자도 찾기가 어렵다. 먼 듯 가까운 산에서 아까시꽃향이 날아와 무임승차하며 나의 시름을 달랠 뿐. 그래도 역 주변이 미련 남아 한 바퀴 더 도는데 24시 야식집 앞에서 네댓 명의 사람들이 손짓했다. 얼른 그곳으로 핸들을 꺾어 멈춰 서니 네 사람의 배웅을 받으며 한 사람이 차에 오른다.

"어서 오세요. 어디로 모실까요?"

"내가 떠나거든 소금 뿌려라. 하 하 하! 이리로 쭉 가세요."

떠나는 사람과 떠나보내는 사람의 웃음의 격이 달랐다. 배웅을 하는 네 사람 모두는 상복 차림이다. 검은 정장에 검은 넥타이 차림은 상주임을 말하고 있었으니. 상주들의 유쾌한 웃음과 상가를 다녀가는 사람의 처진 웃음이 교차하는 현장에 내가 같이 간다.

자초지종을 들어보고 싶었지만 엄중한 분위기의 차 안은 침묵만 흐르고 있었다. 상갓집을 다녀오는 사람이 퍽 유쾌할 일은 없겠지만 아까 상주들의 희색이 만면한 얼굴들은 뭐란 말인가? 위로를 받아야 했을 상주들의 표정과 위로를 하고 돌아오는 사람의 표정은 엇비슷한 게 상례일 테지만 이들에게선 도대체 그 무엇도 읽어낼 수가 없다.

도시를 유영하는 차는 새벽으로 가는 다리를 건넜다. 드디어 그가 입을 뗐다.

"귀신을 떼어내기 위해선 한잔 더 먹어야 한다면서 상주들이 조금 전 그 야식집으로 나를 데려갔습니다."

감이 오지 않았다.

"……."

"상가에서 나오려는데 제 신발이 없어졌지 뭡니까. 그래서 아쉬운 대로 장례식장의 슬리퍼를 신고 나왔는데 슬리퍼에 귀신이 붙어서 집까지 신고 가면 안 된다고 하네요."

"그랬었군요? 그분도 엔간히 술에 취했었나 보군요. 고의로 바꿔 신고 간 건 아니겠죠?"

"그렇지는 않을 겁니다. 내 구두가 새것도 아니고…."

"참 난감한 일이군요?"

이제 감이 왔다. 야식집에서 한잔 더 하고 해장국까지 먹은 후 슬리퍼를 버리고 맨발로 택시 타고 집에 가라며 껄껄껄 상주들이 배웅했던 것이다. 그래야 귀신이 따라가지 않을 거라고 다들 입을 모았다고 했다. 모두가 잠시 상주와 상주를 위로하는 날임을 망각한 순간이었다.

주말에 형제들이 모여 오리백숙을 먹기로 해서 낮에 엄나무와 헛개나무, 오가피나무를 잘랐다. 맨손으로 오가피나무를 다듬다가 오른손 검지 끝에 가시가 들어갔다. 무척 아팠다. 바늘을 찾아 데크로 나가 가시와 사투를 벌였다. 2, 30분의 씨름 결과 간신히 나의 승리로 끝났다. 눈에 보일 듯 말 듯 아주 작은 가시였다. 손에 미세하게 만져질 정도의 가시가 그렇게 성가실 줄 미처 몰랐다. 손톱 밑에 가시가 들어 당사자의 아린 마음을 남들은 알지 못한다.

장미꽃의 예쁜 자태는 가시가 지켜 주고, 오가피나무는 짐승들로부터 자신을 지키기 위해 가시를 키웠다.

"아 참, 제가 전화기를 두고 왔네요. 아까 그 식당으로 다시 가면 안 될까요?"

"네, 알겠습니다."

목적지에 당도하기 직전에 차를 돌렸다. 강바람 맞으며 다시 다리를 건넜다. 강바람이 찼다. 천국으로 가는 강을 건넌 사람은 다시 돌아오지 않지만 우린 너무 쉽게 강을 건너다닌다. 다리라는 거대한 매개체를 이용하여 자유롭게 하루에도 몇 번씩 다리를 건넌다.

"기사님, 대단히 죄송하지만 식당에 가서서 제 전화기 가져다주시면 안 될까요? 제가 맨발이어서요."

"네, 가능합니다. 제가 가져다드리죠."

그 식당 앞에 슬리퍼가 나뒹굴고 있었다.

"대단히 감사하고 죄송합니다."

"뭘요."

그제야 손님이 맨발로 내 차에 올랐다는 사실을 실감했다. 5년간 택시를 하는 동안 모르긴 해도 맨발로 택시를 탄 손님은 오늘이 처음인 듯싶다.

그 손님은 차에서 내릴 때 차비를 배로 계산해 주면서 유쾌한 미소를 얹는다. 내가 극구 사양했지만 막무가내였다. 말은 하지 않았지만 1시간 전 다섯 명이 디면서 따불을 외쳤던 손님이 그 손님이었다.

> 야트막한 산 그늘 타고
> 실려온 바람결
> 부서지는 달 조각
>
> 살쿵 스민 그녀
> 들릴 듯 은근한 유혹에
> 더덩실 달밤 춤사위
> 몽유병 놀이하기
>
> 개구리 울음 멎은
> 달도 기운 이슥한 밤
> 설익은 눈부신 향내는
> -「아까시꽃」

이젠 재를 넘어 내가 집에 갈 차례이다. 아까시꽃향이 더 짙다. 노골적으로 차 문을 비집고 들어와 유혹한다.

차다. 여름의 문턱, 만물이 점차 생장하여 가득 찬다는 소만小滿인 어제 대청봉엔 눈이 내렸다고 한다. 5월에 눈을 본 건 군 시절 치악산에 잔설을 눈으로 확인한 이후 처음이다. 현재 기온 6도. 5월 하순에 이만한 온도를 본 것도 처음이다. 밤 기온이 낮아 아까시 꿀이 흉년이라고 한다. 향은 매한가지인데.

망종

꽃

망종芒種은 금계국金鷄菊의 계절이다. 보리가 익고 모를 내는 시기인 망종 무렵이 언제부터인가 이름도 생소한 금계국이 활개 치는 그들의 천국이 되었는지?

누가 뭐라든 4대강 착공식이 있었던 우리 고장 낙동강 둔치엔 금계국 수십만 송이가 피어 장관을 이루고 있다. 시민의 수보다 몇 배나 되는 꽃이 피어 운동하는 사람들과 관광객들로부터 환호를 받으며 바람과 벗하고 있다. 유월 햇볕이 따갑게 내리쬐도 강바람과 적당히 타협하고 단합의 힘으로 그 고운 자태를 뿜뿜 품어 안고 간다.

재작년에 금계국 몇 뿌리를 바람의 언덕 우리 집 뜰에 심었는데 작년에 서너 송이 피어 기쁨을 안기더니 올핸 꽃 소식이 없다. 아마 지

186

난겨울에 동사한 게 아닌가 싶다. 몇 년 전에도 씨를 받아 봄에 뿌렸더니 새싹이 움트지 않았다. 아마 가을에 씨를 뿌려야 하나 보다. 내겐 그렇게 까탈스러운 꽃이 우리 고장 낙동강 둔치, 길섶뿐만 아니라 전국에서 노란 자태로 맹위를 떨치다니 가히 가을 국화보다 더 위풍당당하다.

나는 국화로 승부를 걸기 위해 국화 여러 종을 화분과 뜰에 식재했다. 올가을이 기대된다. 그러나 정작 금계국의 계절을 맞고 보니 그녀도 데려오고 싶다. 가을에 씨를 받아 빈 뜰에 뿌려 노란 유월도 만끽할 테다.

손주가 곤충을 채집하고 싶다고 해 대구 아이들이 주말에 집에 왔다. 하준이가 매미채를 들고 오억이와 함께 산에 올랐다. 하솔이와 저아버지, 내가 동반했다. 할머니와 어머니가 빠졌다.

억이가 맨 앞장을 섰다. 풀숲을 헤치며 자주 배설을 한다. 가끔씩 오르는 길 따라 영역 표시와 자신의 영역 점검을 하는 모양이다. 소변을 뿌리고는 뒷발로 흙을 긁는다. 2주 전 왔을 때의 그의 체취가 남아있는 듯. 격렬하게 반응한다. 비록 멧돼지와 고라니는 지나갔을지언정 같은 종인 개는 침범하지 않은 걸 확인한 순간 환희를 만끽한다.

하늘소를 닮았는데 몸집이 작다. 내가 나무에서 손으로 잡아 하준이에게 건넸다. 손자는 신기해하며 겁 없이 만졌다. 벌레를 무서워하지 않는 하준이는 나중에 곤충 박사가 되려나?

"저기 벌 있다!"

하준이가 가리킨 곳에 꿀풀이 살포시 보라로 피었고 일벌 두 마리

앉았다. 산을 오르기 전 등 뒤에서 오랫동안 정열을 불태웠던 동산의 해당화와 오늘 서너 송이 더 벙근 울타리의 장미가 어서 다녀오라고 손짓했다. 방금 진 아까시꽃과 찔레 흰 꽃도 나를 보고 아는 체를 했다. 꽃이 아름다우니 벌이 깃드는구나. 얼른 검색해 보니 꿀풀이었다.

"꽃이 하준이, 하솔이처럼 예쁘게 피었구나."

아까시꽃 시즌엔 밤 기온이 낮아 꿀이 적어 굶주린 벌들이 이젠 분주히 꽃을 찾는다. 이 숲 깊은 산에 꽃이 핀 걸 일벌은 용케도 안다.

혹독한 겨울
긴 터널 지나
꽉 다문 사립문이
스르르 열리던 날,
마음의 문까지 여는가?

산모퉁이 돌아
몰래 깃든 골짝에
매화가 핀 걸
어찌 알았을까,
그녀는.
- 「일벌」

한 뼘밖에 안 되는 키지만 여러 송이의 꽃을 달아 벌을 불러 모으는 꿀풀과 오늘 많이 친해졌다.

그 옆에 애기똥풀, 그 옆에 망초꽃이 피었다. 산 정상에도 그들은 가리지 않고 꽃이란 이름을 적는다. 고사리는 거의 펴서 여린 세 줄기만 골라 꺾었다. 고사리가 앉았던 묘 축 아래로 멧돼지가 다녀간 흔적이 적나라하다.

"준아, 멧돼지가 나타나면 어떡해? 그 매미채로 잡을 수 있겠니?"

준이 아버지가 겁을 줬다.

"괜찮아. 할아버지와 아빠가 있으니까."

자세히 보니 웬걸 이 산에 돼지감자가 살고 있었다. 멧돼지 습격을 용케 피한 돼지감자 싹이 겁에 질려 숨죽이고 있다. 멧돼지와 돼지감자는 몇 촌쯤 될까? 할미꽃은 져서 대답을 하지 않는다.

억이가 앞장서 안내하는 산길을 한 바퀴 돌았다. 금싸리와 엉겅퀴가 참 곱다. 보라와 분홍을 넘나드는 그들은 이 계절, 이곳에서 최고로 아름답게 꽃을 피웠다. 야산이지만 산 하나를 점령한다. 밤나무에선 햇볕을 머리에 이고 일주일 후 꽃 축제를 예고했다. 왕고들빼기가 때 이르게 꽃을 피웠다. 숲에 가려 연약하게 자란 만큼 꽃이라도 한발 먼저 피우자는 속셈이 보인다.

뻐꾹뻐꾹.

건너편 산에서 뻐꾸기가 짝을 찾는다. 우리에게 임의 행방을 묻는 듯하지만 알려 주고 싶어도 그럴 수가 없다. 먼 산 어딘가는 있을 임 찾는 일은 저 뻐꾸기 몫일 테니까.

산을 내려와 왕고들빼기와 인동초 줄기를 뜯어 아이들과 이웃 집 염소에 먹이를 줬다. 우리 아이들과도 친숙한 듯 곧잘 먹이를 받아 먹는다.

정작 나는 장미를 울타리에 심고 국화와 금계국의 계절을 살고 있지만 진정 망초꽃으로 조용히 피고 싶다. 농민들로부터 천대받는 풀이지만 꿋꿋하게 수만 년 아니 수십 만년, 수천 만년 우리 곁을 지키고 있는 망초 같은 풀꽃이고 싶다. 농부들은 곡식을 성가시게 하는 밭의 망초는 제거하지만 밭둑의 그들까지 뽑지는 않는다. 비록 막내 손녀는 해를 담는 큰 사람이 되라고 해담이라 이름 지어줬지만, 그 먼저 바르고 건강한 들꽃처럼 어느 곳에서든 당당하게 살았으면 하는 바람이 크다. 누구 눈에 덜 띄면 어떤가. 오늘 하준이와 하솔이가 만난 들꽃들은 모두가 존귀하다. 그 어느 꽃도 본분을 지킨다. 장미꽃과 비교해 그들도 나름 작지 않음을 보여줬다. 금계국은 봄에, 국화는 가을에 노랗게 화려함을 뽐내지만 꿀풀, 금싸리, 엉겅퀴꽃이 보라로 산속에서 몰래 피어 사람의 눈에 잘 띄지 않을지라도 벌과 나비한테 진가를 발휘한다. 우리 손주들도 그런 사람이면 된다. 토끼풀이 우리 일행에게 지는 게 아쉬운 듯 연민의 꽃으로 화답한다.

망초꽃이 고즈넉하게 손 흔드는 고샅을 지나 마당에 들어섰다. 큰 사위와 하준이, 하솔이, 오억이와 나는 나란히 우초정愚草亭 앞에 선다. 지극히 바보스런 잡초들이 게 있다. 동산에 인동초꽃이 은은하게 꿀 향을 핀다.

작약꽃 질 때

하지

집 아래 사시던 할머니가 하늘로 돌아가셨다. 올해 백두 살인 할머니는 올봄까지만 해도 정정하셨다. 불과 두 달 전 큰따님과 내 차를 타고 시내 병원에 설사가 나신다며 다녀오신 적이 있다. 1년 전엔 내 차로 안과에 백내장 수술하러 가시기도 했다. 안과에 다녀오면서 6.25 적 이야기도 들려주셨다. 땅고개를 넘으면서 그때 죽은 군인과 인민군 시체가 산더미처럼 쌓였다고 토로하셨다. 땅을 파고 묻었다는 것이 군화를 신은 발목이 땅 위로 솟아 있었다며 우리의 아픈 역사를 고스란히 꿰고 계셨다. 그때 목격한 장면들이 아리게 눈에 파노라마처럼 펼쳐지는 듯 창문 너머를 응시하셨다.

노인 한 분이 돌아가시면 사전 한 권이 사라진다고 했다. 위안부 할머니 한 분 한 분이 떠나실 때마다 같은 생각을 했다. 이젠 그에 대한 역사책의 두께가 점점 얇아지는 현실이 안타깝기만 하다.

내가 이곳 감안장, 선돌길 언덕배기에 들어앉은 지 7년이 넘어섰다. 듣기로는 가마 안장처럼 생겨서 감안장이라 불리었다는 우리 마을. 지킴이였고 역사였던 할머니는 나보다 12배나 많이 살다가 감안장을 떠나셨다. 16세에 시집오셨다고 했으니 86년간 우리 마을을 지켰다. 시집와서 강산이 아홉 번 가까이 바뀌었으니 이게 어디 쉬운가? 그리 흔하던가? 민며느리로 아홉 살에 시집온 우리 할머니도 80년에 2년 모자라게 살다 가셨는데 대단한 기록이다. 처음 시집온 집에서 줄곧 86년을 사셨으니 그 또한 기네스북에 오를 만한 기록 아닌가.

작년까지만 해도 우리 마을 인구가 아홉 명이었다. 우리 집 바로 아래 세 들어 살던 내외가 이사를 하였고, 올해 할머니가 저세상으로 가시고 나니 남은 마을 주민은 세 가구에 여섯 명. 유년 시절 우리 집식구만 해도 열한 명일 때가 있었으니 한 집 식구도 안 된다.

할머니가 떠나시기 전에 우리라도 불러들여서 그나마 감안장이 마을을 형성해 나간다. 할머니 상여가 우리 마을을 마지막으로 다녀가던 오늘 우리 아이들 열 명이 왔다. 둘째아이 배 속 사랑이, 기쁨이를 더하면 열둘이다. 시끌벅적 동네가 떠나갈 듯이 자동차 소리도 요란하다.

102년을 살다 떠나면서 마지막으로 우리에게 새 생명 둘을 더 주고 떠나셨다. 우리 부부 포함 열네 명이 함께 모여 떠나시는 할머니를 배

응할 수 있어 그나마 다행스러웠다.

할머니께서 주고 간 것이 또 있다. 7년 전 4월 30일, 이사 오던 날 작약이 우리를 마중 나왔다. 꽃봉오리가 막 벙글기 시작했다. 할머니께선 시집올 때 작약 한 포기를 가마 속에 데리고 왔단다. 친정에서 가져온 작약은 할머니 집 앞에서 86년째 곱게 꽃을 피웠다. 곱던 이팔청춘 새색시처럼. 작약은 할머니 집에서만 꽃 피운 게 아니다. 우리 마을은 물론 이웃에까지 모종을 나눠줘서 주변 마을까지 5월을 작약의 계절로 바꿔놓았다. 이사 오는 우리 집 앞에도 두 송이 작약 꽃봉오리가 벙글었다.

"새댁, 작약 몇 뿌리 더 캐 가소."

"감사합니다, 할머니."

재작년에도 할머니께서 아내를 보고 작약 두어 뿌리 더 주셨다.

165cm 정도의 훤칠한 키에 갸름한 얼굴, 그 시절 처녀 적엔 보기 드문 장신이었을 듯. 그땐 오히려 큰 키가 부담스러웠을지도 모르겠다. 그 큰 키가 백 년을 넘게 사셨지만 조금 굽었을 뿐이었다. 아주 조금. 뒷짐 지고 산책하시던 할머니 모습이 아직 감안장을 떠나지 못했다. 가늘게 귀가 먹었지만 의사소통에는 큰 문제가 없었다.

우리가 이사 오기 전 비어있던 집 앞 산기슭 빈터에 더덕을 심으셨다. 우리가 이사 오자 그곳은 우리에게 넘겼고, 그 더덕 씨앗이 온 산으로 번져 향이 짙다. 올봄에는 아내가 산에서 더덕을 제법 수확했다. 우리가 더덕 씨를 보태 온 산이 향으로 퍼진다. 할머니 덕이다. 오랜 경륜으로 이곳 지형과 온도 등이 더덕 재배에 적당하다는 사실을 우리에게 일깨워 주셨다.

우점이 할머니. 흔적은 남았지만 들며 날며 아무리 보아도 모습은 없다. 올봄까지만 해도 가끔 바깥출입을 하셨고, 작년엔 새벽 다섯시면 운동하러 동네 주변을 거니셨다. 두 달 전부터 시내에 계시는 둘째 따님의 간호를 받으시다가 3일 전 응급차로 병원에 가셨다. 그리고 소천하셨다. 당연히 작년까지만 해도 교회에도 나가셨고 노인대학에도 다니셨다.

86년 전, 가마꾼의 짚신 발길 따라 폴폴 먼지 나던 비좁은 길이 보름 전 아스콘으로 말끔하게 포장되었다. 마침 할머니가 떠나실 날을 알기라도 하듯이. 그 가마 길 거슬러 자동차를 타고 미끄러지듯 할머니는 훠이훠이 떠나셨다.

발가벗고 주었지만
봉우리가 너무 높아
가시 한 움큼
얹어 놓았다
－「산딸기」

어느 시인이 지는 꽃도 아름답다 했던가? 작약꽃은 질 때도 아름답다. 많은 역사를 남기고 가시는 우점이 할머니! 부디 평안하게 영면하소서. 내가 찾지 못한 할머니의 역사가 책으로 몇 권도 넘으련만 세상은 돌고 돈다. 비록 사전 한 권이 사라졌지만, 시대를 새로 쓰는 사전이 SNS에서 매일 새롭게 만들어지고 있다.

작약은 졌다. 영원한 것도 없다. 가을이 가고 겨울이 지나면 봄이
온다.

지금은 산딸기의 계절이다. 조석으로 산딸기밭에 가서 배를 채운
다. 재물에 대한, 나이에 대한 욕망과 욕심은 없다. 그것 대신 산딸기
로 빈 곳을 채우고 나면 기분이 산뜻하다. 7년 전 딸기나무 한 그루 잘
심은 것 같다.

막내 손녀 담이가 할아버지를 따라 나와 딸기에 눈독을 들인다. 블
루베리를 좋아하는 담이는 산딸기도 잘 먹었다. 내가 따 주기가 바쁘
게 먹다가 직접 따서 먹기까지 한다. 그 어린 것이 한 자리에서 쉰 개
도 넘게 먹었다.

하지 무렵, 그 아이는 꿈이라는 딸기를 따서 희망이란 단어를 삼킨
다. 할머니가 떠나면서 선돌길 언덕에 산딸기의 시절을 불러왔다.

영농일기

　"고추밭에 약을 쳐야 한다네요. 비 내린 뒤 약 안 치면 금방 병이 온다던데요."

　"……."

　마실 다녀온 아내가 저녁 밥솥에 쌀을 안치면서 닦달한다.

　이틀에 걸쳐 꽤 많은 비가 내렸다. 3, 40mm는 족히 될 듯. 올해 들어 가장 많은 비가 내린 게 아닌가 싶다. 고추며 땅콩, 옥수수 등 우리 밭작물이 기지개 쫙 켜고 희색이 만면하다.

　뒤꼍으로 나가 밭을 휘 돌아보았다. 옥수수가 가장 활기차다. 하루에 한 뼘 이상 자란 듯싶다. 내 키를 1.5배 능가하여 훌쩍 커 버린 옥수숫대 중간쯤에 캥거루 아기 주머니 같은 씨앗 통을 한두 개씩 달았다.

수염을 쏙 내민 아기 주머니는 하루가 다르게 살을 찌운다. 여러 차례에 걸쳐 심은 키 작은 옥수수도 형들을 따라잡으려 안간힘 하며 마음껏 초록을 발산한다.

작년에는 흰 찰옥수수 세 봉지를 사 와서 열흘 간격으로 직파했었다. 늦게 심은 녀석들도 따라잡기에 나서 수확은 약 5일 간격으로 이루어졌다. 한물 때는 도저히 감당이 안 되어 지인들께 나눠줬더니 먹어 본 옥수수 중에 제일 맛났다기에 올해도 같은 품종을 택했다. 모종상에서 100포기를 사고 지인한테 얻은 모종과 함께 정식定植했다. 씨앗까지 합하면 3, 4백 포기는 족히 될 듯싶은데 올해도 옥수수 풍년가가 선돌길 언덕에 울려 퍼질 듯싶다.

멧돼지가 두 차례나 다녀간 고구마는 포기해야만 할 것 같다. 이제 막 잎만 풍성한, 알이 전혀 맺히지 않은 고구마밭을 풍비박산한 멧돼지의 저의가 의심스럽다. 그것도 며칠 시차를 두고 뒤져버려 도저히 회생불가능하게 만든 멧돼지는 전생에 나와 원수지간이었을까? 밤마실을 와서 그런가? 땅콩 세 이랑 지나면 감자가 있는데 그건 건드리지 않은 게 이상하다. 알이 토실토실 그에겐 먹음직한 먹거리였을 텐데…. 밭둑엔 돼지감자도 많은데 하필 알도 안 든 고구마밭만 헤집어놨는지 궁금하다. 둑 아래, 마을 한가운데 있는 이웃집 고구마밭 한 이랑까지 헤집으면서. 멧돼지가 밤눈이 밝은 줄 알았더니 그게 아니었나 보다.

하지가 지나고 낼모레면 소서인데 늦게 파종하긴 했지만 감자도 캐야 할 텐데 아내는 매일 고스톱 삼매경이니. 땅콩밭엔 바랑이며 쇠비름, 명아주가 땅콩 키를 능가하여 자라고 있다. 조금 더 뒀다간 땅콩

밭인지 잡초밭인지 구분하기 어려울 듯싶다.

산짐승에겐 고구마가 맛난 먹거리인 모양이다. 고라니도 내려오면 고구마 잎과 줄기에만 입을 댄다. 올핸 고라니가 먹을 양식이 없어 아쉽다. 고라니가 내려오면 얼마나 속상할까? 진작 내려와서 아껴 새싹 먹고 다음을 예약해 둔 바 있는데.

고구마 심었던 네 이랑은 하는 수 없이 들깨 모종이나 옮겨 심어야 겠다. 들깨 모종도 진작 비 올 때 심었어야 했는데 아직이다.

땅콩과 고추를 안 건드린 게 어딘가. 땅콩은 심은 후 닭이 와서 땅콩 씨앗을 꺼내 먹다 남은 녀석들이 싹을 터 그나마 밭이랑을 이루었다. 닭이 다 꺼내 먹은 줄 알았는데 숨은그림찾기에서 용케 살아남은 녀석들과 모종을 옮겨 심어 가을을 예약할 수 있게 됐다. 나중에라도 멧돼지가 습격하지 않는다면.

고추는 지금까지 잘 자라고 있다. 전문적으로 농사짓는 밭에도 병이 와서 누렇게 시든다는데 우리 고추밭은 말짱하다. 기껏 탄저병약과 살충제 섞어 한 번 투약했을 뿐인데. 작년에도 한 번 투약하였다가 나중에는 탄저병이 와서 일찍 추수를 끝냈는데 올핸 조금은 생산을 더 해야 하지 않을까? 내일은 꼭 지난번 치다가 남은 탄저병약과 살충제를 쳐야겠다. 그렇다고 전문 농사꾼처럼 열 번 이상 농약을 칠 생각은 없다. 내일이 마지막이 될지 한 번쯤 더 투약할지는 두고 봐야겠다. 게을러서 못 치거나 저 농약 고추를 먹기 위해서 최소한의 농약을 투하할 일이다.

자두나무가 원망과 존경의 눈으로 나를 본다. 전정을 제대로 하지 않아 나무 꼴을 만들지 않아서이고, 농약을 거의 치지 않아 오염되지 않은 자연 그대로여서 환호한다. 내가 닭장을 가기 위해 매일 지나칠 때마다 내게 보내는 메시지이다.

> 아까워서 먹지 못하고
> 잘 익은 자두 골라
> 나무에 매달아 놓고
>
> 방학하면 온다던
> 손주 기다리다
> 눈이 다 빠지네
>
> 그 먼저 벌레가 와서
> 반쯤 먹고
> 장마가 또 할퀴고 가네
>
> 벌레야,
> 좀 천천히 먹어
> 장마는
> 언제나 끝나려는지
> ─「귀촌 · 31」

"끼룩끼룩… 나 찾아봐라."

깜짝 놀랐다. 자두밭 안에서 나는 소리였다. 물론 보통 사람 귀에는 들리지 않을 소리이다.

"너 고라니 맞지? 누가 모를 줄 알고…."

"메롱~"

"내가 네가 있는 곳 알지만 가만둔다. 너도 집이란 포근한 안식처가 필요할 테니까. 겨울이 오기 전까지는 거기서 살려무나."

몇 년 전부터 고라니가 우리 자두밭에 내려와 집이라는 울타리를 마련하여 살고 있다. 한 번씩 맞닥뜨려 놀라서 도망갔던 고라니가 다시 돌아오는 걸로 봐서는 그곳이 아늑한 모양이다.

올해 가지치기하지 않은 반이 넘는 자두밭엔 나무가 빼곡하니 울창하다. 잡초와 망초가 무성하여 함께 숲을 이루고 있다. 고라니가 집 짓고 살기 딱 좋다. 산속에 집을 지어도 그만큼 은폐할 수 있는 공간이 드물다는 증거다. 내 자두밭은 폐농에 가깝지만 고라니에 집 지을 땅을 제공했으니 이 또한 얼마나 다행인가. 이 고라니는 내 밭곡식을 탐내지는 않는다. 집을 제공했으니 식사는 산에 가서 하고 온다. 의리 있는 고라니임이 틀림없다. 사람보다 낫다.

자두가 익어간다. 하나 따 먹어 봤다. 달콤하기보다 새콤하다. 며칠만 있으면 새콤한 맛에서 달콤한 맛으로 익어갈 테지.

자두밭에도 한 번 반쯤 농약을 쳤다. 가지치기하지 않은 곳은 도저히 불가하여 치지 않았고, 먹자두에는 한 번, 추희와 여름자두에는 두 번 투약하였다. 그나마 벌레와 일부 나누어 먹을 수 있어 좋다.

어둠살이 내린다. 내 농장 식물들도 잠자리에 들어야 하지 않을까? 내가 피해 주어야 마땅하다. 밥 먹는 개도 안 건드리지만 잠자는 식물도 방해하면 안 되는 법이다. 그들과 작별을 고하고 아내가 차린 밥상이 있는 집으로 들어왔다.

새벽에 우는 뻐꾸기

형설지공螢雪之功이라 쓰고 반딧불과 눈을 적는다.

요 며칠 밤하늘을 봤다. 매년 이맘때면 오던 반딧불이가 보이지 않는다. 가로등 불빛을 쫓아 하루살이와 나방들이 날 뿐이다. 앞으로 영원히 보지 못할 수도 있다는 생각이 미치자 왠지 불안해진다. 모르긴 해도 귀촌하여 7년, 재작년까지 한 5년은 여름 밤하늘에 반딧불이가 나는 현장을 목격하고 환희를 불렀던 것 같은데. 그 반딧불이는 늦으면 9월까지 풀숲에서 짝을 찾는다. 그들이 함께 사랑의 세레나데를 부르는 현장에 내가 같이함에 고무되어 있었다.

반딧불이는 청정해야 온다. 반딧불이는 어두워야 온다.

유년 여름밤, 날아다니는 불빛을 낚아채면 반딧불이 한 마리가 손

쉽게 잡혔다. 열 마리 넘게 잡아 성냥갑에 넣어뒀다가 다음 날 빛을 잃은 그들을 보고 허무와 미안함이 교차했던 그때가 오롯하다. 지금은 개체 수가 줄어 손으로 잡기는커녕 눈요기도 점점 어려워진 현실을 본다.

합방을 성공한 그들은 개울이 가까운 청정 물가에서 동면한다.

개똥벌레는 방범등 밝은 곳에서는 그들의 존재가치가 없다. 캄캄한 여름밤 청정한 하늘이어야 그들이 뜬다.

지난겨울은 눈다운 눈이 한 번도 내려 쌓인 적이 없다. 학창 시절 눈 내린 시골집 뜰에 나가 책을 본 적이 있다. 띄엄띄엄, 실제로 글씨가 보였다. 호롱불보다는 훨씬 어두웠지만, 실험 삼아 눈빛에 책을 읽어 보았다.

올해 농업 관련 학과에 신입생으로 입학했다. 농민 자격을 취득한 지 7년, 아직 초보 농부지만 농민이 아니라 부정할 수는 없다.

주경야독晝耕夜讀은 아니다. 요즘 나는 낮에는 운동과 노는 게 일상이고, 밤엔 일해 왔으니까 여기에다 야독夜讀을 보탠 격이다. 그러다 보니 밤에 과부하가 걸린다. 입학하자마자 코로나가 와서 온라인 수업으로 한 학기를 마치게 되었다. 그나마 아이들의 도움을 받기도 하고 시간을 분배할 수가 있었다. 기말고사 때는 코피가 났다. 주휴야독경晝休夜讀耕은 힘에 겹다. 이 나이(?)에. 20대에서 60대가 학생의 분포다. 그중에서 내가 가장 고령이고, 20대 학생과는 마흔두 살 차이다. 요즘 젊은 세대가 많이 쓰는 신조어 헐~이다.

20여 년 전 10대 후반, 20대 초반 학생들과 2년여 국문과 수업을

들은 적이 있었다. 그때 고전문학 교수님과 친분이 두터워 선생님의 두 시간 수업 중 한 시간은 내가 대신 교단에 선 적이 있다.

　나는 칠판에 분필로 '거꾸로 사는 재미'라고 적었다. 소장하고 있던 1983년에 간행된 이오덕 선생님의 수필집을 들어 동급 학생들에게 입장이 바뀐 교단에서 공개했다. 발췌한 부분을 복사한 교재를 40여 명 학생에게 골고루 나눠줬다. 그때 수업한 내용이 잘 기억은 나지 않지만, 나의 거꾸로 사는 인생철학과 이오덕 선생님의 거꾸로 사는 지혜를 같이 배웠고 책 내용도 일부 소개한 것 같다. 국문과 학생이 아니더라도 젊은 세대가 반드시 봐야 할 책이라며 한 권씩 꼭 사 읽을 것도 주문했다.

　한 시간 수업이 끝나자 학생들이 기립하여 박수를 보냈다. 내 강의가 유익하여서라기보다는 틀에 박힌 따분한 고전문학 강의에 비해 느슨하고 부담 없는 늙은 동급 학생의 강의가 나았던 것일 거다. 잘생긴(?) 얼굴 덕도 한몫했을 터이다.

> 구들장에 거꾸로 누워
> 낮잠을 청해 본다
> 가을 햇살
> 창문 비집고 들어와
> 배 위에 길게 누워
> 이불 덮고 같이 자자 하네
> ─「귀촌 · 23」

'가난한 사람이라야 정치를 할 수 있고, 교육도 학문도 할 수 있다. 목사도 가난해야 진리를 말할 수 있다. 예술가도 다 그렇다.

아이들을 가난하게 키워야 한다. 먹기 싫어하는 우유고 빵들을 억지로 먹이고 있는 부모들은 그 자식들에게 죄악을 저지르는 것임을 알아야 한다. 그렇게 자란 아이들은 결코 인간다운 생각과 생활을 하지 못할 것이다.

아이들에게 화려한 옷을 입히려 하지 말고 간소한 옷을 입히는 것을 자랑으로 여겨야 한다. 아이들은 본디 옷차림에 관심이 없다. 아이들에게 사치와 허영을 강요하고 물들게 하는 죄를 범하지 말아야 한다. 거짓스러운 옷으로 몸과 마음을 병들게 할 것이 아니라 차라리 흙바닥에서 뒹굴고 햇볕에 살갗을 그을리게 하는 것이 좋다.

아이들에게 종이 한 장을 아껴 쓰는 마음을 갖게 하는 일은 소중하지만 돈을 모아 악착같이 저금하는 버릇을 들이는 것은 반성할 점이 많다. 돈에 미친 세상에서 아이들마저 돈벌레가 되도록 해서야 되겠는가.

아이들에게 일을 시켜야 한다. 일하지 않고 자라난 아이들은 결코 사람다운 마음을 가질 수 없고 사람다운 행동을 할 수 없다… 물을 길어 나르고 쌀을 씻고 정성 들여 돌을 이는 그 생활에서 사람다운 느낌과 생각이 나올 수 있다.

가난만이 우리 인간의 참 살길이다. 물론 모두 같이 인정을 나누면서 살아가는 가난 말이다.'

이 책에 나오는 선생님이 1979년에 쓴 「가난하게 사는 지혜」를 살짝 엿봤다. 무슨 해괴한 소리냐고 빗대는 사람들이 있을지 모르나 돈벌레로 키운 우리 아이들이 성장하여 엮어가는 작금의 세태가 어떻게 되었는가 돌아볼 필요가 있다. 물질문명을 좇아 얄팍한 지식으로 부자가 되어 수억, 수십억대 아파트에 살면서 헉헉대며 골골하는 현대인을 보며 안쓰러운 맘 금할 길 없다. 코로나가 창궐하여 속수무책인 현대 사회, 시대를 역행하고 있다. 가난하게 사는 지혜를 몰랐기에, 올바르게 인식 못 했기에 빚어진 결과물이 아닐까 한다.

'돈에 미친 세상에서 아이들마저 돈벌레가 되도록 해서야 되겠는가.'

'거꾸로 사는 재미'는 선생님이 작고한 이후, 2005년에 재출간되었다. 1970년대와 80년 초반에 쓴 책이지만 요즘 사람들이 경청해야 할, 꼭 들어야 할 내용으로 꽉 차고 넘친다.

이오덕 선생님과는 스무살 무렵에 인연이 닿았다. 아동문학에 심취해 있던 그 당시에 쓴 동화 두 편과 지도편달을 받고 싶다는 내용의 편지를 써서 보낸 게 계기가 되어 선생님과 인연을 맺었다. 좋은 동화를 쓸 수 있다는 격려와 함께 권정생 선생님을 소개해 주기도 하셨다. 군 일등병일 때 선생님께서 회장을 맡고 계시던 안동문인협회에 권정생 선생님과 두 분이 추천하여 가입시켜 주셨다. 그래서 지금까지 40년 넘게 협회와 인연을 이어왔다.

권정생 선생님과는 당신이 교회 종지기로 계실 적 출입문 오른편에 붙은 코딱지만 한 방에서 밤을 새우며 동화를 들었다. '강아지 똥'을 쓰시게 된 경위와 동화 작법에 대해 천장을 보며 누워 경청했던 때가 아스라하다. 찌익찍, 천장에서 생쥐가 함께 동화를 썼다.

두 분 선생님은 세상을 떠나셨지만 글은 고스란히 남았다. 잘 정리되어 있는 SNS에서도 이오덕, 권정생 선생님의 인생관과 문학관을 엿볼 수는 있지만, 수십 권에 달하는 당신들의 책이야말로 이 시대를 사는 사람들의 길잡이가 될 것이다.

국회의원을 하던 사람이 고향으로 돌아와 이장里長을 한다는 소식은 아직 듣지 못했다. 이장을 하던 사람이 군수를 거쳐 국회의원, 장관한 사실은 있어도.

내가 사회에 나와 가장 먼저 새긴 명함이 '예광사' 대표였다. 비록 동생의 배려였지만. 나는 과연 살아오면서 위를 쳐다보지 않았다고 자부할 수 있을까? 시골에 처박혀 우초愚草처럼 무지렁이로 사는 삶을 실천한다지만 진정 거꾸로 사는 삶을 살고 있거나 하는 걸까?

대서大暑로 가는 새벽, 시골의 여름밤은 반딧불이는 보이지 않고 짝 잃은 뻐꾸기만 나의 물음에 화답이라도 하는 듯 길게 운다.

대서 새벽에 우는 뻐꾸기

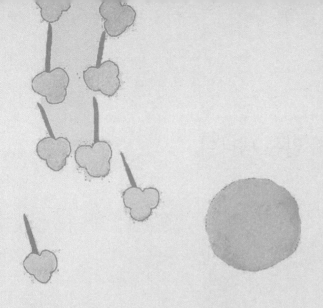

4부

입추에서 대한까지

비에 젖지 않는 넥타이

24절기를 가만히 쫓아가다 보면 모두가 한발 앞서가고 있다는 걸 느낄 수 있을 것이다. 계절을 망각해서, 좀 생뚱맞게 절기를 설정한 게 아닌가 하는 의구심을 가진 적 있는데 그게 아니란 걸 알았다. 우리 선현께서 24절기를 정할 때 심사숙고한 흔적을 여러 군데서 발견할 수 있다.

입춘, 입하, 입추, 입동을 가만히 살펴보면 모두가 한발 앞서서 정해 놓았다. 아직 한겨울인가 싶은데 입춘을 말한다. 겨울이 유난히 깊어 춥고 배고플 때 봄의 씨앗을 우리 가슴에 심는다. 희망의 등불을 저 멀리 밝혀 추위를, 배고픔을 조금이나마 잊게 해 주었다. 아무리 춥더라도 입춘이 오면 그 정도가 훨씬 가벼워진다. 헐벗고 굶주렸던 백성은 입춘 무렵이면 다음 해 농사 준비에 박차를 가하며 다시 한번 허리 띠를 졸라맨다.

입춘立春은 2월 4일경이다. 한겨울이 맞다. 우수를 지나 3월 초순에 드는 경칩이 와도 춥다. 예나 지금이나 서민에겐 추위를 견디기 가장 버겁다. 겨울이 긴 까닭에 백성은 군불을 지펴놓고 새끼를 꼬며 시름을 달랬다. 겨울이 얼른 가고 봄이 오길 손꼽았다.

들 입入 자를 쓰지 않고 설 입立 자를 쓴 것도 조상님들의 지혜가 번뜩인다. 入春이 있으면 出春이 있어야 했기에 설 입立 자를 써서 36절기, 48절기로 하지 않고 24절기로 짜 맞춘 게 아닌가 싶다.

24절기는 중국에서 만들어진 걸 13세기에 우리나라에 들여와 사용하기 시작했다. 그때만 해도 농사로 연명하던 시절이라 24절기는 농민을 위해 만들어졌다. 하지만 지금에도 24절기가 달력에 명기되고 절기 따라 계절을 구분할 수 있으니 얼마나 유용한가. 그 옛날 조상들은 참 지혜로웠다는 사실에 두 번 놀란다.

수천 년, 아니 십 년을 내다보는 정책 하나 만들지 못하는 작금의 현실이 안타깝다.

> 타들어 가는 농심
> 수돗물 한 바가지로
> 갈증 달래는 고추밭
>
> 고개 떨군 박덩굴

까마득한
바지랑대 꼭대기

쪽빛 하늘 기력 잃고
조약돌 하나 낙동강에
하얀 두 줄 긋는다
- 「건장마」

 올해 장기 일기예보에서 여름이 유난히 더울 거라 했다. 작년 더위에 허덕였던 나는 여름이 제발 천천히 오길 바랐다. 안 올 수 없다면 봄에서 더 머물다가 한발 늦춰서 오길 기원했다. 내 바람이 하늘에 닿았는지 여름은 비와 함께 시작됐다.

 대서를 지나고 보름이 지났다. 염려했던 더위는 장마에 가려 맥을 못 춘다. 장마가 이렇게 기승을 부리는 걸 본 게 처음이다. 40일도 더 지났다. 수백억 한다는 슈퍼컴퓨터도 예측할 수 없는 장마이다. 매번 빗나가고 만다. 예보를 용케 피해 명성 떨치던 시장이며 들판을 덮쳐 오갈 곳이 없다. 국민은 갈팡질팡하고 있다. 갈팡질팡하는 이유가 그 말고도 여럿 있지만….

 작년에는 건장마로 물이 부족했는데 올핸 도대체 왜 이러는지 모르겠다. 우리 지역엔 닷새도 비를 주지 않고선 장마 끝을 알린 게 작년이었다.

 큰딸아이의 시아버지, 나보다 여덟 살 위인 바깥사돈이 떠나던 날도 억수같이 비가 내렸다. 장마 한가운데, 성난 장마가 기승을 부리던 날 빗속을 뚫고 그는 홀연히 떠났다. 가볍지 않은 발걸음이었지만 병마와의 싸움에서 패하고 그렇게 떠날 수밖에 없었다. 우리가 문상 갈 때도 대구에는 우레와 같이 천둥을 치며 비가 계속 내렸다.

염소뿔도 녹는다는 대서가 가장 더운 절기이다. 그렇지만 정작 최고 기온을 기록하는 시기는 입추 지절이다. 긴 장마로 인해 더위가 언제 왔다가 언제 떠나는지 가늠이 잘되지 않는다. 올해는 입추가 오기나 했는지 짐작하기 어렵다. 그러나 달력은 어김없이 8월 7일을 입추라고 적어 놓았고 TV는 큰비와 태풍을 적고 있다.

수마가 할퀴고 간 가슴은 갈기갈기 찢겼다. 그렇지 않아도 코로나에 놀란 가슴이 파닥파닥 뛰고 있는 와중이었는데 물난리가 온 나라를 덮쳐 마음의 상처가 치유될 수 없는 지경에 이르렀다.

걷잡을 수 없는 장마에 갈팡질팡 슈퍼컴도 맥을 못 추기는 매한가지. 선현들은 가뭄은 어찌할 도리가 없었지만, 장마는 내다보고 대비하는 지혜를 지녔었다. 우리의 역사를 되돌아보면 지독한 가뭄으로 굶주린 기록은 많이 남아있으나 홍수로 인해 논밭이 쓸려 간 기록은 많지 않다. 지혜로웠던 선현들은 앉아서 천 리를 내다보고, 수천 년이 지나도 변치 않는 24절기를 만들었다. 기계 문명이 발달한 이 시대 슈퍼컴도 예측 못 하는 장마 예측을 선현들은 할 수 있었다.

처서가 오고 백로가 와도 여름이 다 갔다 할 수 없다. 변화무쌍한 게 여름 날씨이고 마음속에 들어가 봐도 파악할 수 없는 게 노처녀 마음의 깊이이다.

해마다 자두는 벌레와 나눠 먹었는데 올핸 비가 모두 데려가 버렸다. 고추밭은 거의 물 폭탄에 주저앉았고, 옥수수마저 물을 먹어 헉헉 가쁜 숨을 몰아쉰다. 여남은 개 달았던 바람기 많은 감나무는 자식을 지키지 못했다. 빗속에 홀몸으로 서서 눈물 뚝뚝 흘린다. 오수관이 막혀 물이 고인 곳에 섰던 모과나무는 자식 몇을 잃고 겨우 둘만 부여잡은 손 놓을 수가 없다. 그들마저 잃으면 나무도 지탱하기 어려울 것 같아서다. 모정은 강한 법이다.

그런데도 높은 데 앉은 넥타이 맨 양반들은 비에 젖지 않고 꼬박꼬박 세끼 쌀밥으로 배를 채운다.

개똥벌레 돌아오다

개똥벌레가 돌아왔다. 작년에도 그를 본 적 없고, 올여름이 다 가도록 흔적이 없던 그가 나타났다.

"저기 좀 봐. 반딧불이다!"

"맞네. 나도 봤어."

일 나가는 나를 따라나섰던 아내가 내 말을 받아친다. 한 마리였다. 그러고는 이내 사라졌다. 가로등 불빛에 빨려들어 어디론가 명멸하고 만다. 두리번두리번 밤하늘을 보았지만 집 앞 가로등 불빛이 거기서 놀고 있을 뿐이었다.

한 마리라도 본 게 어딘가? 지구에서 영원히 사라진 줄 알았던 반딧불이 개체 수가 남아 있다는 걸 확인한 게 귀촌한 첫해였다. 그때 환희를 불렀었다. 해마다 꽤 많은 반딧불이를 우리 마당에서 볼 수 있었던 때를 상기하며 아직은 지구가 귀퉁이나마 덜 오염된 걸 기뻐했다. 집 안에까지 날아들어 소동을 벌였던 반딧불이였다.

지구에서 하루에 사라지는 동식물이 무려 2,500여 종에 달한다는 기록을 봤다. 환경 탓이다. 작년부터 우리 마당에서 보이지 않아 반딧불이도 그중의 하나가 아닌가 해서 적이 걱정됐었다. 비록 한 마리일망정 명맥을 유지하고 있음에 안도와 희망의 불빛을 본다.

택시 시동을 걸었다. 불을 밝히고 집을 나섰다. 밤에는 쉬고 낮에만 일하면 안 되냐고 의견을 제시하는 아내에게 번번이 딱지를 놓았더니 이젠 어련히 야간 일 나가는 것에 익숙해 손을 흔들어 배웅한다. 그녀는 반딧불이처럼 사라진 불빛이 안 돌아올 염려가 없음을 알고 있다. 택시 불빛이 새벽이면 틀림없이 제자리로 돌아온다는 사실을 믿기 때문에 손을 흔들어 배웅할 수 있나 보다. 그녀로부터 사라진 택시 불빛은 손님이 기다리는 시내를 향해 미끄러지듯 질주한다.

물은 마름모꼴이고 싶다
애초에
비가 되어 우주에 올 때
오각형 육각형 원이었다가
주체할 수 없는 설렘 때문에
형체를 망각하고
짠물이 되고 말았다
물은

마름모꼴로 돌아가고 싶다
– 「폭염주의보」

근래에 와서 이틀에 한 번 닭장에 간다. 닭의 마릿수가 줄어든 만큼 이틀 분량의 모이를 하루에 주어도 덜 미안하다. 습관이 되니 닭들도 알아서 모이를 나눠 먹는다.

닭들은 대체로 모이를 남김없이 먹어 치우는 습성이 있긴 하나 넘칠 땐 맛난 것부터 챙겨 먹고 순서대로 다음에 먹기도 한다. 웬걸 오늘은 이틀 만에 닭장에 가도 모이가 많이 남았다 싶었더니 여섯 마리 중 한 마리가 노환으로 숨을 거두었다. 한 마리의 분량이라기보다는 친구의 주검 앞에 목이 메었나 보다. 먹이를 남기는 경우가 많진 않은데 오늘이 그날인 걸 보면 닭들도 슬픔을 아나 보다. 5년째이거나 다섯 살을 넘긴 자신의 운명도 얼마 남지 않았음을 감지한 듯싶다.

죽은 닭을 땅에 묻고 돌아서는데 닭집 아래 자두밭을 헤집어 놓은 현장이 목격됐다. 멧돼지의 소행이었다. 농약을 거의 치지 않은 그곳에서 지렁이를 잡아먹었나 보다. 어젯밤에 다녀간 듯 흙이 채 마르지도 않았다. 반딧불이가 돌아온 어제 닭 한 마리가 떠나고 멧돼지가 세 번째 기습했다.

오는 게 있으면 가는 것도 있는 법이다. 반딧불이가 돌아오니 닭이 떠나고 멧돼지가 기습했다. 닭의 죽음과 멧돼지의 기습은 둘 다 악재이니 떠나는 것에 속한다.

아내에게 늘 하는 말이 있다. 한 번 받으면 둘을 주라고…. 저번 탁구 모임에서는 거의 맏언니 격이니 최소한 남들이 밥을 두 번 사면 세 번 사고, 한 번 사면 두 번 사라고 당부했다. 정작 나는 그러질 않으면서. 아내는 내 말 이전부터 그걸 실천해 오고 있었다. 이젠 실버 탁구로 넘어와서 막내이지만 예외 없다.

동네에서도 하나 받으면 둘을 주는 편이다. 특히 매일이다시피 하는 고스톱판에서 더 그렇다. 한두 번 딸 동안 여덟아홉 번을 잃으니까. 그래서 텃세가 있다는 시골에 들어와서 6년 만에 부녀회장을 맡았는지도 모르지.

멧돼지가 자두밭만 뒤진 게 아니었다. 두 차례 다녀갔던 고구마밭을 먼저 시찰했다. 별로 남은 것도 없는 고구마밭을 헤집었다. 별 소득이 없자 자두밭까지 내려온 모양이다. 고구마밭에선 집까지 채 10m도 안 되는 거리이다. 아내가 알면 또 소스라치게 놀랄 일이다. 창문을 열어놓고 잠자는 근처까지 그놈의 멧돼지가 설치고 다녔다는 사실은 믿기 싫은 기억일 것이다. 아내가 알면 분명 반딧불이가 오는 청정지역 아니어도 좋으니 멧돼지가 오는 시골이 아니었으면 나을 거라 할 게 뻔하다.

유례가 없는 긴 장마와 코로나19로 많은 걸 내어놓았다. 지구를 괴롭힌 결과물이다. 준 만큼 돌려 받은 셈이다.

씨앗은 하나를 심으면 백에서 천을 준다. 수분과 기온, 비옥한 땅과 농부의 간절한 마음을 담아야 백 배에서 천 배, 그 이상 수확의 기쁨을 준다. 관심 밖에 두면 곡식은 풀과 같은 외부의 적과의 치열한 싸움을 하다가 이내 지쳐 알곡 생산을 포기하고 만다.

216

잡초는 근성이 있다. 곡식과 비교해 보호받을 수도 없었고, 짓밟히고 외면당해도 굳건히 일어서곤 했다. 그래서 모진 비바람에도 끄떡없이 씨앗을 맺는다. 반면 긴 장마 끝에 고추며 옥수수, 자두마저도 폭삭 주저앉고 말았다. 자두와 옥수수를 작년보다 더 많이 심고 갈무리하여 이웃과 나눠 먹으려던 계획도 빗나갔다.

고추만 심어놓고, 옥수수 씨앗만 뿌려놓고 결실을 바랐던, 잡초의 근성을 기대했던 내 잘못이 크다. 비바람이 몰아치든 어떤 악조건에도 버틸 수 있는 환경을 만들어주지 못한 내 잘못이 크다. 둘의 정성을 쏟아야 하나의 결실이 든다는 공식을 정립해야 할 때이다. 우리는 하나 주고 둘 받기를 기대하며 살고 있지나 않은지 다시 한번 돌아볼 일이다.

감자를 캐낸 빈 밭엔 바랭이풀이며 명아주, 강아지풀이 키만큼 자라 결실을 보기 위해 안간힘 한다. 밭에 그들과 함께 키를 견주며 벌받는 아이처럼 두 손 들고 나도 섰다. 절기상 처서인데도 햇볕이 따갑다.

오늘 밤에도 개똥벌레가 올까? 까만 밤하늘에 두세 마리 개똥벌레가 날면 참 운치가 있을 텐데….

두더지 가는 길

대구 큰딸아이네가 다녀간 휑한 집 안. 아내마저 어제 하루 못 간 마실을 부랴부랴 떠난 뒤라 혼자 동그마니 남았다. 만사 제쳐 놓고 잠을 보충했다. 한 끼 식사도 놓치면 영원히 못 찾아 먹지만, 잠 또한 제때 못 자면 되찾을 길이 없다. 직업적으로 운전을 하는 내겐 충분한 수면이야말로 필수 요건이다.

6시에 일어나니 아내는 감감무소식. TV에서는 야구 중계와 '사랑의 콜센터'가 방송되고 있다. 어느 하나도 놓칠 수가 없다. 번갈아 채널을 돌리다가 미뤄놨던 닭 모이에 생각이 미쳤다.

닭장으로 향했다. 그저께 지나간 태풍 마이삭이 자두나무 열 그루 이상 할퀴고 갔다. 저희끼리 비스듬히 기대어 누운 나무와 아예 둑에 영원히 기대어 누워 버린 나무를 합하면 열 그루가 넘을 듯.

웬걸, 아내가 닭장 가는 길의 잡초를 뽑아 말끔하게 닦아 놓았다. 한결 그 길을 가는 발걸음이 가뿐하다. 두더지가 나보다 그 길을 먼저 가로질렀다. 그러고는 한 바퀴 돌아 둑 아래 자두밭으로 되돌아갔다. 확실하게 흔적을 남겼다. 다녀간 사연은 짐작만 할 따름이다. 먹을 것 아니면 사랑 찾아 떠난 길이었겠지? 괜한 심술로 그가 다녀간 길을 밟고 지나갔다. 거북이 등처럼 도톰하던 두더지 길 한가운데가 잘록하니 원위치로 돌아갔다. 그가 다시 그 길을 지날지는 모르나 미안한 생각이 들었다. 길을 막은 방해꾼이 얼마나 야속했을까? 호수에 던진 돌멩이 하나가 개구리 한 마리를 죽일 수도 있건만.

두더지를 직접 본 게 유년 시절이다. 통통하게 살찐 큰 쥐를 닮았다. 뾰족한 주둥이와 짧은 다리를 유심히 살피지 않으면 쥐와 선뜻 구분이 안 간다. 스스로 땅 위로 나오지 않기 때문에 쉽게 사람 눈에 노출되지 않는다. 선친께 배운 대로 땅굴을 파며 지나가는 두더지 앞에 삽을 내려꽂으면 녀석이 땅 위로 솟구친다. 걸음아 날 살려라, 도망가지만 땅 위에선 맥을 못 추는 두더지는 멀리 못 가 어린 내게 포획되고 만다. 다리가 짧아 쥐걸음에 비해 확연하게 느림보이다. 밭을 이리저리 뒤져 놓아 곡식을 못 살게 했던 두더지 길은 용서가 되지 않았다. 두더지가 지나가 들뜬 곳을 꼭꼭 밟았다. 다음 날 가 보면 다시 그 길을 지나가곤 하던 두더지였다.

두더지는 땅속에서 굼벵이와 지렁이를 잡아 먹는다. 곡식을 헤치기도 한다. 어젯밤 내 차에 숨어들었던 또 한 마리의 반딧불이처럼 지구에서 두더지도 머잖아 영원히 떠날지도 모른다고 생각하니 측은지심이 든다.

아내가 잡초를 뽑아 말끔히 닦아 놓은 길을 나보다 먼저 지나간 두더지도 가족이 있을 것이다. 자식을 위해 양식 구하러 길 나선 엄마 두더지일 수도 있고, 아내 두더지를 위해 열심히 일 나가던 남편 두더지일 수도 있다. 짝을 찾아 헤매는 두더지였을지도 모른다. 아무튼 두더지는 가족의 행복을 찾아 주기 위해 길을 나선 게 틀림없다. 가족의 행복이 곧 그의 행복일 테니까.

벌써 닭들은 횃대에 올랐다. 밤눈이 유난히 어두운 닭들은 어둑해지기 전에 횃대에 오른다. 칸막이로 세워 놓은 패널 위를 횃대 삼아 닭들은 잠을 잔다. 닭은 위험 부담이 적은 높은 곳에서 자는 습성이 있다. 적으로부터 보호받기 위해서이고 적의 침임을 높은 곳에서 빨리 감지하기 위해서이다.

모이를 줘도 다섯 마리 중 한 마리만 횃대에서 내려왔다. 배가 고프지 않은 건지 다시 횃대에 오를 것이 염려스러운지? 식욕이 예전보다 못한 건 틀림없다. 1년 전만 해도 밤에 모이를 줘도 내려와 먹곤 했다.

닭은 주인에게 행복을 주는 길로 간다. 달걀을 낳아 행복하고, 몸을 불살라 주인에게 행복을 준다.

오늘도 달걀 한 개를 얻었다. 그래도 행복하다. 모이와 바꾸면 많이 손해지만 괜찮다. 할머니가 되어서도 닭집으로 나를 부르는 닭들이 있어서 좋다.

벽 하나 사이 두고
허한 밤 가슴 앓던
촌뜨기 소나무는
한마디 말 못 하고
뒷모습
애잔하게 보낸
옆집 누나 경자야

반세기 건너와서
다시금 가슴앓이
젖은 맘 달래려다
타는 놀 뚫린 저녁
내 고향
산마루터기에
긴 목 빼고 서 있다
－「소나무」

"닭이 식욕이 없나 봐? 모이를 계속 남겨…."

"늙어서 그런가 보지요?"

"하긴 닭 나이 다섯 여섯 살이면 상 할머니가 맞지. 더워서 그런 것
도 있을 거야. 더우면 사람도 식욕이 없기 마련인데 닭인들 다를까?"

"요즘 알도 거의 안 낳잖아요? 닭장도 상당히 덥겠지요?"

"그래도 우리 닭장이 최적이지. 스무 평의 닭장 안과 이백 평의 울
타리 안에 나무가 우거져 시원한 그늘을 만끽할 수도 있고…."

"사람과 마찬가지로 우리 닭이 너무 노쇠해서 식욕이 부진할 거야."

"이틀에 다섯 마리가 낳는 알이 고작 한두 개야. 하나일 때가 더 많아."

"그래서 요즘은 달걀을 마트에서 사다 먹잖아요. 어제도 한 판 샀다니까."

불과 며칠 전에 있었던 일이다. 연이어 태풍이 올라오고 내일이 백로이고 보니 날씨는 확연히 아침저녁으로 서늘함을 느끼는 가을에 들어섰다.

내일 아침 9시까지 원고를 넘겨야 한다. 역시나 코로나19 때문에 2학기 개강은 되었으나 대면 수업은 할 수가 없다. 온라인 강의도 들어야 한다. 밥 먹는 시간, 잠자는 시간, 일하는 시간을 빼고 나면 내일 아침 9시까지는 제로 시간이다. 이 시간까지 글의 주제도 못 잡고 한 줄의 글도 못 쓴 경우는 거의 처음이다.

며칠 전 노철학자의 방송 강의 말미를 들었다. '남에게 행복을 주는 사람이 되어야 한다. 그런 삶을 살아야 한다'는 내용이었다. 과연 나는 그런 삶을 살고 있나, 그런 글을 쓰고 있나? 돌아봤다. 아무래도 아닌 것 같았다. 그러고는 잊어버렸다.

닭장을 돌아 나오는데 마실 간 아내에게서 전화가 왔다. 비도 오고 하니 좀 태우러 오면 안 되겠느냐고 했다. 갈 때는 문화마을까지 큰딸아이네가 태워줬다. 선뜻 알았노라고 대꾸했다. 잊었던 노철학자의 강의가 마침 그때 떠올랐다.

54일간의 장마와 마이삭의 상처가 아물기도 전에 하이선이 상륙하고 있다고 재난 방송을 한다.

저녁을 차려준 아내는 또 마실을 갔다. 비바람 뚫고 나는 일 나가기 위해 길을 나섰다. 태풍이 뭐 대수더냐?

뚱딴지꽃

한 달에 두 번 귀촌일기를 쓴다. 좀 억지스럽다. 일기라기보다는 보름 기記라 해야 맞을 듯. 희한하게 24절기가 원고 마감과 딱 맞아떨어지다 보니 절기가 나를 따라온 건지 내가 24절기를 따라간 건지 함께 간다.

오늘 새벽 이곳 기온 10도. 날씨가 좀 미쳤다 싶기도 했지만, 추분 지절임이 체감되고 있었다. 그렇담 귀촌일기 원고 마감이 임박했다는 사실을 부정할 길도 없다.

아내를 마실 데려다주고 귀촌일기 소재를 낚으러 뒤꼍으로 향했다. 아무래도 우리 밭 상황을 살펴야 할 것 같아서였다. 밭에 닿기 전에 뚱딴지같이 나타난, 노랗게 웃는 그녀가 내 발길을 붙잡았다. 머쓱하게 내 키보다 더 자라 몸 지탱하기도 버거운 돼지감자였다. 3m도 넘게 키가 커 태풍에 희생된 녀석들이 대부분이다.

일명 뚱딴지꽃이다. 꽃이 피기 전까지는 예사로 지나쳤는데 그녀가 오고 보니 그냥 지나칠 수가 없다. 벌이 어디 호박꽃이라고 지나치던가. 노란 열한 개 꽃잎이 이팔청춘 시골 처녀처럼 수줍게 이파리 뒤에서 얼굴을 반쯤 가리고 배시시 웃는다.

어린 시절에도 돼지감자란 이름은 들어본 듯하다. 그러나 요즘처럼 하천 둑이든 길가 여기저기서 흔하게 볼 수가 없었다. 구황식물로 재배는 당연히 않았기 때문에 먹어 보기는커녕 직접 눈으로 본 기억도 없다. 그런 돼지감자가 뚱딴지처럼 우리 곁으로 다가온 것은 최근이 아닌가 싶다. 텔레비전이 그들을 불러 모았다. 이눌린 성분이 다량 함유돼 있어 민간요법으로 당뇨에 특히 좋다고 하자 뚱딴지같이 울퉁불퉁 여기저기 튀어나왔다. 그러다가 어느 날 갑자기 우리 기억에서 사라지곤 한다. 뚱딴지같이 온 그도 마찬가지였다.

우리는 빨리 잊기 위해서 태어났다. 사건 사고도 그렇고 뭣이든 냄비에 달궜다가 식으면 냄비 속 고구마도, 그 냄비도 기억에서 지워 버린다. 복잡한 현세에 모든 걸 기억하는 것보다 잊고 살 때가 편하기도 하다. 고구마 철엔 고구마 서너 번 삶아 먹곤 잊어버리고, 감자 캘 때 감자 한두 번 맛보고는 창고에서 썩든 싹이 트든 관심 밖이다.

개똥쑥이 좋다고 하여 엄청나게 재배되다가 온 들판에 잡초로 서서 농민의 눈총을 받고 있다. 우리 집 주변의 개똥쑥이 특히 그렇다. 민들레가 그랬고, 엉겅퀴가 만병통치 식물로 주목받다가 지금은 천대를 받고 있다.

길가에 널린 게 뚱딴지인데 캐 가는 사람도 관심 가지는 사람도 없다. 그런데도 활개를 치는 이유를 모르겠다. 못생겼으면 맛이라도 있어야 할 텐데 무無맛이다 보니 식탁에는 얼씬도 못 한다.

우리 집에 돼지감자가 어떻게 왔는지 유례를 찾을 길 없다. 분명 8년 전에는 보이지 않았다. 지금 그가 선 땅은 굴삭기로 깎은 곳이다. 3, 4년 전 한두 포기 보이더니 이젠 빼곡히 많은 땅을 점령하고 말았다. 뒤뜰을 모두 삼킬 기세다. 분명히 온 이유가 있을 텐데 말이다. 2년 전 내가 당뇨약을 먹기 시작한 것과 관련이 있는 게 아닐까?

뚱딴지꽃 맞은편 집 쪽에서 노란 짙은 꽃 두어 송이 빤히 나를 본다. 나를 보는 건지 뚱딴지꽃과 교감을 나누는 건지 확실하지 않다. 아마 후자일 것 같다. 뭐 볼 게 있다고 나와 눈을 맞추겠는가. 그래도 가서 보기로 했다. 우리 집 뚱딴지 꽃잎은 열한 개인데 이 꽃은 수십 개의 꽃잎에 훨씬 단아하다. 몸체는 왕고들빼기를 조금 닮았는데 식물 이름을 알 길이 없다. 스마트폰에 물어봤지만 노란 민들레일 가능성이 65%란다. 그도 미쳤다. 날씨가 갑자기 추워지니까 이상해지는 게 많다. 꽃도 빨리 피었다가 한 철을 매조지러 든다. 벌 나비가 오길 기다렸다가 부랴부랴 씨방의 결실을 볼 채비에 바쁘다.

이 계절 가장 탐스러운 것이 배추이다. 충분한 습도와 청명한 하늘이 내려다보고 있으니 하루가 다르게 쑥쑥 자라지 않고 배길 텐가? 속이 꽉 찬 배추로 거듭나기에 여념이 없다. 아내가 배추를 너무 총총 심은 덕택에 솎아서 생나물로 밥 비벼 먹는 재미가 쏠쏠하다. 그 맛을 놓고 아내와 밥상머리에서 감탄하는 낙이 요즘 일과이다.

"밥이 꿀맛이네."

"아니구만. 참기름 맛인데."

꿀맛도 맞고, 참기름 맛도 맞다. 아내 말도 맞고 내 말도 맞다.

무도 이젠 한 포기만 세워야 하는데 마실 가는 우선순위에서 아내한테 밀려나 있다.

풀밭을 밟고 넘어가니 땅콩밭이다. 세 이랑 정도 심었다가 닭에 씨앗을 뺏기고, 남은 땅콩은 캐는 시기를 놓쳐 산비둘기가 수확의 수고를 덜어줬다. 실한 것은 거의 빼 갔다. 현장에서 까먹기도 했는가 하면 대부분 그들의 창고로 옮겨가고 남은 건 쭉정이뿐이다. 고구마는 멧돼지가 훼방 놓아 수확할 게 별로 없다.

자연은 참 정확하다. 부지런한 농부에게는 풍성한 수확의 기쁨을 주고, 게으른 농부에게는 쭉정이만 남겨 쓸쓸하고 허기진 가을을 선사한다.

자주감자를 신분 세탁하려 그대로 백 번 심어도 자주 꽃이 피고 자주감자가 열린다. 다른 감자와 접 붙여 품종 개량하는 수고로움을 거치지 않으면 매 자주감자이다. 백태를 심어 검은콩이 열리길 기대한다면 자연은 어리석은 인간을 준엄히 꾸짖을 것이다.

三年狗尾 不爲黃毛삼년구미 불위황모란 말이 있다. 즉 '개 꼬리를 3년간 밭에 심어 둔다고 족제비 털을 수확할 수 없다'는 뜻이다.

털여뀌, 바랭이풀, 명아주 등 잡초가 수확의 가을을 만끽하는 그 밭에서 서둘러 발을 뺐다. 주객이 전도되어 있었다.

잎과 꽃은 그렇지 않은데 뚱딴지같이 뿌리가 감자를 닮아서 뚱딴지
라 불렸다는 돼지감자. 정작 우리 밭에 내려왔던 멧돼지는 돼지감자
는 거들떠보지도 않고 알도 들지 않은 고구마밭과 자두밭에서 굼벵
이만 잡아먹고 돌아갔다. 멧돼지는 입이 고급이라서 돼지감자는 좋
아하지 않는 모양이다. 앞산의 산소는 뒤져 놓고 묘 축에 있는 돼지감
자를 지나친 멧돼지가 그 녀석이었을까?

울퉁불퉁
못생겼다고 놀려도
녹색 이파리 뒤에 반쯤
얼굴 가리고 노랗게 웃는다

할아버지가
뚱딴지라고 부르시면
나는 나는
돼지감자라고 대답한다

오늘 밤 사뿐히
노랑나비 날개 접으면
쌔근쌔근
분홍 꿈 꾸며 함께 잘 테다
-「뚱딴지꽃」

뚱딴지꽃이 작별 인사를 한다. 마당으로 돌아드니 국화가 막 꽃망

울을 맺으며 아는 체한다. 그 옆으로 난데없이 노랑나비 한 마리 난다. 색깔이 국화 꽃잎처럼 짙다. 처음 보는 노랑나비이다. 이즈음 배추흰나비는 자주 보게 되지만 노랑나비는 본 기억이 희미하다.

그는 금세 사라졌다. 오늘 밤 그 노랑나비는 노란 꽃에 앉아 잘까, 임 만나 포근한 보금자리에서 쉴까, 그것이 궁금하다.

잠꾸러기 할아버지

뽀롱뽀롱 뽀롱뽀롱.

햇귀가 오기 전, 솔이와 준이 창가에 포르르 이름 모를 새가 먼저 날아왔습니다.

짹짹짹 짹짹짹.

처마 끝 기왓장 밑에 집을 짓고 살던 참새네 가족도 찬란한 아침을 노래합니다. 아기 참새가 살포시 눈을 뜨고 목청을 가다듬습니다. 엄마, 아빠 참새는 그제야 부스스 눈을 떴습니다.

각기 다른 방에서 자고 있던 아인이와 해담이도 잠결에 콩알 구르는 소리인 듯 팥알 구르는 소리인 듯 영롱한 새소리에 실눈을 떴습니다. 아인이가 아빠를 흔들어 깨웠습니다. 8개월 된 여동생 아가 둘을 배 속에 품고 있는 엄마는 깨우지 않기로 했습니다. 엄마가 깨면 아가가 깰까 봐 가만두었습니다.

아인이는 사촌 형, 동생들과 함께 아버지를 앞세워 바깥으로 나섰습니다. 막 햇귀가 도착했습니다. 잰걸음으로 왔습니다. 참 햇귀는 '해돋이 때 처음으로 비치는 빛'이랍니다. 노란 햇빛이 밤나무 가지에 걸터앉았습니다.

한가위 이튿날, '찬 이슬이 맺히기 시작하는 시기'라는 뜻을 가진 한로가 며칠 남지 않아서인지 제법 쌀쌀했습니다. 엄마라는, 집이라는 품 안이 얼마나 포근한 곳이었는지 새삼 깨닫게 하는 선돌길 언덕의 아침입니다. 할머니께서 두꺼운 옷을 챙겨 오라고 당부한 게 참 다행입니다. 시골 가을은 유독 짧으니까요.

솔이가 쪼르르 억이에게로 달려갔습니다. 담이도 언니를 뒤따릅니다.

"오억아, 안녕? 잘 잤어?"

"안녕?"

솔이가 억이에게 인사를 건네자 담이는 엉거주춤 물러서서 손을 내밀었습니다. 오히려 나이가 더 많은 억이는 꼬리를 살래살래 흔들며 아이들과 아침 인사를 나눕니다.

준이와 인이는 그네로 달려갔습니다.

"내가 먼저 탈래."

"우리가 먼저 타자."

마당 한복판에 동그랗게 앉아있는 동산에는 구절초가 앙증맞게 피

었습니다. 아인이 큰이모부는 동산을 없애는 게 좋다고 하지만 억새
에서 보들보들 꽃이 곱게 피었습니다.

슈웅, 삐거덕.

멍멍 멍멍.

재잘재잘.

할아버지 잠결에 환청으로 들리는가 싶었던 아이들 재잘거리는 소
리는 현실로 다가왔습니다. 아래채 황토방에서 주무시던 할아버지는
방문을 열어젖혔습니다. 참새가 아이들을 깨우고, 아이들이 할아버
지를 깨웠습니다.

"할비다."

"할아버지!"

강아지를 뒤에 두고 솔이와 담이가 할아버지를 향해 달음박질했습
니다. 댓돌에 신발을 벗고 마루를 지나 할아버지 방으로 구르듯 들어
왔습니다.

"할아버지, 잠꾸러기."

"맞아. 잠꾸러기."

담이와 솔이가 할아버지를 놀렸습니다.

"오냐. 할비는 잠꾸러기가 맞다."

"아니야. 할아버지는 너희가 잘 때 일하시느라고 조금 전에 들어오
셔서 거의 잠을 못 주무셨어. 할아버지를 성가시게 하면 안 돼. 더 주
무셔야 하니까."

맞아요. 할아버지는 택시 운전사이기 때문에 밤에 일 나가셨다가

새벽에 들어오셨거든요.

아인이 아빠가 일러 주었습니다.

> 소나무 가지에
> 얼굴 묻은 저 달
> 거기서 서성이지 말고
> 나직이 어서 내려와
> 아픈 곳
> 가려운 곳
> 젖은 곳
> 만져주고 가렴
> -「한가위 보름달아」

아인이네 가족은 아침을 먹고 나들잇길에 올랐습니다. 준이는 키즈 카페로 가자고 졸랐지만, 식구가 너무 많아 마당 넓은, 가끔 가 봤던 농업기술센터로 가기로 했습니다. 몸이 무거운 아인이 엄마와 잠이 모자라는 할아버지는 집에 남았습니다. 떠나는 차 꽁무니를 쫓던 역이도 집을 지키는 수밖에 없었습니다.

차가 주차장에 멎자 아이들은 닭장과 토끼장으로 달려갔습니다. 닭이 참 많습니다. 종류도 많았습니다. 준이와 인이가 뜯은 뿔을 솔이와 담이가 토끼에게 던져 주었습니다. 토끼들이 다가와 요물요물 풀을 받아먹었습니다. 담이는 토끼장 앞에 동그마니 턱을 괴고 앉아 그 광경을 뚫어지라 살폈습니다. 엄마 젖 빨 때가 생각났나 봅니다. 오래전에 할아버지 집에 왔던 세 마리 토기도 이 토끼장에서 살았답니다.

　큰이모부와 준이, 아인이는 사과밭에서 사과 서리를 해왔습니다.
사실은 벌레 먹어 떨어진 사과를 주웠습니다. 벌레 먹은 곳은 도려내
고 깎아 먹으니 맛이 괜찮았습니다. 할머니가 깎고 모두가 한 조각씩
나눠 먹었습니다. 달았습니다.

　"우리 달리기할까?"

　"와우, 좋아요."

　"내가 일등 할 테다."

　막내 이모부 제의에 와! 환호하며 다 함께 잔디밭으로 갔습니다. 솔
방울을 주워 나란히 놓고 출발점에 섰습니다. 할머니, 큰이모부, 아인
이 아빠, 작은이모와 준이, 아인이, 솔이, 담이가 차례로 자리를 잡았
습니다. 작은이모부는 반환점에 서서 출발 신호를 보냈습니다. 준이
가 1등 했습니다. 인이가 2등으로 들어와서는 시무룩합니다. 어른들
은 양보해서 솔이와 담이와 함께 들어왔습니다.

　"할아버지도 함께 왔으면 좋았을 텐데…."

　할머니가 말씀하셨습니다. 그 말이 떨어지기가 바쁘게 정말 할아버
지와 아인이 엄마가 오셨습니다. 할아버지도 함께 달리기에 동참하
셨습니다. 이번에는 아인이가 1등 했습니다. 한 살 형인 준이가 양보
를 했습니다.

　연못에서는 물고기들이 달리기를 합니다. 창포가 키를 견주고 있었
습니다. 잘 정돈된 화단에서는 꽃들이 잔치를 벌였습니다. 일일초, 백
일홍, 금어초, 맨드라미와 코스모스도 하늘하늘 분홍 혹은 하얗게 웃

습니다. 외국 이름을 가진 아프리칸메리골드, 꽃베고니아, 콜레우스 등도 예쁨받기 위해 안간힘 합니다. 친구 만나러 갔던 큰이모까지 합세하니 열두 식구, 아니 배 속 아기까지 더해 열네 식구가 다 함께 모였습니다. 코로나19로 어수선하지만, 농업기술센터는 오래도록 경자년 한가위 무렵 아인이네 가족을 기억할 것 같습니다.

하늘에는 뭉게구름 몇 점 떠서 평화롭습니다.

해를 닮은 아이

　"공지 사항 있습니다. 이리들 모이세요. 우리 둥이 이름 공모합니다. 한글 이름이든 한자 이름이든 상관없습니다. 예쁜 이름 지어주신 분께는 금 한 돈 드립니다. 심사는 우리가 합니다."

　짝짝짝.

　"우와~"

　"당신이 멋진 이름 한번 지어 보세요."

　추석 명절 구름떼처럼 모였던 아이들이 뿔뿔이 제자리로 돌아가 퍼즐 맞추기를 완성하기 전 아인이 엄마 둘째 반디가 중대 발표를 했다. 아내가 금반지 한 돈이 탐이 났는지 내게 이름을 지어보라고 채근한다. 글을 다루고 있으니까 제일 유력하다는 의미일 테지. 딸아이 셋

이름과 넷째 손녀 이름을 한글로 지은 이력이 있으니까 아무래도 내게 기대하나 보다. 그러나 아직 심사숙고하지 못했다. 바쁜 것도 바쁜 거지만 골몰한다고 그리 쉽게 이름이 지어지는 게 아니니까. 100년 동안 불릴 이름을 아무렇게나 붙일 수는 없는 노릇이다. 아니 100년이 뭔가? '지금 태어날 손자는 150살까지 살지도 모른대요.'란 문구를 방송에서 보았는데 정말 그럴지도 모르는 세상이라면 세기를 넘어서까지 불릴 이름을 지어야 하지 않을까? 무엇보다도 부모가 가장 살갑게 많이 부르는 이름인 만큼 그 아이 부모가 이름 짓기를 은근히 바라고 있기 때문이기도 하다. 이번 아이들은 태명도 따로 작명하지 않은 모양이다. 그냥 쌍둥이라서 뭉뚱그려 '둥이'라고만 한 것 같다. 이것 역시 부모의 선택이었으니까.

금 한 돈에 도전한 사람은 외할머니인 아내였다. 아인이 동생들이니까 다인, 예인이가 좋겠단다. 그냥 예쁜 뜻이 들어있다고 했다. 부르긴 다인이는 괜찮겠다는 의견이 있었다. 그러나 예인인 좀 그렇다고들 하는 모양이다. 다인, 예인은 모두 한문이어야 하는데 마땅한 한자가 없다. 나로서도 강하게 의견을 낼 수 있는 입장이 아니다.

3, 40년 전인 우리 아이들이 태어날 무렵엔 한글 이름이 유행했었다. 아이일 때보다 커서도 불릴 수 있는 이름을 고민했었는데 빈나(빛나), 반디, 하늬가 탄생했다. 할머니가 되었을 땐 좀 어떨까도 싶었지만 예쁜 한글 이름이라고 나이를 먹지 말란 법이 있나?

큰아이 빈나 때가 고민이 가장 많았다. '빛나다'의 빛나로 명명하자니 치읓 발음이 걸렸다. 그리고 '빛나'란 이름은 더러 눈에 띄었다. 독

창적인, 세상에 없는 예쁜 이름을 짓고 싶어 고민하다가 빛나를 소리 나는 대로 '빈나'라고 적었다. 한글로 '고빈나'라고 써놓고 봐도 보기가 싫지 않았다. 그래서 출생 신고를 하러 갔더니 한문에 조예가 깊은 호적계장께서 사이비 한글이라고 빗댔다. 선친 친구분이어서 애정 어린 충고였던 것 같다. 그러나 개의치 않았다. 깊이 생각해서 쓴 이름인지라 나는 지금까지도 잘못 지었다고 생각하지 않는다.

두 살 터울로 둘째, 셋째가 태어났다. 반디, 하늬로 이름 짓는 데는 오래 망설이지 않았다.

가을이 깊다. 새벽 4시, 내가 퇴근할 때만 해도 0도였는데 아내가 오늘 아침 상고대가 엄청 아름답게 피었다고 감탄했다. 내가 잠든 사이 기온이 영하로 내려간 모양이다. 자연의 이치란 참 오묘하다. 어제가 상강인 걸 어찌 눈치챘을까?

올봄에 대대적으로 식재한 국화는 서리를 이고도 가지각색 봉오리를 연다.

봄, 가을이 참 좋다. 여름과 겨울이 있어야 완성되는 계절이지만 사이 사이에 끼어서 밀어주고 당겨줘서 아름다운 사계四季를 완성한다. 지구에 뚜렷한 사계가 없었다면 우린 태어나지도 않았을 터이다. 지구는 그냥 우주에서 눈에 띄지도 않는 아주 작은, 존재 가치 없는 먼지였을 뿐이다. 특히 우리나라는 봄, 여름, 가을, 겨울이 뚜렷하여 지구에서 가장 아름답다. 그중에서도 만물이 생동하는 봄이 좋고, 결실이 있고 국화 향이 짙은 가을이 좋다.

대구 큰딸아이네는 새로 입주할 집이 지어질 때까지 임시로 세 들어 살 집으로 이사하느라 바쁘단다. 하준과 하솔은 아빠가 돌보고 큰 딸 빈나가 혼자 이사를 돕는다. 며칠째 동네 고스톱판에서 이탈한 아내는 주워온 밤을 삶아 까면서 이사 못 도와줘 미안하다고 말만 한다.

와야천 새맑은 물속에
두둥실 보름달 떴다
계곡 타고 바람 한 점
망설임으로 지나치는 길목
주름살 팬 민망함 끝자락에
휘영청 달이 멋쩍다
봄 새 한 쌍 한가로이
달 속으로 비상하고
교교히 흐르는 와야천 거슬러
버스 한 대 일그러지며 멎자
달덩이 방긋 수줍게
차 안에서 빠져나온다
– 「달 마중 봄마중」

"엄마, 무슨 꿈 꾼 것 없어?"
"왜, 무슨 일 있니?"
"아니 그냥…."
"그냥이 아닌 것 같은데…."
그 대화 끝에 막내 하늬가 아내에게 부끄러워서 아직 아무한테도 말하지 않았다며 둘째 임신 소식을 며칠 전에 알려왔다. 아빠께도 당

분간 비밀로 하라 했지만 이게 어디 비밀로 할 계제던가? 아내는 내게 곧바로 귀띔했다. 5주가 지났는데 언니들도 지금까지 모르고 있다. 아내는 다 알리고 같이 축하하자고 성화다. 당사자의 요청이 있어서 며칠 뜸은 들였지만 이젠 우리 가족들과 함께 공유하고 축하할 일이다. 내년 하반기 미국에 파견 근무가 예정되어 있는 터라 갓난아기를 데리고 가야 할 형편에 처했다.

　큰딸은 둘을 낳아 키우면서 너무 힘드니까 동생들한테는 하나로 만족하고 잘 키우라고 했지만, 벌써 둘째 반디가 쌍둥이를 가져 육아 휴직에 들어갔고 막내도 임신한 상태다.

　요즘에 와서 1명도 안 되는 출산율인데 우리 아이들은 평균 2명이 넘으니 대단한 애국자이다. 현재 막내인 해담이 동생으로 태어날 일곱째 그 아이 이름이 기대된다.

　해를 닮은 아이, 해를 담을 만큼 큰 그릇이 되라고 지어준 이름, 김해담. 작명 값으로 이십만 원을 받아 아내와 반씩 나눈 값의 이름 '해담'. 해를 닮아 잘 웃고 큰 그릇이 될 조짐이 보이는 총명한 해담이가 오늘따라 보고 싶은 이유는 그냥 할아버지 마음이겠지? 어디 해담이뿐인가? 큰손자 류하준, 둘째 손자 조아인, 셋째 손녀딸 류하솔. 아른아른 손주들이 눈에 선한, 국화가 피어나는 주말 오후이다.

　노란 은행잎이 지는 만추, 어느 시인의 「은행나무」란 시가 떠오르는 그런 날이다.

　　늦가을 비/ 차갑게 내린다// 한 채의 우체통처럼/ 붉은 우산이/ 은행나무 밑으로/ 들어와 선다// 나무가/ 젖은 은행잎 몇을/ 엽서처럼/ 붉

은 우산 위에/ 떨군다// 나무에게도/ 나이테 속에/ 오래 머문 그리운

이가/ 있는가 보다.

'봄'과 '가을'이 좋다.

입동 무렵

무를 뽑았다.

54일간의 긴 장마 덕택에 고추가 무름병과 탄저병으로 폭삭 주저 앉았다. 그 탓에 일찍 추수에 돌입한 고추밭이 무밭과 배추밭으로 탈 바꿈할 수 있었다. 상전벽해桑田碧海는 아니더라도 꿩 대신 닭은 얻은 꼴이 아닌가. 400포기의 고추에서 제대로 수확만 하면 아이들과 사 돈네까지는 나눠 먹을 양이 될 텐데 죽을 쑤고 말았다. 요즘은 갓 시 집온 새댁도 밥솥이 워낙 좋다 보니 죽을 쑤는 경우는 거의 보지 못한 다. 그런데 서툴고 게으른 농부는 고추를 심었다가 장마를 핑계로 깔 고 죽을 쑤었다.

영동 지역 날씨에 가까운 우리 지방인지라 8월 20일, 무 씨앗을 직파했다. 배추는 모종과 씨앗을 동시에 심었다. 직파한 배추는 쌈으로 먹을 수 있게 파종 적기를 늦춰 심은 셈이다.

무는 석 달, 배추는 그보다 보름 이상 더 키워서 수확한다. 추위에 강한 녀석은 무가 아니라 배추이다. 여러 겹으로 몸을 감싸고 채비를 한 배추는 엔간한 추위에는 끄떡도 없다.

달이 밝다.

무를 정신없이 뽑다 보니 달이 내 등에 업힌 줄 미처 몰랐다. 달빛이 무를 비추고 있다는 생각조차 하지 않고 그저 어렴풋이 잡히는 대로 무를 뽑았을 뿐이다. 그제야 허리를 펴고 하늘을 봤다. 그 녀석이 염치없이 거기서 물끄러미 나를 본다. 시나브로 배추밭에, 무밭에 내려와 나를 거든다. 그도 무를 뽑는다. 수박 서리를 하다가 누구한테 들킨 것처럼 창피했다.

동네 형들과 수박 서리나 참외 서리를 할 때는 그믐이거나 구름 속에 달이 숨은 날을 택해서 감행했다. 어쩌다가 달이 구름 밖으로 빼죽 얼굴을 내밀거나 주인이 멀리서 헛기침을 하면 줄행랑을 쳤다.

구태여 달력을 확인하지 않아도 보아하니 열엿새 달쯤인 것 같다. 옆구리가 허전하다는 건 만월은 아니란 뜻이다. 추석이 한 달여 지난 건 저 달을 보고도 읽을 수 있음이다.

새벽 4시. 그럼 저 달은 열엿새 달인가, 날짜가 바뀌었으니 열이레 달인가.

'달밤에 체조한다'라는 소리는 들어도 달밤에 무 뽑는 사람은 보지 못했다.

"내일 날씨가 추워진다고 동네 사람들이 무를 뽑아야 한다고들 하던데…."

아내는 막상 말은 그렇게 해 놓고 마실 가기에 바빠 무밭은 뒷전이었다. 어제저녁 농대 수업에서도 교수님과 학생들이 무가 얼까 봐 수확을 대부분 했다 하고, 그렇게 해야 한다고 했다.

일을 마치고 우리 집으로 들어오는 길은 기온이 뚝뚝 떨어졌다. 급기야 영하 4도. 해 뜨기 전, 기온이 제일 떨어질 때가 되면 무밭의 동사하는 그들의 아우성이 겁이 나 귀갓길 내 발길은 뒤꼍 무밭으로 향했다. 사과 상자와 비닐봉지에 정신없이 무를 뽑아 담았다. 무잎은 엿가락처럼 빳빳하게 얼어 부러졌다. 무청으로 잘라 시래기를 만들면 겨울 양식이 될 텐데 안쓰러웠다. 무는 고만고만한 게 오돌오돌 떨고는 있었지만 자태를 뽐냈다. 희멀건 배가 달빛에 빛났다.

씨앗을 심은 지 두 달 반. 아직 수확 시기가 이르지만 급습한 추위에 청년기인 무가 섰던 자리를 탈출하고 있다. 그것도 을씨년스런 이 새벽에. 급한 대로 쉰 개 정도의 무만 수확하고 삼 분의 일은 남겨 두었다. 내일 아침은 오늘보다 춥다고 하는데 더 두고 볼지 고민이 된다.

무는 분수를 안다. 보름 전에 이미 빙점을 경험한 터라 올핸 추위가 일찍 올 거란 걸 예상하고 몸만들기를 대부분 마쳤다. 반드시 석 달을 밭에서 버티지 않아도 무로서의 완전체를 형성했다. 떠날 때를 아는 것이다. 아등바등 석 달을 꼭 채워야 하는 것이 아니란 걸 그들은 이미 알고 있다. 떠날 때가 빠르면 빨리 준비하고 늦을 땐 늦출 줄 아는 게 식물이다. 고등동물인 인간을 앞서는 지혜를 그들은 터득하고 태어났다. 식물이라고 감정이 없는 건 아니다. 사람은 때리면 화를 내며 반격에 나서지만, 식물은 몸을 흔들며 아파도 아프다 하지 않고 견딜 뿐이다.

안주인이 집 비운 열흘째
단식 농성 중인 우리 집 강아지
그날 밤 담벼락에 갈지자로
오줌을 갈기고 돌아왔다
한 발짝도 나아가지 못하고
혀만 날름날름 내밀다가
발가벗겨 집에서 쫓겨났지
끝이 보이지 않는 바람기
담벼락을 넘어
흙에 뿌리내리는 걸 잊고
엉금엉금 기어 집 벽을
기어오를 줄 미처 몰랐다
밤이 엄습한
추위에 벌벌 떨다가
얼굴이 홍당무가 되어버린
너도 갈 곳을 잃고 마는구나
정상이 어딘지는 모를 테지만
내려갈 길을 찾아 허둥대는
- 「가을 담쟁이」

정작 입동인 오늘은 포근하다. 입동 추위를 사나흘 앞당겨 한 터라 국화가 활짝 어깨를 폈다. 작년부터 묘를 심고 정성 들인 결과 천 송이에서 이천여 송이 샛노랑, 노랑, 자주, 주황 등의 꽃이 만개했다.

"국화는 서리 맞기 전에 따서 말려 국화차를 끓여 먹는다고 하던데 지금 따면 안 될까요?"

"우리가 국화를 심을 때 꼭 국화차를 끓여 먹자는 것이 아니었는데 꽃을 따버리면 너무 가혹하잖아. 국화는 서리를 맞으면서 피고 향을 생산해. 아직 더 두고 보자고."

국화차가 뭐라고 보기 좋은 꽃을 마구 꺾는단 말인가. 발상이 여자답지 않다.

바람이 분다.

기어이 모두 낙엽을 만들 셈인가 보다. 우수수 가랑잎이 진다. 떼구루루 땅에 떨어져 이리저리 구르다가 쟤가 머물 곳을 찾는다.

노랑나비 한 마리 때아니게 난다.

"어머, 벌 보세요. 너무 많네."

"그렇군. 대부분이 일벌이고 앙증맞은 작은 벌들도 많네."

아직 짝을 찾지 못한 노랑나비에는 관심이 없고 다복스럽게 핀 국화에 앉은 벌이 신기한 아내이다.

햇귀로 왔던 가을은 산 중턱을 올라 볕뉘로 산마루에 걸쳤다.

서재 짓는 공사도 막바지에 왔다. 7월에 시작한 공사를 8월 말에 끝낸다더니 아직이다. 이제 전기 공사와 문 달면 거의 완공 단계이다. 서재인 만큼 책꽂이 작업도 아직 남았다.

246

가을이 간다.

겨울이 지나면 새봄도 온다. 여름이 지나고 또 다른 가을을 예약하기 위해서는 길을 나서야 한다.

택시 시동을 걸었다. 커피를 타서 들고나온 아내는, 택시 운전 6년 가깝지만 한 번도 채근하지 않던 배웅 인사를 건네왔다.

"오늘 토요일이고 하니 돈 많이 벌어와요."

도깨비방망이

계절은 겨울로 가는 길목에서 미끄럼을 지치는데 때아니게 감자를 캤다. 한 양동이 수북하게 수확했다. 대부분이 분홍 감자였다.

가을 감자가 있다는 건 알았지만 우리 지방에선 2모작 감자는 심지 않는다. 기후 조건이 맞지 않아 제대로 수확을 기대하기가 어려워서 일 게다. 여름에 감자를 캐낸 이후에 타 작물로 2모작 하여 양식을 자급자족해야 했기에 감자를 다시 심지 않았다. 논 감자를 캐낸 경우엔 벼를 심어 쌀을 수확했고, 채소 등을 심어 김장하기도 했다. 감자는 적당량만 있으면 되니까 다시 감자밭에 감자 심을 생각은 하지 않았다. 그러나 나는 올해 감자를 2모작 했고 가능성을 보았다. 흰 감자에 비해 분홍 감자가 추위에 강하다는 사실도 배웠다. 이러다가 진짜 농부가 되는 건 아닌지.

　감자를 다시 심은 건 아니었다. 게으른 농부가 제대로 캐 담지 못한 감자들이 비워 놓은 밭에 2모작으로 일어섰던 것이다. 두 상자 캐낸 감자밭에 흘린 감자 씨로 그 4분의 1인 반 상자 정도 수확했다. 불로소득이다. 어차피 비워 둘 땅이었다면 꽤 괜찮은 불로소득인 셈이다. 이 얼마나 고마운가. 잡초만 무성했을 밭에 감자가 점령하여 양식과 내년 봄에 심을 씨앗을 주었으니 이보다 감사할 데가 또 있던가.

　　세 쌍둥이로 태어나
　　닷새 만에 둘은 하늘나라로 떠나고
　　한 아이 소정이는 매일 아프지만
　　곁에 있으니 다행이다

　　삼백 마리 병아리가
　　야금야금 밤손님 도둑고양이
　　방문에도 서른 마리나
　　살아있어 다행이다

　　북두칠성 일곱 별 중
　　국자 손잡이 마지막 별이
　　구름에 가려 국을 뜰 때
　　손이 뜨거워도 다행이다

　　겨울이 며칠 먼저 와서

나무 한 짐 못했지만
작년 나무가
좀 남았으니 참 다행이다

뒷산 너구리
덫에 걸려 죽을 고비 넘고
한 다리는 주었지만
세 다리 성하니 얼마나 다행인가

지구에는 아직도 산소가 있는 것이 희한하다
– 「다행이다」

소설小雪인 오늘도 땅콩과 감자를 캐낸 밭에서 자라고 있는 식물은 냉이와 꽃다지, 개똥쑥 정도이다. 여름, 밭둑에서 운명을 다한 줄 알았던 냉이가 자손들을 이곳으로 날려 보냈던 모양이다. 입동立冬 날 서리가 내려 제철이 아닌 식물들을 모두 잠재우고 난 후 한둘 보이기 시작하던 냉이 등은 하루가 다르게 기세를 올린다. 늦둥이로 태어난 자식이 부모의 사랑을 독차지하듯 겨울 초입에 밭에 온 냉이의 기세가 대단하다. 온 밭의 기운을 다 빨아들인 듯 하루가 다르게 밭을 점령한다. 어떤 녀석은 손바닥만 하게 땅 위로 기어다니고, 내 큰 바위 얼굴만 한 냉이도 있다. 보다보다 저처럼 크게 자란 냉이는 처음 봤다.

어제 배추 수확하러 왔던 누님과 어머니는 냉이도 캐 가라 했더니 대답만 해 놓고 시간에 쫓겨 그냥 가셨다. 과연 저 냉이의 운명은 내년에 활기를 되찾을 것인지, 겨울이나 봄, 우리 밥상에 오를 것인지 그것이 궁금하다. 양이 만만치 않으니 두 경우에 다 속하지 않을까 싶다.

"여기 냉이가 많아. 엄청나게 크네."

"그렇군요. 캐서 국 끓여 먹으면 맛있을 텐데…."

"이 냉이들은 작년 '초록 겨울 냉잇국'에 등장했던 냉이의 후손들이야."

"내일 아이들이 온다고 하니 준비 좀 해놓고 모처럼 저녁에 모여 논다네. 밤에 마실 가야 하니까 조용할 때 캐서 국 끓여 먹읍시다."

아내는 결론을 내린다. 초겨울 냉잇국이 아니면 어때? 기다렸다가 맞난 봄 냉잇국 끓여 먹으면 되지.

누님네와 저녁을 먹고 동생네 집 짓는 곳을 둘러보고 집에 돌아왔다.

"이 쪽파 다듬는 것 조금만 도와주면 끝내 놓고 마실 갈 수 있을 텐데…."

이번에는 아내가 설레발을 떤다. 평상시 같았으면 소파에 누워서 텔레비전 보던 자세를 고쳐 앉지 않았을 텐데 환자가 부탁하는 것이어서 듣는 척을 했다.

저 쪽파 까는 것은 도깨비방망이가 대신해 줄 수 없을까? 불현듯 이세돌을 이긴 AI가 쪽파 다듬는 기술은 가지지 않았을까 하는 생각에 미쳤다. 왜 아니 되겠는가? 마음만 먹으면 그것쯤은 식은 죽 먹기 아닐까? 옛날 동화에 나오는 도깨비방망이는 금송아지도 낳고 병도 고쳤다. 현실로는 불가능했기에 희망을 심어주는 동화가 탄생했으리라. 이젠 현실로 다가왔다. 축소한 도깨비방망이가 뱃속에 들어가 병을 고치는 시대에 살고 있다.

내시경이란 작은 도깨비방망이가 아내 뱃속을 헤집고 다니면서 환부를 찾아냈고, 그 부분을 도려내는 치료를 했다. 지금은 회복 단계인지라 환자임이 틀림없다.

알량한 의료 기술인 도깨비방망이가 개발되지 않았다면 우리의 수명은 이쯤이거나 이보다 훨씬 전에 다했을지도 모른다. 그렇다면 지금부터의 우리 남은 삶은 덤인 셈이다.

덤으로 얻은 감자에 대해서, 덤으로 사는 삶에 대해서 우리는 고마워하거나 어떻게 보람된 삶을 영위할 것인가에 대해 골몰하게 생각하지 않는다. 그냥 내게 주어진 당연한 권리나 누림쯤으로 받아들인다. 아니, 아예 의식조차 하지 않고 살고 있다. 평균 수명이 괜히 30년쯤 늘어난 줄 안다.

"쪽파 몇 뿌리 다듬는 것 정도 도와주는 거야 얼마든지 할 수 있지. 덤으로 사는 삶인데 뭐…."

나는 아내와 마주 보고 앉아 편안한 자세로 쪽파를 다듬기 시작했다.

햇살이 떠나기 전에도 눈은 내렸다

드디어 땅이 얼었다. 눈이 가장 많이 내린다는 대설大雪이고 보면 한겨울로 접어든 마당에 땅이 어는 건 당연하다. 팍팍한 세태, 마음마저 얼어붙는 세모가 될까 싶어 적이 걱정된다.

연말, 출판기념회와 각종 행사로 선돌길 언덕에 궁둥이 붙일 시간이 없다. 오늘도 온종일 도 단위 문학 행사에 시간을 뺏기고 해 질 녘에 출발 지점으로 먼저 돌아와 일행을 기다렸다. 일행과 조우하여 차만 한잔 마시고 헤어졌다.

예술의 전당 길섶, 때아니게 핀 개나리가 오돌오돌 떨며 서녘으로 가는 해를 붙잡던 애처로운 눈초리가 잊히질 않는다. 경북 송년 문학 축전 다녀오는 길에 일행을 기다리며 그녀와 잠시 교감을 나눴다.

펜으로 쓰는 글보다는 모바일에 의존하여 글을 쓴다. 장점이 있긴 하지만 까딱 잘못하면 낭패 보는 경우가 종종 있다. 이 글을 신문에 바삐 마감하느라 실수로 일부가 날아간, 문맥이 맞지 않은 글이 그대로 신문에 실렸다. 이제 와서 복원하려 해도 기억나지 않아 꼬리만 살렸다.

아직도 가녀린 그녀가 눈에 밟힌다. 애초에 오지 말았어야 할 꽃이었다. 인고의 겨울을 견디다가 내년 봄에 왔으면 얼마나 좋았을까? 다소곳하게 피어 오래 곁에 머물다가 때가 되어 싱그런 여름까지 만끽하고 떠날 것이지 성질 급하게 왜 이 계절에 왔던가? 빨간 코트에 화려하게 분칠한 그대가 아무리 유혹했다 하더라도 귓등으로 들었어야 옳았잖아? 그녀의 속 깊은 뜻은 알 길 없지만, 그와의 잠깐의 해후가 절절했다면 그것으로 만족할 수 있을지도 모르겠다.

채소와 과일이 그렇듯이 꽃도 제철에 피어야 제격이다. 실온에서 피웠던 덴파레와 작은 화분의 국화가 베란다를 거쳐 거실까지 왔다. 6개월이나 머문다는 덴파레는 이제 운명의 날이 가까운지 향이 없다. 국화도 여러 화분 틈새에서 있는 둥 마는 둥 기침이 없다.

구미에서의 행사 후 안동에서 차 한 잔 마시고 집에 돌아왔다. 마당에 들어서는데 아내에게서 전화가 왔다. 클랙슨으로 전화를 받았다.

"이제 오면서 저녁을 안 먹었단 말예요? 온종일 전화 한 번 없고… 이 책들 다 뭐예요? 이 책 당신이 치워요."

폭풍 잔소리가 이어졌다. 어디서부터 뿔이 솟았는지 모르겠다. 거실 탁자 위와 이 구석 저 구석에 널브러진 책을 치우는 중이었으니까 단순히 천대받는 책 때문일까? 오늘따라 이웃에서 불러 주는 사람이 없어 따분했던 하루가 억울했기 때문이었을까?

"배고프지는 않으니까 밥은 천천히 먹어도 돼."

"차려 먹든지 말든지…."

"차려 주든지 말든지…."

외출복을 벗어 던지고 소파에 벌러덩 누워 텔레비젼을 켰다.

"저녁 먹어요. 회관에 놀러 가기로 했으니까."

까칠하던 태도가 갑자기 바뀐 데는 마실을 가기 위한 모면책인지 의무감인지 가늠하기 어렵다.

"배 안 고프다니까…."

말은 그렇게 하면서 소파에서 몸을 일으켰다. 지금 식탁으로 가지 않으면 나만 손해일 것 같았다.

"나는 조금 전에 배가 고파 먼저 먹었으니까 당신만 먹어요."

"이 반찬 뭐야?"

"냉이 무침."

"웬 냉이 무침?"

"당신이 일전에 캔 냉이."

"그랬던가?"

냉이 캔 사실을 잠시 잊긴 했지만 언제 식탁에 오르나 기다렸던 냉이였다.

5일 전 그날도 휴무일이었다. 회관에 떡국 썰러 간다던 아내가 저녁 어스름이 되어도 돌아오지 않았다. 땅이 한 꺼풀 얼어서 뾰족한 호

미로 콕콕 찍어 냉이를 캤다. 뿌리에 언 흙을 달고 냉이가 자빠졌다.
흙을 털어내니 생생한 한 뿌리 냉이가 소쿠리 안으로 들어가 쌓인다.
한 끼 반찬이 되겠다 싶어 냉이 캐기를 멈췄다. 해가 서산을 넘는다.
바람이 찼다.

유리창 여과하여 오는
발품 팔아 먼 길 돌아온 햇살은
찻잔 속 들숨 쉬는 거품을
혀끝으로 연신 훔친다
한쪽 벽면으로
너른 들을 덮을 수 없어
튀어 오르는 햇살을
두 손 모아 마구 눌렀다
찻잔에서 사분사분
걸어 나오는 햇살은
할머니의 전래동화 속
공주 볼우물에 담긴
행복한 미소를 닮아있다
걷잡을 수 없이 밀려오는
밀물같이 일어서려는 햇살은
숙명처럼
병원 근처에 내린다는
눈발 속으로
창을 열고 사라져 갔다

햇살이 먹다 만
식어가는 카푸치노는
떨고 있는 찻잔 손잡이부터
다시 데우기로 한다
－「햇살이 떠나기 전에도 눈은 내렸다」

두 사람이 사는 집에 한 사람이 자리를 비우면 반만 비는 것이 아니라 온전하게 텅 빈 집이 된다.

텅 빈 거실을 나서 마당에 내려섰다. 차다. 폐부로 스며드는 바람은 시리다.

큰 눈이 내린다는 대설이지만 눈이 올 조짐은 없다. 집 앞 방범등에서 걸어오는 불빛보다 하늘에서 내리는 달빛이 더 밝다. 상현달이다. 달 주변의 별들은 빛에 가렸고 열 뼘 밖 북두칠성은 국자를 엎어놓았다. 하늘에는 달 별이 뜨고 황토방 툇마루 책 박스 안 단어들이 바들바들 떨고 있다. 문학 단체에서 보내온 우리 문협 몫 책들이다. 어서 빨리 주인을 찾아 낱말들이 바깥으로 나와야 할 텐데 한 달은 기다려야 할 것 같다.

아내가 한때 책을 가까이한 적이 있었는데 고스톱에 밀려났다. 책뿐인가? 내가 문학 단체 앞 일꾼으로 일하는 동안 행사에 한 번도 참석한 적이 없다. 그저께도 풍물패 일박 회식에 가기 위해 마지막 출판기념회를 헌신짝처럼 버렸다.

요즘 사람들은 책과 문화 행사에 너무 무관심하다. 그나마 출판기념회에 참석한 문화인들에게 발간사를 통해 일갈했다.

"문학이란 사랑하기와 행복하기, 그리고 덤으로 사는 삶입니다. 책을 애인처럼 끼고 사는 사람, 특히 ≪안동문학≫에 실린 시 한 편이라도 읽은 사람은 덤으로 사는 30년이 더 아름답고 사랑하는 삶, 행복한 삶과 함께할 것임을 확신합니다!"

겨울 산 개고사리

'잎이 비교적 배게 나오고 엽병 기부와 더불어 적갈색의 피침형 비늘조각이 달린다. 엽병은 길이 20~40cm로서 우축과 더불어 보통 홍자색이 돌며 엽신은 길이 30~50cm, 폭 20~30cm로서 삼각상 달걀모양 또는 난상 긴 타원형이고 윗부분이 좁아져서 예첨두로 되며 2회 우상으로 갈라진다. 깃 조각은 피침형이고 대가 거의 없으며 끝이 뾰족하고 길게 자라며 6~10쌍이고 작은 잎자루가 있다…'

열두 폭 병풍 빼곡한 소나무
겨울꽃 한 잎 한 잎 스러져도
개고사리 홀로 남아

녹색으로 밑그림 그려 내고

백여 그루 겨울 소나무
한 움큼씩 미풍 쓸어담아
하얀 머리 쓰다듬으며
밤새 만리장성 쌓았다

병풍 한가운데 붓으로
한 점 찍었을 뿐이지만
멋진 동양화 그리기 위해
평면 구도를 잡고

온몸으로 종일 버티고 앉아
속살거리는 햇살에 속는셈 치고
깊게 푸르게 침묵하는
고사리로 거듭남을 부정한다
-「겨울, 개고사리」

아침에 일어나 창문 열고 마당을 세로질러 앞산에 눈이 닿으면 그
니가 반긴다. 파랗게 일어서며 손을 흔든다. 개고사리이다. 숲속의 습
지나 응달에서 자란다는 개고사리가 우리 집 앞산에서 언제부터 살
고 있는지는 알 수가 없다. 나보다 먼저 온 것으로 그의 나이를 짐작
할 따름이다.

앞에서 그에 대한 기록을 훑어보았다. 지식백과에서 알아본 바에

의하면 '어린잎을 엽병과 더불어 식용한다'라고 되어 있긴 하나 개고사리를 먹어봤다는 사람을 보지 못했다. 이른 봄에 산에 오르면 나붓나붓 개고사리가 아기 손으로 초록을 색칠하지만, 유심히 눈을 가까이하지 않았다. 아무리 식용할 수 있다지만 '개' 자가 붙었기 때문에 관심 밖이었다. 그니에게 미안했다. 산 위에서 고사리를 한 움큼 꺾어 내려오면서 나는 의기양양했다. 보란 듯이.

이른 봄에 온 그니가 아직 떠나지 못하고 있다. 초록이 파랗게 분루憤淚할 뿐 여전히 그 자리에서 손을 흔들고 있다. 이 겨울까지 누구를 기다리고 있음이 분명한데 알 길이 없다.

어제, 대구 가족 모임에서 동지 팥죽을 먹고 왔다. 나이 한 살쯤 더 먹는 것엔 나로선 무덤덤하기 때문에 별미 팥죽쯤으로 생각하며 맛있게 먹었다.

참 모질기도 하다. 3월에 와서 동지가 지나도 초록을 유지하다니. 안방에서 20여 미터 오는 데 나도 9개월이나 걸렸다. 한때 매일 산에 오르겠다는 다짐과 함께 6개월가량 빠짐없이 그곳에 간 적도 있었지만, 왠지 마주 보면서도 게을리했다.

나 게으른 것은 신문에 날 정도이다. 신문 발행이 늦춰진다고 해서 이제야 원고를 쓰고 있는데 독촉 문자가 들어온다. 박차를 가해야 하는데 원고 쓰던 스마트폰을 들고 산으로 갔다. 고사리는 진초록이다. 멀리서 보던 것과는 판이하게 잎사귀가 크고 준엄하게 납작 엎드렸다. 아침에 상고대가 피었을 때 멀리서 보던 그 산은 아니어도 미모는 그대로다. 가까이 오니 살갑게 눈을 맞춘다. 나도 촘촘하게 눈인사를 했다.

겨울 개고사리는 가랑잎을 덮거나 깔고 누워 최대한 보온 유지까지 한다. 소한, 대한까지 버틸 심산이다. 악착같이 추위를 이길 수 있는 개고사리라면 어디 크게 쓰일 약초가 될지도 모른다는 생각이 든다. 개똥쑥이 한때 항암제로 명성을 크게 얻었듯이 개고사리를 연구해 보면 분명 어디 약효가 있을 듯싶다. 새싹 돋기 직전까지 파란 잎을 유지하는 식물이 어디 그리 흔하던가?

낙엽과 서릿발을 딛고 한 발짝 옮겼다. 푹푹 꺼진 내 발자국 따라 멧돼지 흔적이 다가온다. 재작년 봄 텃밭에서 그의 흔적은 보았으나 잠잠하던 그의 발자국이 우리 안방에서 20m까지 왔다. 아내한테 말했으면 깜짝 놀랄 일이지만, 나는 최대한 무덤덤한 척했다. 멧돼지를 나의 적으로 생각해 본 적이 없다. 그는 배가 고파 도토리, 알밤을 쫓아 긴 코를 땅속에 박고 더듬어 내려왔지만, 사람과 상대해 볼 생각은 하지 않았을 테니까. 그 역시 저보다 크거나 비슷하거나 작거나 한 희한하게 생긴 동물을 보지 않았을 수도 있다. 저한테 적일 거로 생각하지 않았을 수도 있는데 사람들은 그를 향해 공격한다.

수만 년 전엔 공룡이 지구를 지배하고 살았다지만 인간이 위대했기에 공룡을 넘어 지구의 주인이 되었다. 멧돼지가 아무렴 지구를 점령할까? 그 전에 인간은 멧돼지를 우리 안에 가두고 사육하지 않을까? 순한 양으로 만들어 버릴 것이다.

멧돼지 흔적과 겨울 개고사리가 묘하게 조화를 이룬다. 일부 산을 덮은 개고사리이지만 멧돼지는 관심이 없다. 멧돼지도 거들떠보지 않는 개고사리이다. 하지만 그니는 떳떳하다. 그 어느 누가 개고사리라고 손가락질해도 동지 무렵 산을 파랗게 색칠할 것이다. 멧돼지가 비껴가고 고라니가 말을 걸지 않아도 내년 봄 다시 개고사리로 태어날 것이다. 동지가 지나고 소한, 대한이 지날 때까지 첫눈이 오지 않아도 무슨 상관이랴? 가랑잎, 눈을 이불 삼지 않아도 허공에 떠 있는 저 작은 하트 모양 관심 하나 끌어다 덮으면 족하다. 영원히 이곳 선돌길 언덕에서 스러진다 해도 후회나 회한도 없다.

"올겨울은 매서운 추위가 없어 참 다행이다, 너희."

"굴뚝에서 연기가 피어오르지 않아도 사랑은 식지 않는 법이랍니다. 하늘은 새 소리에도 어린아이 기침 소리에도 색깔이 바뀌거든요."

한마디 던지고 뒤돌아서자 귓등으로 들었는지 그니는 모를 말로 동문서답한다. 그니도 시인이 된 걸까?

솔바람 타고 어스름 저녁이 온다. 동지 무렵 밤이 길다. 아무리 밤이 길어도 겨울 산 개고사리로 거듭 피어날 것이다.

겨울, 겨울비

비가 내린다. 처연하게 비가 내린다. 소낙비로 내리기도 하고 비바람 휘몰아치기도 한다. 현재 기온 영상 11도. 밤이 깊다. 한겨울 밤은 길고 깊다. 가장 춥다는 소한小寒 날부터 내리기 시작한 비는 계속되고 있다. 내일까지 사흘간 내린다는 보도가 나온다.

희한하다. 한겨울에, 때아닌 소한 무렵에 눈이 아닌 무슨 비란 말인가? 그것도 사흘간이나 겨울 장맛비가 내린다니 참 희한하다.

새해가 수상하다. 흰쥐 해라는 경자년 벽두부터 지구가 말썽이다. 싸락눈 두어 번 내렸지만, 눈에 띌 정도는 아니었다. 고작 아기 눈곱만큼 내렸을 뿐이다. 작년 같았으면 펑펑 다섯 번 이상 눈이 내렸을 시기이다.

눈만 사라진 게 아니다. 닭장 주변에 득실거리던 쥐들이 쥐의 해에 보이지 않는다. 닭들이 줄면서 자연스럽게 줄어든 것인지, 족제비와 고양이 개체 수가 늘어났기 때문인지 분간하기 어렵다. 용의 해에 용이 보이지 않는 건 당연하지만 쥐의 해에 쥐가 보이지 않으니 희한한 일이 아니고 뭔가.

쥐의 해가 밝은 지 일주일이 지나간다. 무엇 해놓은 것도, 달라진 것도 없다. 온화한 날씨, 이상 기류 속에 비만 들어있다.

얼음장 밑에서 낮잠 자던 버들치의 보금자리는 어디론가 사라졌다. 애초에 얼음이 얼지도 못했다. 올해 와야천 버들치는 얼음 이불을 구경도 못 한 채 도랑물만 콸콸콸 내려보내고 있다. 와야천은 얼어서 버들치에게 이불을 덮어주고 싶다. 눈 이불을 한 겹 더 덮고 싶다.

나무는 아무렇게나
가지를 뻗지 않는다.
마음 내키는 데로 나아가는 것은
원칙을 깨뜨리는 것일 수도 있어
그리하지도 않는다.

내리치지 않고
옥게 가지를 뻗은 까닭은
새가 앉아 휘어도
아래로 쏠리지 않게 하려는 배려이다.
이파리가 피어도
바람이 쉬어갈 수 있게

겹치지 않도록 가지런하게
가지를 뻗는다.

가을에 단풍이 들어
잎이 지고 알몸이 되어도
흉하거나 요사스럽지 않다.
월동 준비하기 전에는 절대
옷을 벗지 않고
제멋대로 가지를 고쳐쓰지 않는다.

개나 고양이도 한 번
봄에 털갈이를 하지만
만물의 영장이라는
인간인 나는
하루에 한 번 이상 옷을 벗는다.
– 「나무의 무게」

선돌길의 적나라한 겨울 풍경이 그립다. 마당에는 하얀 눈. 먹이 여행 떠나는 참새들의 비상. 주방까지 침투해 들어왔던 쥐에 놀라 아이들에게 쉬쉬하던 아내의 표정.

"주방에 왔다 갔다 하는 저 생쥐 어떡해요? 며칠 있으면 설인데 아이들이 오면 질겁을 할 텐데…."

"예전엔 시골에서 쥐와 동침하는 게 예사였지."

아내를 안심시키기 위해 태연한 척했지만 대책이 서지 않았다.

쥐가 우리와 동침하고, 오수관이 두 번이나 얼어 낭패를 봤던 그런

266

겨울은 정녕 오지 않는 걸까? 불과 2년 전 이맘때는 영하 20도를 거침없이 오르내렸다.

겨울은 겨울다워야 한다. 맵게 추워야 하고, 사람이 사는 집에 쥐들도 공생하는 게 맞다. 지구가 더워져서 겨울답지 못하고, 사람이 사는 집 주변에 곡식이 널려 있지 않으니 쥐가 들지 못한다.

집 주변에는 집쥐가 살고 들엔 들쥐가 산다. 동네에서 무려 십 리나 떨어진 곳에 집이 새로 들어서도 들쥐가 아닌 집쥐가 상륙한다. 희한하다. 어디에서 쥐가 왔을까?

쥐는 6개월에 백여 마리의 새끼를 낳아 다산을 상징한다. 그 조그만 동물이 멀리 옮겨 다닐 수도 있다 하여 널리 보는 지혜를 지녔다고도 칭찬한다. 방앗간에 드나들며 곡식을 훔쳐 먹기도 하고, 병원균도 퍼뜨려 공공의 적이기도 한 쥐.

올해는 흰쥐 해라 하여 그에게서 행운을 기대하며 희망가를 부른다.

환경적인 요인과 정예화된 곡물류의 유통으로 인해 쥐가 사라져 간다. 올해 어떤 언론에서도 쥐의 숫자 통계 자료를 내놓지 않았다.

어릴 적 천장에 우르르 쾅쾅, 쥐가 운동회를 하는 걸 듣고 자랐다. 그들은 편리하게 운동하든 연애하다가도 마구잡이로 배설하여 천장에 지도를 그렸다. 어느 나라 지도인지 구분은 안 되었지만, 세계지도를 그린 이는 분명 쥐들이었다. 양식이 부족할 때인 그때만 해도 국민의 양식 몇 분의 1을 없앤다고 쥐 퇴치 운동을 벌이기도 했다. 우리 세대 치고 쥐꼬리 숙제해 간 경험을 가지지 않은 사람이 없을 듯싶다.

그러나 그 시절이 추억이고 그리운 이유는 급변하는 환경이 무섭고, 쥐와 같은 인간과 오래 공생해온 동물들이 사라지는 게 두렵다.

닭들이 많을 때 사료를 무제한 투하하면 쥐들이 구멍에서 재빠르게 나와 함께 식사하곤 했다. 이젠 닭이 고작 일곱 마리. 그만큼 사료가 줄어들다 보니 쥐에게까지 닭 사료를 나눠 줄 수가 없게 됐다. 낌새를 알아차린 참새가 먼저 와서 먹기도 하는 때문에 쥐의 해에 우리 집 쥐가 자취를 감춰간다.

'쥐구멍으로 소를 몰라 한다'라는 속담이 있다. 얼토당토않은 일을 시킨다는 뜻이다. 도저히 불가능하고 무리한 일을 억지로 성사시키려 하면 부작용이 있기 마련이다. 역풍이 불어온다. 한겨울에 장맛비가 내리듯이. 쥐는 음습한 곳에 집을 짓기 때문에 좀처럼 볕 들 길 없다. 천지개벽해야 한다. 쥐가 사는 곳을 현대 장비가 와서 해체하기 전엔 볕이 들지 않는다. 볕 든 쥐 집은 이미 쥐가 살 수 없는 곳이 되고 만다.

소한 무렵에 남녘 꽃 소식이 올라온다. 뭔가 잘못 가고 있는데 우린 그걸 인식 못 하고 있다. 재앙이다. 그 시기가 천 년 후일지, 백 년 후일지는 몰라도 지구를 이처럼 괄시했다간 언젠가 우리가 되돌려 받는다. 지구에서 쥐만 사라지는 게 아닐 것이다.

비는 추적추적 계속 내린다. 새벽, 선돌길로 들어서는 길목에도 비는 내린다. 빗줄기가 조금 잦아들었을 뿐이다. 현재 기온 영상 8도. 여느 해 같았으면 영하 18도 이상을 기록하는 것이 맞다. 기온이 하 수상하다. 지구가 뿔났다.

겨울, 봄비

대한

또 비가 내린다. 하염없이 비가 내린다.

이 겨울에 무슨 기막힌 사연 있길래 젖은 가슴 저미며 저리도 구슬 피 우는가? 저 비가 펑펑 눈으로 내린다면 달려가 사랑한다, 고백이라도 하련만. 하늘이 뚫린 건가? 아니면 노했는가? 달력을 보니 그저께가 대한大寒이었다. 그렇다면 아직은 한겨울임이 틀림없는데 지금 내리는 비도 겨울비일 것이다.

이 겨울에 눈은 정녕 없는가. 펑펑 내리는 눈을 본 게 언제였던가. 첫눈 내리는 날 만나자고 약속한 연인들은 어쩌란 말인가! 그네들의 첫만남이 성사되지 못하면 사랑이 이루어질 수가 없다. 젊은 연인들이 만나야 사랑이 싹트고 사랑이 공고해져야 나란히 웨딩마치도 울릴 것이다. 그래서 지구의 식구도 늘어나고 산업 일꾼도 늘어날 것이 아닌가?

계절이 도와주지 않아 인구 정책에도 차질이 있다. 손해가 이만저만이 아니다. 대한 무렵에 내리는 비 때문에 별 희한한 생각을 다 한다. 세월이 하 수상하다 보니 내 글에도 유치함이 더해진다. 겨울이 겨울답지 못해 이걸 또 우려먹을 생각만 하니 내 서툰 글솜씨 탓인가, 날씨 탓인가? 무상하다.

저녁으로 가는 길목, 까만 밤이 하얀 낮을 꿀꺽 삼켜도 비는 멎을 줄 모른다. 어둠의 두꺼운 두께를 용케도 뚫고 추적추적 비는 잘도 내린다.

'저게 뭐야! 생쥐 아닌가? 집쥐인가, 들쥐인가?'

차 앞을 가로질러 쏜살같이 가는 저 물체는 쥐임이 틀림없다. 약간 노란색을 띤 것으로 봐서는 들쥐일 수도 있겠지만, 도시 근교인 이곳엔 집쥐가 더 성행하지 않을까? 그게 뭐 중요할까? 비 오는 오늘 이 시각에 무슨 절박한 사연이 있어 저 쥐는 4차선 도로를 가로질렀을까? 차 바퀴에 치여 유명을 달리할 수도 있는 상황인데….

저 크기라면 어미 쥐일 가능성이 크다. 분명 새끼의 생사가 걸렸을 수 있겠다는 생각이 든다. 배우자 혹은 사랑하는 연인 때문에 저처럼 무모하게 물에 빠진 생쥐 꼴을 하고 큰 도로를 무단횡단했을까? 며칠 전에도, 그날은 비는 오지 않았지만 다른 지역에서 똑같이 도로를 건너는 쥐를 목격한 적이 있다.

우리 집을 떠난 쥐들이 모조리 시내로 진입한 걸까? 우리 집에선 최소한 6개월은 쥐를 본 적 없다. 쥐의 해가 밝기가 무섭게 시내 도로를 가로지르는 쥐의 무모한 행적을 두 번이나 목격한 건 우연일까?

엄동, 서릿발 딛고 그니 보며 실눈 뜬 복사꽃을 술렁이는 화폭에 찐하게 덧칠한다 구겨진 밤을 머리에 얹고 살금살금 고양이 걸음으로 온 그니는 시침 떼고 두리번두리번 흐트러진 별자리 멍하니 본다 나무가 벗기로 작정한 것은 겨드랑에 땀띠가 나서만은 아니다 표피 속 알몸이, 보채는 아가 귀 열어 뒹구는 잎새의 서걱이는 절규 함께 듣기 위함이다.

편도 2차선 도로 가로질러 생쥐 한 마리 칠흑의 장막을 떠밀며 황급히 지나간다 잠자는 길고양이 수염을 건드렸기 망정이지 술 취해 몽롱한 차 바퀴에 운명을 내맡길 뻔하지 않았던가 병원 근처 포도 위로 너울에 의한 물결이 출렁인다 오늘도 펑펑 눈이 올 조짐은 없다 그러나 그니는 실성한 하늘 향해 실눈을 뜬다 그래도 봄은 저만치에서 복사꽃 담고 서서히 오고 있는걸.
　－「겨울, 초승달」

　겨울에 눈 대신 비가 내리고, 쥐가 도시에 득실거리는 현상은 예삿일이 아니다. 특별히 이 도시에 쥐가 득실거리는 것이 아닐지도 모른다. 우연히 내 눈에 새해 들어 보름 사이에 두 번 띄었을 뿐일 것이다.

　이런 기현상들을 어떻게 보느냐에 따라 결과가 판이해질 수도 있다. 부정의 눈과 긍정의 눈은 성패를 갈라놓는다.

　겨울에 눈비가 전혀 내리지 않을 경우를 생각해 보자. 호주의 산불은 재해 이전에 재앙으로 분류된다. 올해는 비라도 자주 내려 우리나라에선 겨울 산불이 현저하게 줄어들었다. 얼마나 다행한 일인가. 올해는 봄 가뭄 걱정은 없을 듯하다.

　내 차의 스노타이어가 구실은 못 했지만, 대설이 내린 도로 위에 눈

방지 타이어라고 별수 있던가. 눈길에 미끄러질 뻔도 하지 않고 한겨울 난 것은 참 다행한 일이었다. 시청 직원들이 제설 작업 안 했다고 시민들로부터 질책을 당하는 일도 없었다. 이 얼마나 다행한가?

서민 측에 속하는 우리도 난방비를 많이 아꼈다. 다행한 일이다.

"올해는 춥다는 소리 덜 들어 다행이네?"

"겨울 날씨가 춥지 않았길 다행이지 짠돌이 당신 기름 아끼는 탓에 실내에서 겉옷 몽땅 입고 살았어야 했을 텐데…."

유별나게 추위를 타는 아내는 포근한 겨울이 한없이 고맙다.

설연휴 지나고 사흘간 또 비 예고가 있다. 소한 무렵과 대한 무렵에 내렸던 빗속에 그리움을 씻어 땅속으로, 저 멀리 강으로 바다로 흘려보냈다면 이다음 내리는 빗속에 켜켜이 그리움을 붙들어 둘 필요도 있다. 그걸 모아뒀다가 한 발짝 먼저 오는 봄 마중하여 꽃길 걸으며 사랑을 키우면 된다. 노랑나비가 사랑을 쌓듯 우리들도 사랑의 탑을 쌓아야 한다.

물질문명에 밀려 정, 사랑 따위가 작아졌다고 한다. 이 핑계 저 핑계로 그걸 팽개치면 안 된다. 정은 담는 것이고 사랑은 쟁취하는 것이다. 강 건너 불구경하듯 하면 떠나고 만다. 가슴에 담고 쟁취하여 내 것으로 만들어야 내 것으로 익는다.

긴 겨울밤을 반으로 접을 즈음 비가 잦아든다. 봄을 부르는 비가 꼬박 스무 시간 내렸다. 식은 사랑은 데우기가 어렵다. 비가 그치고 땅이 더 굳기 전에 사랑 나무 한 그루 내 정원에 심을 일이다.

시적 정서와 서사로 교직한 창작수필

— 고재동 수필집『경자야』에 부쳐

은 종 일

시인 | 수필가 | (사)한국수필가협회 부이사장

우초愚草 고재동 사백은 안동문인협회장, 국제펜클럽 한국본부 경북위원회장 직에 봉사하고 있는 시인이자 수필가로 시집『바람색 하늘』『바람난 매화』『바람의 반말』『바람꽃 그녀』, 산문집『간 큰 여자』, 수필집『낮달에 들킨 마음』 등을 출간한 문학적 업적이 널리 알려진 문학인이다. 수필집『낮달에 들킨 마음』에 이은 제2 수필집『경자야』 상재를 마음 모아 축하드리며, 우초愚草의 작품세계를 살펴본다.

□ 프롤로그

우초 고재동 사백은 수필가보다 시인으로 더 알려져 있다. 앞에서 밝힌 4권 시집의 표제가 '바람색 하늘' '바람난 매화' '바람의 반말' '바람꽃 그녀'이다. 모두가 '바람'이다. '바람의 시인'이다. 이 바람의 시인

273

이 24절기를 한 절기도 거르지 않고 두 해에 걸쳐서 마흔여덟 편의 수필작품을 썼다. 창작 열정과 결과가 경이로울 따름이다.

'수필'과 '신변잡기'의 사전적 정의가 헷갈리는 상태, 이것이 현대수필 1세기의 현주소다. 수필의 문학화 과제가 현재진행형 과제가 된 지 오래인 시점에 출간된 우초 고재동 사백의 수필집『낮달에 들킨 마음』은 '수필도 이렇게 쓸 수 있구나!' 하는 큰 반향을 일으켰다. 우수작품집으로 추천되어 2020년 한국수필문학상을 수상하였다.

이에 이은 두 번째 수필집『경자야』도 시詩로 쓴 수필이다. 운문시의 산문형 변화인 '산문시'가 아니라 완전한 산문 형식의 '산문의 시'이다. 거기에다 자작시의 액자 삽입은 작품의 창작성과 시적 감흥을 배가시킨다.

고재동 사백의 수필집『낮달에 들킨 마음』발문에서 장호병(사)한국수필가협회 명예이사장은 그의 작품 속에 투영된 삶, 삶에 반영된 그의 문학을 '군자불기君子不器', '주객합일主客合一', '금슬우지琴瑟友之', '격양지가擊壤之歌'로 해설하였다. 연장선상의 제2 수필집『경자야』를 그 이상 적확하게 풀어낼 수 없을 뿐만 아니라, 무더기 '산문의 시' 작품을 대하는 기쁨에서 '글은 곧 사람이다.'보다 작품창작에다 주안점을 두고 살펴보고자 한다.

□ 시적詩的 정서情緒와 서사敍事

무형식의 형식이라고 일컫는 수필의 창작양식은 수없이 다양하다. 그러나 창작수필은 시적 발상의 산문적 형상화 양식의 문학이고, 구성적 비유의 존재론적 형상 창작이 기본 창작개념이다. 실제 작품창작에서는 크게 세 가지 양식으로 나타나고 있다. 소재에 대한 비유 창작, 시적 정서의 산문적 형상화, 서사 구성법이다.

『경자야』의 대다수 작품이 두 번째 시적 정서의 산문적 형상화 작품들이고, 세 번째 서사 구성법의 작품들이다. 그래서 창작수필들이다.

수필집『경자야』작품을 읽으면서 강범우의 "시가 말을 놓을 자리에 놓는 글이며, 소설이 인물을 놓을 자리에 놓는 글이라면 수필은 마음을 놓을 자리에 놓는 글이다."라는, 윤오영의 "수필을 이해하지 못하고 시를 쓸 수 있어도, 시를 이해하지 못하고 수필을 쓸 수 없다."라는 말들을 떠올린다. 우초愚草 사백이 작품 속에 담아놓은 그 마음을 읽을 수 있고, 시를 완벽히 이해한 우초愚草 사백의 수필작품의 진수眞髓를 맛볼 수 있어서일 것이다.

□ 시적詩的 정서情緒

문학에는 몰톤의 지적처럼 무에서 유를 창조하는 시의 문학(창작문학)과 기존의 것을 토의하는 산문문학이 있다. 설명과 교술 작품이 넘치는 수필 문학계에서 시의 문학을 지향하는 우초愚草 수필집『경자야』상재는 가뭄에 단비를 만난 듯 기쁜 일이다. 귀촌 일기이자 동화 같은 수필은 하나같이 시적 정서가 넘친다. 서정시적인 정서나 감흥을 가지면서 서정시가 아니고, 소설적 구성을 가지면서 소설이 아닌 독자적 양식의 시詩의 문학이다.

다음 발췌한 작품 중의 일부들처럼 설명의 문장이 아니라 시적 정서라는 시의 문학이다. 생각을 짓는 것이 아니라 존재론적 감동의 동기가 되는 마음을 짓고 있다. ①부터 ⑥까지는 산문의 시적 정서이고, ⑦은 산문과 운문의 혼합이며, ⑧은 산문에다 기존 시를 넣은 액자 삽입 방식이다.

①

　　참새는 아직 잠자리에 있다. 초가지붕 추녀 끝에 집을 짓고 살던 참새도 아침을 깨웠다. 지푸라기를 물어와서 기왓장 밑에 보금자리 튼 우리 집 참새도 새벽과 아침의 경계를 무너뜨린다. 참새도 자존심이 없는 것은 아니지만 사람처럼 자존심 한 겹 때문에 낭패를 보지 않는다.

–「두께」 중에서

②

　　노랗던 하늘이 바람색으로 돌아와 있었다. 그간 한 달여. 겨울은 혹독했다. 유례없는 추위도 추위였지만 마음도 가슴도 냉했다. 교수님의 결과를 듣고 돌아설 때의 겨울은 포근했다. 서울의 겨울도, 대구의 겨울도, 이곳 안동의 겨울도 냉기가 가신 안온한 봄날이었다.

〈중간 생략〉

　　시끌벅적하게 왔던 꽃샘추위는 와야천 타고 낙동강으로 흘러들었다가 바다로 떠내려갔다. 억이가 동구 밖을 향해 멍하니 있다. 아직 기침을 하지 않은 아기 염소를 기다리는 게 분명하다.

–「강아지와 아기 염소·1」 중에서

③

　　사료통을 채워 주고 보일러실에 들러 꺼져가는 아궁이에 나무를 보충하고 들어왔다. 그제야 진정한 봄이 집 안에 가득하다. 냉이를 익히는 향이 요란하다. 초고추장 무침으로 봄이 밥상에 올랐다. 언제 먹어도 질리지 않은 봄이지만 세 시간도 전에 뒤꼍에서 캔 냉이는 입안 가득 행복을 만끽하기에 충분했다. 유난히 추웠던 겨울 탓에 뿌리를 깊게 내리고 몸을 튼실하게 보존한 냉이는 제 몸 불살라 아낌 없이 60대 우리 부부에게 행복을 선사한다. 종족 번식하기 위해 악착같이 겨울을 났지만, 밭 한가운데 냉이는 어차피 자리를 비워줘야겠기에 아낌없이 우리에게 봄을 지폈다. 밭 가장자리나 밭둑에 우뚝 서서 자랄 동료에게 훗일을 부탁하고.

– 「강아지와 아기 염소·2」 중에서

④

지인 집에서 가져온 국화는 차가운 은빛 이물질을 머리에 이고도 당당히 햇귀와 노랗게 맞선다. 더 선명한 흔적에 정열을 불태우겠다는 심산으로 입동 날 아침을 접수한다. 샛노란 향을 선돌길 언덕에 아낌없이 흩뿌린다. 다음 절기인 소설까지는 끄떡없음을 과시한다. 지금 당장 첫눈이 온다 해도 상관하지 않겠다는 의지를 보인다.

– 「돋을볕 찬란한 아침」 중에서

⑤

바깥에 나섰다. 차갑다. 겨울 짧은 해는 산 위 소나무 숲에 갇혔다. 바람과 참새는 어디 가고 조용하다. 추녀 끝 기왓장 밑에 집을 지은 참새는 천지를 품은 듯 숨죽이고 있다. 해가 중천인데 벌써 꿈나라로 간 걸까? 바람은 가마솥에 숨었나 싶어 황토집 부엌으로 가서 열어보았다. 텅 비었다. 어디로 갔을까?

– 「생쥐와 황소」 중에서

⑥

해가 뉘엿뉘엿 서쪽으로 기울자 낮달이 존재 가치를 밝힌다. 서산 넘은 해를 바라기 할 땐 이미 낮달의 소임이 끝난 시점이다.

나는 달이 대낮에 어느 하늘에 떴는지 뭇 사물들이 감지조차 할 수 없을 때의 낮달이고 싶었다. 아니 진작부터 그런 낮달이었다. 해와 인간, 모든 생물과 무생물체가 깨어 있으니 달의 존재 가치가 하늘에도 그 어디에도 없을 때 나는 숨죽이며 늘 등 뒤에 있었다. 아무도 알지 못하는 후미진 곳에 무지렁이로 살고 있다.

해가 지고 사물이 잠들 때 노랗게 빛을 내는 달은 너무나 먼 곳에 있었다. 도저히 따라갈 수 없는 우주의 끝 간 데 자리 잡고 있었다. 그는 평생 동경하는 나의 애장품이었다. 그의 마음을 훔친 뒤부터.

- 「두 개의 아기별」 중에서

⑦
초가지붕 용마루 깁고 가는
세월,
강물도 아닌 것이
강물인 척

강은
거슬러 흐르지 아니한다
잠시 머물다가
아장아장 가는 저녁놀　　　　　　　　　　- 「경자야」 중에서

⑧
구들장에 거꾸로 누워
낮잠을 청해 본다
가을 햇살
창문 비집고 들어와
배 위에 길게 누워

이불 덮고 같이 자자 하네
- 삽입 시 「귀촌 30」

-「우산, 비에 젖다」 중에서

□ 서사敍事

'사실 그대로를 적는 서사'는 이야기이다. 이야기는 인간의 삶의 객관적 형상화이다. 인간의 삶이란 주어진 환경 속에서 살아가는 내용이다.

우초愚草 고재동 사백의 수필집 『경자야』 작품에는 발췌한 다음 5개의 사례에서 보듯이 특히 대화체 전달 방식의 서사를 많이 볼 수 있다. 가족 구성원 간의 대화, 강아지와 염소 간의 대화, 심지어는 사물과의 대화와 사물 간의 대화도 작품에 등장한다. 구체적이고 현장감 있게 대화체 전달 방식으로 풀어냈다. 대화체 서사에 의한 창작 시도가 아주 돋보인다. ①은 강아지와 아기 염소 간의 대화체 ②는 어린 화자와 엄마의 대화체 ③은 손자와 할머니, 할머니와 할아버지, 손자·손녀와 염소와의 대화체 ④는 청양산을 오르는 화자 부부의 대화체 ⑤ 손자와 할아버지의 대화체이다.

①

'형아는 주인 엄마가 보고 싶은가 봐? 난, 우리 엄마가 보고 싶어.'
'사람들은 우리 말을 못 알아듣잖아? 그러니까 흉을 봐도 괜찮아.'
'형아, 잠깐만.'
'너, 눈 깜짝할 사이 내 집에 들어갔네. 나, 언제까지 비 맞고 서 있어야 하니?'

억이와 염소가 나를 의식하지 않고 그들만의 대화로 친근감을 표시한다.

양보와 배려심이 많은 개띠 아내는 유독 따르는 우리 집 억이와 닮았다. 나는 그 반대에 가까운 아랫집 염소를 닮았고. 내가 염소띠이기 때문일까?

– 「강아지와 아기 염소·3」 중에서

②

유년, 들에 따라갔다가 돌아올 때였을 게다.

소쩍소쩍.

"엄마, 저 새 이름이 뭐로?"

아버지는 쟁기 짊어지시고 앞서고 나는 소 이타리 잡고 어머니와 뒤따르고 있었다. 가까운 듯 산에서 처음 듣는 새 울음소리에 호기심이 발동했다. 뭐 궁금한 게 있으면 참아내지 못하는 나였다. 귀찮을 정도로 어머니께 끈질기게 묻곤 했던 기억이 생생하다.

"소쩍새다만. 첨 들어봤나? 봄부터 가을까지 저 산에서 울더만."

"소쩍새는 왜 우노? 젖 달라 카는 거라? 배가 고픈가 보지?"

"글쎄다. 저 새는 수놈이 틀림없을 게야. 암놈 짝을 찾는 것 같은데…."

"왜 암놈을 부르는 거로?"

"나도 잘 몰따."

– 「소쩍새 울면」 중에서

③

억이를 데리고 손주들과의 산책길에는 아내도 따라나섰다. 비록 손주들과 비교해 뜀박질에는 뒤졌지만 마냥 흐뭇한 표정의 아내를 본다.

280

"얘들아, 천천히 가. 할머니가 따라갈 수가 없구나."

"네, 할머니. 어서 오세요."

"저기 염소 있어요."

강아지가 앞장서고 준이와 솔이가 뒤따르고 있다. 환자 할머니를 따돌린 게 미안했던지 하솔이가 염소를 가리키며 할머니를 돌아본다.

매애애매.

"그렇구나. 염소가 너희를 반기네."

"저 염소 많이 컸어요. 그땐 아기였는데…."

"우리 강아지한테 놀러 오던 염소잖아요?"

매애애애.

하준이와 하솔이가 다가가자 염소가 아는 체를 한다.

"염소야, 안녕?"

"잘 있었니, 염소야?"

"너희도 안녕? 매애애애…."

아이들이 내미는 풀을 받아먹으며 염소도 반긴다.

－「강아지와 아기 염소가 쓰는 서사시」 중에서

④

870m로 최고봉인 장인봉에서 인증 샷 하고 하늘다리로 향했다.

"아! 저길 봐요! 저 기암괴석, 저 불타는 단풍…."

"좋군. 힘들게 오른 보람이 있어."

칭찬에 인색하지 않고 감탄하기 잘하는 아내는 감탄사 연발이다.

"저 구름다리 좀 봐 봐요! 엄청나요!"

"역시 장관이군! 정식 명칭은 하늘다리지만 구름다리도 일리가 있네. 저 하늘에 구름과 같이 떠 있는 다리를 구름다리라 한들 누가 뭐라겠나?"

고소공포증이 조금 있는 아내가 하늘다리를 건너와서는 다시 한번 가잔다.

"우리 한 번 더 건너갔다 와요!"

"……."

군 시절 유격을 몇 번이나 했던 나지만 아래를 보니 어지러웠다. 씩씩하게 건너오는 척했지만, 앞만 보고 급히 다리를 건넜었는데 아내는 또 한 번 건너갔다 오자 하니 그 제의를 받아들일 수가 없다. 한 번 더 갔다 올 자신이 없다는 말은 하지 않았다.

－「퇴계 발소리 듣다」 중에서

⑤

"준아, 멧돼지가 나타나면 어떡해? 그 매미채로 잡을 수 있겠니?"

준이 아버지가 겁을 줬다.

"괜찮아. 할아버지와 아빠가 있으니까."

자세히 보니 웬걸 이 산에 돼지감자가 살고 있었다. 멧돼지 습격을 용케 피한 돼지감자 싹이 겁에 질려 숨죽이고 있다. 멧돼지와 돼지감자는 몇 촌쯤 될까? 할미꽃은 져서 대답을 하지 않는다.

〈중략〉

정작 나는 장미를 울타리에 심고 국화와 금계국의 계절을 살고 있지만 진정 망초꽃으로 조용히 피고 싶다. 농민들로부터 천대받는 풀이지만 꿋꿋하게 수만 년 아니 수십 만년, 수천 만년 우리 곁을 지키고 있는 망초 같은 풀꽃이고 싶다.

－「꽃」 중에서

□ 사물과의 교감, 상상력 세계

문학은 지식의 세계가 아니고, 감정과 정서의 세계이다. 감정으로 포장된 사실의 이야기다.

우초 고재동 사백의 수필집 『경자야』 작품들은 서정시가 가지지 못하는(가지기 힘든) 이야기를 가지고, 소설이 가지지 못한(가지기 힘든) 시를 가지고 있다. 시보다 길고 소설보다 짧은 형식 안에 시가 담아내지 못하는 사물의 마음(교감)의 세계를 담아내고, 소설이 품어내지 못하는 시의 세계(시적 발상)를 품어내고 있다.

귀촌지 선돌언덕 와야천이 살아있고, 복실이 오억이와 아기 염소의 대화가 재미스레 이어진다. 사과나무 호두나무 뽕나무 두릅나무 등 온갖 나무, 달맞이꽃 제비꽃 접시꽃 딸기꽃 앵두꽃 등 온갖 꽃, 참새 까투리 소쩍새 뻐꾸기 등 온갖 새, 멧돼지 고라니 토끼 쥐 두더지 등 온갖 짐승, 심지어 냉이 명아주 쇠비름 바랭이 같은 잡초에서부터 와야천의 버들개지 버들치 개구리 반딧불이까지 불러내어 교감을 한다. 이들에게 의인화 의물화로 생명력을 불어넣어 교감, 상상력의 세계를 펼친다. ①에서 ③은 아기 염소와 강아지와의 교감 ④는 목련꽃, 강아지 오억이와 어미 개 복실이, 냉이꽃과 꽃다지와의 교감 ⑤ 수탉, 암탉, 냉이, 꽃다지, 지칭개와의 교감 ⑥은 수양벗나무, 산벗나무, 민들레, 찔레나무와의 교감 ⑦은 무와의 교감이다.

①

　하루빨리 지구인 모두가 심각한 현실을 받아들이고 발 벗고 함께 나서지 않으면 멸망하거나 개나 염소에 지구를 빼앗길지도 모른다.

준 만큼 준다. 오억이는 주인으로부터 사랑받은 만큼 염소에 사랑을 나눠 준다. 지구도 사람으로부터 대접받은 만큼만 준다. 몸살 앓게 했을 땐 일깨워 주고 이젠 중병을 앓게 했으니 경종을 울린다. 우리 밭 냉이는 지난여름 비 때문에 일찍 밭을 비우고 농약 세례를 퍼붓지 않았기에 굵고 튼실한, 민들레 뿌리만 한 결실을 돌려주는 것이다.

아는지 모르는지 억이도 집 안에 든 모양이다. 바깥이 잠잠하다. 일단 오늘은 지구를 베고 누워 잠자리에 들어야 할까 보다. 밤이 깊으니.

늦다니까!

─「강아지와 아기 염소·2」 중에서

②

억이가 덩치에 밀렸다. 염소가 집을 선점했다. 안에 들어가 편안하게 사료를 냠냠, 뽀작뽀작 음미한다. 억이가 다가가 고함치지도 않는 만큼 경계의 시선도 필요치 않다. 가끔 나를 응시하는 눈망울은 영롱한 물방울에 무지갯빛 찬연하게 머금었다. 거기다가 천진난만하기까지 하다.

─「강아지와 아기 염소·3」 중에서

③

물에 물감을 풀었다. 천천히, 꼼꼼하게 색칠해 나갔다. 덧칠까지 했다. 그러나 아직 그림은 완성되지 않았다. 두고두고 한 폭의 그림을 완성해 나갈 참이다. 오늘도 수채화의 일부를 그리려 한다.

염소가 비를 피해 황토방 부엌 쪽 처마에 올라 종이를 뜯어 먹는다. 허기진 것 같지는 않은데 사람들의 세끼 개념보다는 입을 쉬지 않는 염소의 습성으로 뭔가를 탐한다. 툇마루에 실례까지 해 놓았다.

표고버섯 몇 점 겨울을 뚫고 환희를 외친다. 늦잠 자던 매화 한 송이 피었다. 나머지는 이제 막 눈 뜰 기세다. 파릇파릇 풀포기가 키를 재며 어깨동무한다. 비를 반기는 식물과 피하는 동물이 한 폭의 수채화에 오롯이 담긴다.

-「강아지와 아기 염소·3」 중에서

④

비 그친 뒤 목련나무 밑으로 먼저 달려갔다. 꽃잎 몇 지긴 했지만, 순백의 꽃은 돌아서 오는 내게 작별 인사에 곁들여 내일도 모레도 오라며 여유를 부린다. 비는 지나갔지만 꽃샘추위는 기력을 잃었다. 이젠 와도 맥을 못 추고 꽃잎 앞에 무릎을 꿇을 듯. 다행이다. 우리 집 밭둑에 온 9년 만에 가장 화려하게 꽃을 피웠고 목련의 위용을 뽐내고 있다. 들며 날며 며칠 더 목련과 눈인사를 건넬 수 있어 참 좋다.

〈중간 생략〉

신세계 경험한 억이가 마실에서 돌아오는 아내 맞아 쫄래쫄래 따라온다. 복실이도 뿜뿜 애교를 발산한다. 질투의 화신이 발동한 억이가 복실이 누나를 흘긴다. 앞서거니 뒤서거니 그렇게 그들은 봄을 딛고 사뿐사뿐 걷는다. 냉이꽃과 꽃다지가 하얗게 노랗게 미소 띠며 걸음걸이에 하나 둘 셋 넷, 구호를 붙인다. 멀리서 목련도 그 모습 보며 흐뭇하게 웃는다.

-「목련꽃의 반란」 중에서

⑤

한때 수탉을 잃고 시름에 잠겨 있던 암탉들이 언제 우리에게 남편이란 든든한 울타리가 있었더냐는 듯 저들끼리 똘똘 뭉쳐 일곱 색깔의 세상을 헤쳐나가고 있다.

냉이와 꽃다지가 기지개를 켠 지가 오래다. 지칭개도 나붓나붓 투박한 연둣빛을 뽐낸다. 지난가을에 한 번 캐서 국 끓여 먹은 후 남겨진 냉이가 곧 흰 꽃을 피울 기세다.

-「틈새로 가는 경칩」 중에서

⑥

　　꽃 진 수양벗나무는 연두색 이파리가 비에 씻겨 초록으로 가는 길목을 지킨다. 그 옆지기 산벗나무는 이제야 잎과 꽃을 동시에 피운다. 느림보에 서툰 농부, 우리 부부를 닮았다. 이사 오던 해 데려온 산벗나무는 차츰 우리와 함께 자리 잡으며 나무로서의 위용을 뽐낸다. 우리보다 훨씬 선배인 터줏대감 설유화는 이쁨받기 위해 핀 꽃인 양 방긋, 표정 관리하기에 바쁘다. 내 안에서 발아한 새싹이 네 안에서 피어 민들레가 참 곱다. 노란 미소가 너무나 해맑다. 밭둑 찔레나무는 급격히 떨어지는 밤 기온에 질려 아직 꽃 소식을 알리려 하지 않는다.

－「황소바람」중에서

⑦

　　무는 분수를 안다. 보름 전에 이미 빙점을 경험한 터라 올핸 추위가 일찍 올 거란 걸 예상하고 몸만들기를 대부분 마쳤다. 반드시 석 달을 밭에서 버티지 않아도 무로서의 완전체를 형성했다. 떠날 때를 아는 것이다. 아등바등 석 달을 꼭 채워야 하는 것이 아니란 걸 그들은 이미 알고 있다. 떠날 때가 빠르면 빨리 준비하고 늦을 땐 늦출 줄 아는 게 식물이다. 고등동물인 인간을 앞서는 지혜를 그들은 터득하고 태어났다. 식물이라고 감정이 없는 건 아니다. 사람은 때리면 화를 내며 반격에 나서지만, 식물은 몸을 흔들며 아파도 아프다 하지 않고 견딜 뿐이다.

－「입동 무렵」중에서

□ 장르의 융복합

인문학이 묻고, 과학기술이 풀고, 경제사회가 이를 현실화하는 시스템에 변화의 파고가 높다. 창조적 파괴가 일상화되어가는 세상을 경험하고 있다. 융복합과 통섭이 변화의 키워드로 통한다. 예술도 예외가 아니다. 예술의 장르로서 문학도 당연히 그렇다. 홍매(용제수필)의 나라 중국에는 산문가만 있고 수필가는 없다. 우리 문학도 칸막이인 장르의 벽이 무너지리라 전망된다. 시와 수필의 경계, 소설과 수필의 경계가 융복합을 통해 허물어지리라고. '산문시'와 '산문의 시'가 그렇고, 소설의 구성plot을 인용한 수필, 수필 문장법을 인용한 소설이 그 징후이자 현상이다.

우초愚草 고재동 사백의 수필집 『경자야』는 시와 소설과 동화를 융합한 작품들이다. 독자들은 변화와 진화의 도정道程에서, 융복합을 선도하는 고재동 사백을 만나게 된다.

□ 에필로그

우초 고재동 사백의 수필집 『경자야』는 시적 이야기가 그득한 귀촌 일기이자 동화집이다. 한 편 한 편에 사랑으로 점철된 자연이 있고, 꿈을 보듬는 우주가 있다. 동식물, 심지어 무생물에까지 생명력을 불어넣어 교감, 상상력의 세계를 펼쳤다. 그런 점에서 사물에 말 걸기 달인이자, 생명 불어넣기 명수이다. 우초 고재동 사백의 수필 세계는 존재론적 시(창작)의 세계이다. 창작수필가로 우뚝하다. 존경과 감사를 드리며, 수필집 『경자야』 상재를 거듭 축하드린다.

독자들의 사랑이 창작 에너지가 되어 한국수필을 선도하고, 더 큰 문학적 성취가 이어지길 소망한다.